人民共和國文化與文學叢書

十　編

李　怡 主編

第 5 冊

回歸與越界：20 世紀川劇文化價值論

徐　歡 著

花木蘭文化事業有限公司

國家圖書館出版品預行編目資料

回歸與越界：20 世紀川劇文化價值論／徐歡 著 -- 初版 -- 新北市：花木蘭文化事業有限公司，2022〔民 111〕
序 8+ 目 2+182 面；19×26 公分
（人民共和國文化與文學叢書 十編；第 5 冊）
ISBN 978-986-518-945-7（精裝）
1.CST：地方戲劇 2.CST：戲曲評論 3.CST：文化研究
4.CST：四川省
820.8 111009787

人民共和國文化與文學叢書
十 編 第 五 冊 ISBN：978-986-518-945-7

回歸與越界：20 世紀川劇文化價值論

作　者 徐 歡
主　編 李 怡
企　劃 四川大學中國詩歌研究院
總 編 輯 杜潔祥
副總編輯 楊嘉樂
編輯主任 許郁翎
編　輯 張雅淋、潘玟靜、劉子瑄 美術編輯 陳逸婷
出　版 花木蘭文化事業有限公司
發 行 人 高小娟
聯絡地址 235 新北市中和區中安街七二號十三樓
電話：02-2923-1455／傳真：02-2923-1452
網　址 http://www.huamulan.tw 信箱 service@huamulans.com
印　刷 普羅文化出版廣告事業
初　版 2022 年 9 月
定　價 十編 17 冊（精裝）新台幣 43,000 元

回歸與越界：20 世紀川劇文化價值論

徐歡 著

作者簡介

徐歡，女，文學博士，漢族，1979 年 11 月出生於中國四川西部地區，碩士攻讀文藝美學專業，博士的研究方向為現當代文學與思想。作為文化學者和資深旅行者，長期致力於探索現當代文學與現當代思想之間互為表裏的抒情關係，對川劇有著獨特的感悟和自然地親近。希望以一次相對深入地寫作為傳統戲劇、為巴蜀文明的「名片」貢獻一點文化餘脈。寫作書稿的一兩年間，讀書旅行看戲；在西部的野外，與這裡的草木風物對話，品味這裡的自然與人文之美。借著這次寫作，證明自己真正屬於過這個地方。

提　要

本著作的致思路徑是以「文學性」為綱，對百年川劇的歷史做了梳理，並分析這種變化的原因和歷史背景。

20 世紀川劇可以看作現代性進程鏈條中地方戲曲的一個精彩個案。90 年間它的文化性質經歷了從古典到現代再到後現代的轉變。這個轉變始終緊緊圍繞「文學性」這條線索進行。從告別了文學的古典川劇到擁抱新文學的現當代川劇，再到作為消費社會文學文本的川劇性藝術形態，文學性的有無與內在形態的變化始終是推動 20 世紀川劇變革的潛在動因。

以黑格爾的戲劇理論來審視，元雜劇是作為抒情詩的戲劇，明清傳奇是抒情詩與史詩並存的戲劇，這兩者都是文學本質的戲。中國戲曲到了古典地方戲階段，弱化了情節，脫離了文學本質，成為表演本質的戲，以演員的肉身表演來征服觀眾。古典川劇作為古典地方戲中的重要代表，與京劇相比，其情節更加粗糙，距離文學更為遙遠，其對劇場性的追求是通過大量的「聽頭」、「看頭」的舞臺審美資源來實現的。可笑性因素也是古典川劇的重要劇場資源，同時也削弱了文學的可能性。

到了現當代時期，川劇參與了現當代思想史、文學史的建構，並與它們保持了內在的一致性。「文學性」再次成為看戲的焦點。在後現代文化視域中，現當代宏大敘事失去了有效性，川劇的「民間根性」開始以各種形式分布在日常生活中。

人民共和國時代的現代文學研究——《人民共和國文化與文學叢書·十編》引言

李　怡

中華人民共和國成立七十餘年，書寫了風雨兼程的當代中國史，與民國時期的學術史不同，中國現代文學研究被成功地納入了國家社會發展體制當中，成為國家文化事業的有機組成部分，因此，我們的學術研究理所當然地深植於這一宏大的國家文化發展的機體之上，每時每刻無不反映著國家社會的細微的動向，尤其是中國現代文學研究，幾乎就是呈現中國知識分子對於新中國理想奮鬥的思想的過程，表達對這一過程的文學性的態度，較之於其他學科更需要體現一種政治的態度，這個意義上說，七十年新中國歷史的風雨也生動體現在了中國現代文學的學術發展之中。從新中國建立之初的「現代文學學科體制」的確立，到 1950～1970 年代的對過去歷史的評判和刪選，再到新時期的「回到中國現代文學本身」，一直到 1990 年代以降的「知識考古」及多種可能的學術態勢的出現，無不折射出新中國歷史的成就、輝煌與種種的曲折。文學與國家歷史的多方位緊密聯繫印證了中國現代文學研究在當下的一種有影響力的訴求：文學與社會歷史的深入的對話。

研究共和國文學，也必須瞭解共和國時代之於中國現代文學的學術態度。

一、納入國家思想系統的中國現代文學研究

中國現代文學研究伴隨著五四新文學的誕生就出現了，作為現代文學的開山之作《狂人日記》發表的第二年，傅斯年就在《新潮》雜誌第 1 卷第 2 號上介紹了《狂人口記》並作了點評。1922 年胡適應上海《申報》之邀，撰寫

了《五十年來中國之文學》，已經為僅僅有五年歷史的新文學闢專節論述。但是整個民國時期，新文學並未成為一門獨立學科。在一開始，新文學是作為或長或短文學史敘述的一個「尾巴」而附屬於中國古代文學史或近代文學史之後的，諸如上世紀二十年代影響較大的文學史著作如趙景深《中國文學小史》（1926 年）、陳之展《中國近代文學之變遷》（1929 年），分別以「最近的中國文學」和「十年以來的文學革命運動」附屬於古代文學和近代文學之後。朱自清 1929 年在清華大學開設「中國新文學研究」，但到了 1933 年這門課不再開設，為上課而編寫的《中國新文學研究綱要》，也並沒有公開發行。1933 年王哲甫《中國新文學運動史》出版，這部具有開創之功的新文學史著作，最重要的貢獻就在於新文學獲得了獨立的歷史敘述形態。1935 年上海良友圖書公司出版了由趙家璧主編的十卷本《中國新文學大系》，作為對新文學第一個十年的總結，由新文學歷史的開創者和參與者共同建立了對新文學的評價體系。至此，新文學在文學史上獲得了獨立性而成為人們研究關注的對象。但是，從總體上看，民國時期的中國現代文學研究還是學者和文學家們的個人興趣的產物，這裡並沒有國家學術機構和文化管理部門的統一的規劃和安排，連「中國現代文學」這一門學科也沒有納入為教育部的統一計劃，而由不同的學校根據自身情況各行其是。

新中國的成立徹底改變了這一學術格局。中華人民共和國的成立，意味著歷史進入一個新的階段。被作為中國現代革命史重要組成部分的現代文學史，成為建構革命意識形態的重要領域，中國現代文學在性質上就和以往文學截然分開。雖然中國現代文學僅僅有三十多年的歷史，但其所承擔的歷史敘述和意識形態建構功能卻是古代文學無法比擬的。由此拉開了在國家思想文化系統中對中國現代文學性質與價值內涵反覆闡釋的歷史大幕。現代文學既在國家思想文化的大體系中獲得了建構現代民族國家的非凡意義，但也被這一體系所束縛甚至異化。王瑤《中國新文學史》的寫作和出版就是標誌性的事件。按教育部 1950 年所通過的《高等學校文法兩學院各系課程草案》，「中國新文學史」是大學中文系核心必修課，在教材缺乏的情況下，王瑤應各學校要求完成《中國新文學史稿》（上冊）並於 1951 年 9 月由北京開明書店出版，下冊拖至 1952 年完稿並於 1953 年 8 月由上海新文藝出版社出版。但隨之而來的批判則可以看出，一方面是國家層面主動規劃和關心著中國現代文學的學術發展，使得學科真正建立，學術發展有了更高層面的支持和更大範圍的響應，未來的空間陡然間如此開闊，但是，不言而喻的是，國家政治本身的風風雨雨也將直接作用於一個學科學術的內部，在某些特定的時刻，產生的限制作用可能超出了學者本身的預期。王瑤編寫和出版《中國新文學史》最終必須納入集體討論，不斷接受集體從各自的政策理解出發做出的修改和批評意見。面對各種批判，王瑤自己發表了《從錯誤中汲取教訓》，檢討自己「為學術而學術的客觀主義傾向。」〔註1〕

新中國成立，意味著必須從新的意識形態的需要出發整理和規範「現代文學」的傳統。十七年期間出現了對20年代到40年代已出版作品的修改熱潮。1951年到1952年，開明書店出版了兩輯作品選，稱之為「開明選集本」。第一輯是已故作家選集，第二輯是仍健在的12位作家的選集。包括郭沫若、茅盾、葉聖陶、曹禺、老舍、丁玲、艾青等。許多作家趁選集出版對作品進行了修改。1952年到1957年，人民文學出版社又出版了一批被稱為「白皮」和「綠皮」的選集和單行本，同樣作家對舊作做了很大的修改。像「開明選集本」的《雷雨》，去掉了序幕和尾聲，重寫了第四幕；老舍的《駱駝祥子》節錄本刪去了近7萬多字，相比原著少了近五分之二。這些在建國前曾經出版了的現代文學作品，都按當時的政治指導思想做了不同程度的修改，向主流意識更加靠攏。通過對新文學的梳理甄別，標識出新中國認可的新文學遺產。

伴隨著對已出版作品的修改與甄別，十七年時期現代文學研究的重心是通過文學史的撰寫規範出革命意識形態認可的闡釋與接受的話語模式。1950年代以來興起的現代文學修史熱，清晰呈現出現代文學在向政治革命意識形態靠攏的過程中如何逐步消泯了自身的特性，到了文革時期，文學史完全異化成路線鬥爭的傳聲筒，這是1960年代與1950年代的主要差異：從蔡儀的《中國新文學史講話》（1952年），到丁易的《中國現代文學史略》、張畢來的《新文學史綱（第1卷）》（1955年），劉綬松《中國新文學史初稿》（1956年）。1950年代，雖然政治色彩越來越濃厚，但多少保留了一些學者個人化的評判和史識見解。到了1958年之後，隨著「反右」運動而來的階級鬥爭擴大化，個人性的修史被群眾運動式的集體編寫所取代，經過所謂的「拔白旗，插紅旗」的雙反運動，群眾運動式的學術佔領了所謂的「資產階級知識分子」的學術領地。全國出現了大量的集體編寫的文學史，多數未能出版發行，當時有代表性是復旦大學中文系學生集體編寫的《中國現代文學史》和《中國現

〔註1〕王瑤：從錯誤中汲取教訓〔N〕，文藝報，1955-10-30（27）。

代文藝思想鬥爭史》，吉林大學中文系和中國人民大學語文系師生分別編寫的兩種《中國現代文學史》。充斥著火藥味濃烈的戰鬥豪情，文學史徹底淪為政治鬥爭的工具。文革時期更是出現了大量以工農兵戰鬥小組冠名文學史和作品選講，學術研究的正常狀態完全被破壞，以個人獨立思考為基礎的學術研究已經被完全摒棄了。正如作為歷史親歷者的王瑤後來所反思的，「一次又一次的政治運動，批判掉了一批又一批的現代文學作家和作品，到『文化大革命』的十年動亂中，在『否定一切，打倒一切』的思潮影響下，三十年的現代文學史只能研究魯迅一人，政治鬥爭的需要代替了學術研究，滋長了與馬克思主義根本不相容的實用主義學風，講假話，隱瞞歷史真相，以致造成了現代文學這門歷史學科的極大危機」。〔註 2〕

至此，中國現代文學的學術危機可謂是格外深重了。

二、1980 年代：作為思想啟蒙運動一部分的學術研究

中國現代文學研究重新煥發出生命力是在 1980 年代。伴隨著國家改革開放的大潮，中國現代文學迎來了重要的發展期。

新時期中國現代文學研究的首要任務是盡力恢復被極左政治掃蕩一空的文學記憶，展示中國現代文學歷史原本豐富多彩的景觀。一系列「平反」式的學術研究得以展開，正如錢理群所總結的，「一方面，是要讓歷次政治運動中被排斥在文學之外的作家作品歸位，恢復其被剝奪的被研究的權利，恢復其應有的歷史地位；另一方面，則是對原有的研究對象與課題在新的研究視野、觀念與方法下進行新的開掘與闡釋，而這兩個方面都具有重新評價的性質與意義」。〔註 3〕在這樣的「平反」式的作家重評和研究視野的擴展中，原來受到批判的胡適、新月派、七月派等作家流派、被忽略的自由主義作家沈從文、錢鍾書、張愛玲等開始重新獲得正視，甚至以鴛鴦蝴蝶派為代表的通俗文學也在現代文學發展的整體視野中獲得應有的地位。突破了僅從政治立場審視文學的狹窄視野，以現代精神為追求目標的歷史闡釋框架起到了很好的「擴容」作用，這就是所謂的「主流」、「支流」與「逆流」之說，借助於這一原本並非完善的概括，我們的現代文學終於不僅保有主流，也容納了若干

〔註 2〕王瑤：中國現代文學研究的歷史和現狀〔J〕，華中師大學報，1984（4）：2。

〔註 3〕錢理群：我們所走過的道路——《中國現代文學研究叢刊》100 期回顧〔J〕，中國現代文學研究叢刊，2004（4）：5。

支流，理解了一些逆流，一句話，可以研究的空間大大的擴展了。

在研究空間內部不斷拓展的同時，80 年代現代文學研究視野的擴展更引人注目，這就是在「走向世界」的開闊視野中，應用比較文學的研究方法，考察中國現代文學與外國文學的關係，建立起中國現代文學和世界文學之間廣泛而深入的聯繫。代表作有李萬鈞的《論外國短篇小說對魯迅的影響》（1979 年）、王瑤的《論魯迅與外國文學的關係》、溫儒敏的《魯迅前期美學思想與廚川白村》（1981 年）。陝西人民出版社推出了「魯迅研究叢書」，魯迅與外國文學的關係成為其中重要的選題，例如戈寶權的《魯迅在世界文學上的地位》、王富仁《魯迅前期小說與俄羅斯文學》、張華的《魯迅與外國作家》等。80 年代的現代文學研究首先是以魯迅為中心，建立起與世界文學的廣泛聯繫，這樣的比較研究有力地證明了現代文學的價值不僅僅侷限於革命史的框架內，現代文學是中國社會由傳統向現代的轉變中並逐步融入世界潮流的精神歷程的反映，現代化作為衡量文學的尺度所體現出的「進化」色彩，反映出當時的研究者急於思想突圍的歷史激情，並由此激發起人們對「總體文學」——「世界文學」壯麗圖景的想像。曾小逸主編的《走向世界》，陳思和的《中國新文學整體觀》、黃子平、陳平原和錢理群的《二十世紀中國文學三人談》，對 20 世紀 80 年文學史總體架構影響深遠的這幾部著作都洋溢著飽滿的「走向世界」的激情。掙脫了數十年的文化封閉而與世界展開對話，現代文學研究的視野陡然開闊。「走向世界」既是我們主動融入世界潮流的過程，也是世界湧向中國的過程，由此出現了各種西方思想文化潮水般湧入中國的壯麗景象。在名目繁多的方法轉換中，是人們急於創新的迫切心情，而這樣的研究方法所引起的思想與觀念的大換血，終於更新了我們原有的僵化研究模式，開拓出了豐富的文學審美新境界，讓中國現代文學的學術研究有了自我生長的基礎和未來發展的空間。與此同時，國外漢學家的論述逐步進入中國，帶給了我們新的視野，如夏志清《中國現代小說史》、司馬長風《中國新文學史》，給予中國學者極大的衝擊。在多向度的衝擊回應中，現代文學的研究成為 1980 年代學術研究的顯學。

相對於在和西方文學相比較的視野中來發掘現代文學的世界文學因素並論證其現代價值而言，真正有撼動力量的還是中國學者從思想啟蒙出發對中國現代文學學術思想方法的反思和探索。一系列名為「回到中國現代文學本身」的研究決堤而出，大大地推進了我們的學術認知。這其中影響最大的包括王富仁對魯迅小說的闡釋，錢理群對魯迅「心靈世界」的分析，汪暉對「魯迅研究歷史的批判」，以及凌宇的沈從文研究，藍棣之的新詩研究，劉納對五四文學的研究，陳平原對中國現代小說模式的研究，趙園對老舍等的研究，吳福輝對京派海派的研究，陳思和對巴金的研究，楊義對眾多小說家創作現象的打撈和陳述等等。這些研究的一個鮮明特點，就是立足於中國現代作家的獨立創造性，展現出現代文學在中國思想文化發展史上所具有的獨特認識價值和審美價值。作為 1980 年代文學史研究的兩大重要口號（概念）也清晰地體現了中國學者擺脫政治意識形態束縛，尋找中國現代文學獨立發展規律的努力，這就是「二十世紀中國文學」與「重寫文學史」，如今，這兩個口號早已經在海內外廣泛傳播，成為國際學界認可的基本概念。

今天的人們對「文學」更傾向於一種「反本質主義」的理解，因而對 1980 年代的「回到本身」的訴求常常不以為然。但是，平心而論，在新時期思想啟蒙的潮流之中，「回到本身」與其說是對文學的迷信不如說是借助這一響亮的口號來祛除極左政治對學術發展的干擾，使得中國的現代文學研究能夠在學術自主的方向上發展，理解了這一點，我們就能夠進一步發現，1980 年代的中國學術雖然高舉「文學本身」的大旗，卻並沒有陷入「純文學」的迷信之中，而是在極力張揚文學性的背後指向「人性復歸」與精神啟蒙，而並非是簡單地回到純粹的文學藝術當中。同樣借助回到魯迅、回到五四等，在重新評估研究對象的選擇中，有著當時人們更為迫切的思想文化問題需要解決。正如王富仁在回顧新時期以來的魯迅研究歷史時所指出的：「迄今為止，魯迅作品之得到中國讀者的重視，仍然不在於它們在藝術上的成功……中國讀者重視魯迅的原因在可見的將來依然是由於他的思想和文化批判。」〔註 4〕「回到魯迅」的學術追求是借助魯迅實現思想獨立，「這時期魯迅研究中的啟蒙派的根本特徵是：努力擺脫凌駕於自我以及凌駕於魯迅之上的另一種權威性語言的干擾，用自我的現實人生體驗直接與魯迅及其作品實現思想和感情的溝通。」。〔註 5〕80 年代現代文學研究中無論是影響研究下對現代文學中西方精神文化元素的勘探，還是重寫文學史中敘史模式的重建，或是對歷史起源的

〔註 4〕王富仁：中國魯迅研究的歷史與現狀（連載十一）〔J〕，魯迅研究月刊，1994（12）：45。

〔註 5〕王富仁：中國魯迅研究的歷史與現狀（連載十）〔J〕，魯迅研究月刊，1994（11）：39。

返回，最核心的問題就是思想解放，人們相信文學具有療傷和復歸人性的作用，同時也是獨立精神重建的需要。80 年代的主流思想被稱之為「新啟蒙」，其意義就是借助國家改革開放和思想解放的歷史大趨勢，既和主流意識形態分享著對現代化的認可與想像，也內含著知識分子重建自我獨立精神的追求。因此 80 年現代文學不在於多麼準確地理解了西方，而是借助西方、借助五四，借助魯迅激活了自身的學術創造力。相比 90 年代日益規範的學術化取向，80 年代現代研究最主要的貢獻就是開拓了研究空間，更新了學術話語，激活了研究者獨立的精神創造力。當然，感性的激情難免忽略了更為深入的歷史探尋和更為準確東西對比。在思想解放激情的裹挾下，難免忽略了對歷史細節的追問和辨析。這為 90 年代的知識考古和文化研究留下展開空間，但是 80 年代的帶有綜合性的學術追求中，文化和歷史也是 80 年代現代文學研究的自覺學術追求。錢理群當時就指出：「我覺得『二十世紀中國文學』這個概念還要求一種綜合研究的方法，這是由我們的研究對象所決定的。現代中國很少『為藝術而藝術』的純文學家，很少作家把自己的探索集中於純文學的領域，他們涉及的領域是十分廣闊的，不僅文學，更包括了哲學、歷史學、倫理學、宗教學、經濟學、人類學、社會學、民俗學、語言學、心理學，幾乎是現代社會科學的一切領域。不少人對現代自然科學也同樣有很深的造詣。不少人是作家、學者、戰士的統一。這一切必然或多或少、或隱或顯地體現到他們的思想、創作活動和文學作品中來。就像我們剛才講到的，是一個四面八方撞擊而產生的一個文學浪潮。只有綜合研究的方法，才能把握這個浪潮的具體的總貌。」〔註 6〕，80 年代對現代文學研究綜合性的強調，顯然認識到現代文學與社會歷史文化廣闊的聯繫，只不過 80 年代更多的是從靜態的構成要素角度理解現代文學的內部和外部之間的聯繫，而不是從動態的生產與創造的角度進行深入開掘，但 80 年代這樣的學術理念與追求也為 90 年代之後學術規範之下現代文學研究的「精耕細作」奠定了基礎。

三、1990 年代：進入「規範」的中國現代文學研究

1990 年代，中國社會發生了很大的改變。在國家政治的新的格局中，知識分子對 1980 年代啟蒙過程中「西化」傾向的批判成為必然，同時，如何借

〔註 6〕陳平原、錢理群、黃子平：「二十世紀中國文學」三人談·方法〔J〕，讀書，1986（3）。

助「學術規範」建立起更「科學」、「理智」也更符合學術規則的研究態度開始佔據主流，當然，這種種的「規範」之中也天然地包含著知識分子審時度勢，自我規範的意圖。在這個時代，不是過去所謂的「救亡」壓倒了「啟蒙」，而是「規範化」的訴求一點一點地擠乾了「啟蒙」的激情。

1990 年代的現代文學研究首先以學術規範為名的對 1980 年代現代文學研究進行反思與清理。《學人》雜誌的創刊通常被認為是 1990 年代學術轉型的標誌，值得一提的，三位主編中陳平原和汪暉都是 1980 年代中國現代文學研究的代表性人物。

進入「規範」時代的中國現代文學研究有兩個值得注意的傾向：

一是學術研究從激情式的宣判轉入冷靜的知識考古，將學術的結論蘊藏在事實與知識的敘述之中。從 1990 年代開始，《中國現代文學叢刊》開始倡導更具學術含量的研究選題。分別在 1991 年第 2 期開設「現代作家與地域文化專欄」，1993 年第 4 期設「現代作家與宗教文化」專欄，1994 年第 1 期開闢「淪陷區文學研究專號」，1994 年第 4 期組織了「現代女性文學研究」專欄。這種學術化的取向，極大地推進了現代文學向縱深領域拓展，出現了一批富有代表性的成果。如嚴家炎主持的「二十世紀中國文學與區域文化叢書」（1995 年）和「二十世紀中國文學研究叢書」（1999～2000 年），前者是探討地域文化和現代文學的關係，後者側重文學思潮和藝術表現研究。在某一個領域深耕細作的學者大多推出自己的代表作，如劉納的《嬗變——辛亥革命時期的中國文學》（1998 年），從中國文學發展的內部梳理五四文學的發生；范伯群主編的《中國近現代通俗文學史》（2000 年），有關現代文學的擴容討論終於在通俗文學的研究上有了實質性的成果；再如文學與城市文化的研究包括趙園的《北京：城與人》（1991 年）、李今的《海派文化與都市文化》（2000 年）等研究成果。隨著學術對象的擴展，不但民國時期的舊體詩詞、地方戲劇等受到關注，而且和現代文學相關的出版傳媒，稿酬制度，期刊雜誌，文學社團，中小學及大學的文學教育等作為社會生產性的制度因素一併成為學術研究對象。劉納的《創造社與泰東書局》（1999）；魯湘元的《稿酬怎樣攪動文壇——市場經濟與中國近代文學》（1998 年）；錢理群主編的「二十世紀中國文學與大學文化叢書」等都是這方面具有代表性的研究成果。90 年代中期，作為現代文學學科重要奠基人的樊駿曾認為「我們的學科，已經不再年輕，正在走向成熟。」而成熟的標誌，就是學術性成果的陸續推出，「就整體而言，我們正努力把工作的重點和目的轉移到學術建設上來，看重它的學術內容學術價值，注意科學的理性的規範，使研究成果具有較多的學術品格與較高的學術品位，從而逐步成為真正意義上的學術工作。」〔註7〕

二是對文獻史料的越來越重視，大量的文獻被挖掘和呈現，同時提出了現代文獻的一系列問題，例如版本、年譜、副文本等等，文獻理論的建設也越發引起人們的重視。從80年代學界不斷提出建立「中國現代文學文獻學」的呼籲。《中國現代文學研究叢刊》1985年第1期刊登了馬良春《關於建立中國現代文學「史料學」的建議》，提出了文獻史料的七分法：專題性研究史料、工具性史料、敘事性史料、作品史料、傳記性史料、文獻史料和考辨史料。1989年《新文學史料》在第1、2、4期上連續刊登了樊駿的八萬多字的長文《這是一項宏大的系統工程——關於中國現代文學史料工作的總體考察》，樊駿先生就指出：「如果我們不把史料工作僅僅理解為拾遺補缺、剪刀漿糊之類的簡單勞動，而承認它有自己的領域和職責、嚴密的方法和要求，特殊的品格和價值——不只在整個文學研究事業中佔有不容忽視、無法替代的位置，而且它本身就是一項宏大的系統工程，一門獨立的複雜的學問；那麼就不難發現迄今所做的，無論就史料工作理應包羅的眾多方面和廣泛內容，還是史料工作必須達到的嚴謹程度和科學水平而言，都還存在許多不足。」1989年成立了中華文學史料學會，並編輯出版了會刊《中華文學史料》。借助90年代「學術性」被格外強調，「學術規範」問題獲得鄭重強調和肯定的大環境，許多學者自覺投入到文獻收藏、整理與研究的領域，涉及現代文學史料的一系列新課題得以深入展開，例如版本問題、手稿問題、副文本問題、目錄、校勘、輯佚、辨偽等，對文獻史料作為獨立學科的價值、意義和研究方法等方面都展開了前所未有的討論。其中的重要成果有賈植芳、俞桂元主編的《中國現代文學總書目》（1993年）、陳平原、錢理群等編《二十世紀中國小說理論資料》五卷（1997年），錢理群主編的「中國淪陷區文學大系」（1998～2000），延續這一努力，劉增人等於2005年推出了100多萬字的《中國現代文學期刊史論》，既有「中國現代文學期刊敘錄」，又有「中國現代文學期刊研究資料目錄」的史料彙編。不僅史料的收集整理在學術研究上獲得了深入發展，「五四」以來許多重要作家的全集、文集和選集在90年代被重新編輯出版。如浙

〔註7〕樊駿：我們的學科，已經不再年輕，正在走向成熟〔J〕，中國現代文學研究叢刊，1995（2）：196～197。

江文藝出版社推出的《中國現代經典作家詩文全編書系》，共 40 種，再如冠以經典薈萃、解讀賞析之類的更是不勝枚舉。這些選本文集的出版，現代文學研究領域的許多學者都參與其中，既普及了現代文學的影響力，又在無形中重新篩選著經典作家。比如 90 年代隨著有關張愛玲各種各樣的全集、選集本的推出，在全國迅速形成了張愛玲熱，為張愛玲的經典化產生了重要作用。

1990 年代現代文學研究的學術化轉向，包含著意味深長的思想史意義。作為這一轉向的倡導者的汪暉，在 1990 年代就解釋了這一轉向所包含的思想意義：「學術規範與學術史的討論本是極為專門的問題，但卻引起了學術界以至文化界的廣泛注意，此事自有學術發展的內在邏輯，但更需要在 1989 年之後的特定歷史情境中加以解釋。否則我們無法理解：這樣專門的問題為什麼會變成一個社會文化事件，更無從理解這樣的問題在朋友們的心中引發的理性的激情。學者們從對 80 年代學術的批評發展為對近百年中國現代學術的主要趨勢的反思。這一面是將學術的失範視為社會失範的原因或結果，從而對學術規範和學術歷史的反思是對社會歷史過程進行反思的一種特殊方式；另一方面則是借助於學術，內省晚清以來在西學東漸背景下建立的現代性的歷史觀，雖然這種反思遠不是清晰和自覺的。參加討論的學者大多是 80 年代學術文化運動的參與者，這種反思式的討論除了學術上的自我批評以外，還涉及在政治上無能為力的知識者在特定情境中重建自己的認同的努力，是一種化被動為主動的社會行為和歷史姿態。」〔註 8〕汪暉為 1990 年代的學術化轉向設定了這麼幾層意思：1990 年代的學術化轉向是建立在對 1980 年代學術的反思基礎上，而且將學術的失範和社會的失範聯繫起來，進而對學術規範和學術史的反思也就對社會歷史的一種特殊反思，由此對所謂主導學術發展的現代性歷史觀進行批判。汪暉後來甚至認為：「儘管『新啟蒙』思潮本身錯綜複雜，並在 80 年代後期發生了嚴重的分化，但歷史地看，中國『新啟蒙』思想的基本立場和歷史意義，就在於它是為整個國家的改革實踐提供意識形態的基礎的。」〔註 9〕一方面認為 80 年代以新啟蒙為特點的學術追求是造成社會失範的原因或結果，一方面又認為這一學術追求為改革實踐提供了意識

〔註 8〕羅崗、倪文尖編：90 年代思想文選（第一卷）〔C〕，南寧：廣西人民出版社，2000 年：6～7。

〔註 9〕羅崗、倪文尖編：90 年代思想文選（第一卷）〔C〕，南寧：廣西人民出版社，2000 年：280。

形態基礎，在這帶有矛盾性的表述中，依然跳不出從社會政治框架衡量學術意義的思維。但由此所引發的問題卻是值得深思的：現代文學作為一門學科的根本基礎和合法性何在？1990 年代的學術轉向，試圖以學術化的取向在和政治保持適當的距離中重建學科的合法性，即所謂的告別革命，回歸學術，學術研究只是社會分工中的一環，即陳思和所言的崗位意識：「我所說的崗位意識，是知識分子在當代社會中的一種自我分界。……（崗位的）第一種含義是知識分子的謀生職業，即可以寄託知識分子理想的工作。……另一層更為深刻也更為內在的意義，即知識分子如何維繫文化傳統的精血」。〔註 10〕這就更顯豁的表達出 1990 年代學術轉型所抱有的思想追求，現代文學不再是批判性知識和思想的策源地，而是學科分工之下的眾多門類之一，消退理想主義者曾經賦予自身的思想光芒和啟蒙幻覺，回歸到基本謀生層面，以工匠的精神維持一種有距離的理性主義清醒。

不過，這種學術化的轉型和 1990 年代興起的後學思潮相互疊加，卻也開始動搖了現代文學這門學科的基礎。如果說學術化轉向是帶著某種認真的反思，並在學術層面上對現代文學研究做出了一定的推進，而 90 年代伴隨著後學理論的興起，則從思想觀念上擾亂了對現代文學的認識和評價。借助於西方文化內部的反叛和解構理論，將對西方自文藝復興至啟蒙運動所形成的「現代性」傳統展開猛烈批判的後現代主義（還包括解構主義、後殖民主義等等）挪用於中國，以此宣布中國的「現代性終結」，讓埋頭於現代化追求和想像的人們無比的尷尬和震驚：

> 「現代性」無疑是一個西方化的過程。這裡有一個明顯的文化等級制，西方被視為世界的中心，而中國已自居於「他者」位置，處於邊緣。中國的知識分子由於民族及個人身份危機的巨大衝擊，已從「古典性」的中心化的話語中擺脫出來，經歷了巨大的「知識」轉換（從鴉片戰爭到「五四」的整個過程可以被視為這一轉換的過程，而「五四」則可以被看作這一轉換的完成），開始以西方式的「主體」的「視點」來觀看和審視中國。〔註 11〕

〔註 10〕陳思和：知識分子在現代社會轉型期的三種價值取向〔J〕，上海文化，1993（1）。

〔註 11〕張頤武：「現代性」終結——一個無法迴避的課題〔J〕，戰略與管理，1994（3）：106。

以西方最新的後學理論對五四以來的現代文學做出了理論上的宣判，作為「他者」狀況反映的現代文學的價值受到了懷疑。「現代性」作為 90 年代現代文學研究的核心關鍵詞，就是在這樣的質疑聲中登陸中國學術界。人們既在各種意義飄忽不定的現代性理論中進行知識考古式的辨析和確認，又在不斷的懷疑和顛覆中迷失了對自我感受的判斷。這種用最新的西方理論宣判另一種西方理論的終結的學術追求卻反諷般地認為是在維護我們的「本土性」和「中華性」，而其中的曖昧，恰如一位學人所指出的：「在我看來，必須意識到 90 年代大陸一些批評家所鼓吹的『後現代主義』與官方新意識形態之間的高度默契。比如，有學者把大眾文化褒揚為所謂『社會主義初級階段特色』，異常輕易地把反思都嘲弄為知識分子的精英立場；也有人脫離本土的社會文化經驗，激昂地宣告『現代性』的終結，歡呼中國在『走向一個小康』的理想時刻。這就不僅徹底地把『後現代』變成了一個完全『不及物』的能指符號，而且成為了對市場和意識形態地有力支持和論證。」〔註 12〕

正是在「現代性」理論的困擾中，1990 年代後期，人們逐漸認識到源自於西方的「現代性」理論並不能準確概括中國的歷史經驗，而文學做為感性的藝術，絕非是既定思想理念的印證。1980 年代我們在急於走向世界的激情中，只揭示了西方思想文化如何影響了現代文學，還沒有更從容深入的展示出現代作家作為精神文化創造者的獨立性和主體性。但是無論十七年時期現代文學作為新民主主革命的有力組成部分，還是 1980 年代的現代化想像，現代文學都是和國家文化的發展建設緊密聯繫在一起，學科合法性並未引起人們的思考。1990 年代的學術化取向和現代性內涵的考古發掘，都在逼問著現代文學一旦從總體性的國家文化結構中脫離出來，在資本和市場成為社會主導的今天，現代文學如何重建自身的學科合法性，就成為新世紀以來現代文學學術研究的核心問題。作為具有強烈歷史實踐品格和批判精神的現代文學，顯然不能在純粹的學術化取向中獲得自身存在的意義，需要在與社會政治保持適度張力的同時激活現代文學研究在思想生產中的價值和意義。

四、新世紀以後：思想分化中的現代文學研究

1980 年代的現代文學研究貫穿著思想解放與觀念更新的歷史訴求：1990

〔註 12〕張春田：從「新啟蒙」到「後革命」——重思「90 年代」的中國現代文學研究〔J〕，現代中文學刊，2010（3）：59。

年代則是探尋學科研究的基礎與合法性何在，而新世紀開啟的文史對話則屬於重新構建學術自主性的追求。

面對遭遇學科危機的現代文學研究，1990 年代後期已經顯現的知識分子的思想分化在中國現代文學研究中更加明顯地表現了出來。圍繞對二十世紀重要遺產——革命的不同的認知，不同思想派別對中國現代文學的肯定和否定趨向各自發展，距離越來越大。「新左派」認定「革命」是 20 世紀重要的遺產，對左翼文學價值的挖掘具有對抗全球資本主義滲透的特殊價值，「再解讀」思潮就是對左翼——延安一直至當代文學「十七年」的重新肯定，這無疑是打開了重新認識中國現代文學「革命文化」的新路徑，但是，他們同時也將 1980 年代的思想啟蒙等同於自由主義，並認定正是自由主義的興起、「告別革命」的提出遮蔽了左翼文學的歷史價值，無疑也是將更複雜的歷史演變做了十分簡略的歸納，而對歷史複雜的任何一次簡單的處理都可能損害分歧雙方原本存在的思想溝通，讓知識分子陣營的分化進一步加劇。當然，所謂自由主義知識分子群體也未能及時從 1980 年代的「平反「邏輯中深化發展，繼續將歷史上左翼文化糾纏於當代極左政治，放棄了發掘左翼文化正義價值的耐性，甚至對魯迅與左翼這樣的重大而複雜的話題也作出某些情緒性的判斷，這便深深地影響了他們理論的說服力，也阻斷了他們深入觀察當代全球性的左翼思潮的新的理論基礎，並基於「理解之同情」的方向與之認真對話。

新世紀以來中國現代文學研究的推進和發展，首先體現在超越左／右的對立思維、在整合過往的學術發展經驗的基礎上建構基於真實歷史情境的文學發展觀，對中國現代文學研究更有推動性的努力是文學史觀念的繼續拓展，以及新的學術方法的嘗試。

我們看到，1980 年代後期的「重寫文學史」的願望並沒有就此告終，在新世紀，出現了多種多樣的探索。

一是從語言角度嘗試現代文學史的新寫作。展開了中國現代文學研究的語言維度的努力，先後出現了曹萬生主編的《中國現代漢語文學史》（2007 年）和朱壽桐主編的《漢語新文學通史》（2010 年）。這兩部文學史最大的特點是從語言的角度整合以往限於歷史性質判別和國別民族區分而呈現出某種「斷裂」的文學史敘述。曹著是從現代漢語角度來整合中國現代文學和當代文學，從而將五四之後以現代漢語寫作的文學作品作為文學史分析的整體，「中國現代漢語文學包容了啟蒙論、革命論、再啟蒙論、後現代論、消費性與傳媒論所主張的內容」。〔註 13〕那些曾經矛盾重重的意識形態因素在工具性的語言之下獲得了某種統一。在這樣的語言表達工具論之下的文學史視野中，和現代文學並行的文言寫作自然被排除在外，而臺灣文學港澳文學甚至旅外華人以現代漢語寫作的文學都被納入，甚至網絡文學、影視文學和歌詞也受到關注。但其中內涵的問題是現代漢語作為僅有百年歷史的語言形態，其未完成性對把握現代漢語的特點造成了不小的困擾，以這樣一種仍在變化發展的語言形態作為貫穿所有文學發展的歷史線索，依然存在不少困難。如果說曹著重在語言表達作為工具性的統一，那麼朱著則側重於語言作為文化統一體的意義。文學作為一種文化形態，其基礎在於語言，「由同一種語言傳達出來的『共同體』的興味與情趣，也即是同一語言形成的文化認同」，「文學中所體現的國族氣派和文化風格，最終也還是落實在語言本身」，〔註 14〕那麼作為語言文化統一形態的「漢語新文學」這一概念所承擔的文學史功能就是：「超越乃至克服了國家板塊、政治地域對於新文學的某種規定和制約，從而使得新文學研究能夠擺脫政治化的學術預期，在漢語審美表達的規律性探討方面建構起新的學術路徑」〔註 15〕。顯然朱著的重點在以語言的文化和審美為紐帶，打破地域和國別的阻隔、中心與邊緣的區分。朱著所體現的龐大的文學史擴容問題，體現出可貴的學術勇氣，但在這樣體系龐大的通史中，語言的維度是否能夠替代國別與民族的角度，還需要進一步思考。

二是嘗試從國家歷史的具體情態出發概括百年來文學的發展，提出了「民國文學史」、「共和國文學史」等新概念。早在 1999 年陳福康借助史學界的概念，建議「現代文學」之名不妨用「民國文學」取代。後來張福貴、丁帆、湯溢澤、趙步陽等學者就這一命名有了進一步闡發。〔註 16〕在這帶有歷史還原意味的命名的基礎上，李怡提出了「民國機制」的觀點，這一概念就是希望進入文史對話的縱深領域，即立足於國家歷史情境的內部，對百年來中國文學轉換演變的複雜過程、歷史意義和文化功能提出新的解釋，這也就是從國

〔註 13〕曹萬生主編：中國現代漢語文學史〔M〕，北京：中國人民大學出版社，2007：8。

〔註 14〕朱壽桐主編：漢語新文學通史〔M〕，廣州：廣東人民出版社，2010：12～13。

〔註 15〕朱壽桐主編：漢語新文學通史〔M〕，廣州：廣東人民出版社，2010：8。

〔註 16〕參見張福貴：從「現代文學」到「民國文學」——再談中國現代文學的命名問題〔J〕，文藝爭鳴，2011（11）及丁帆：給新文學史重新斷代的理由——關於「民國文學」構想及其他的幾點補充意見〔J〕，中國現代文學研究叢刊，2011（3）等。

家歷史情境中的社會機制入手，分析推動和限制文學發展的歷史要素。〔註17〕這些探索引起了學術界不同的反應，也先後出現了一些質疑之聲，不過，重要的還是究竟從這一視角出發能否推進我們對現代文學具體問題的理解。在這方面花城出版社先後推出了「民國文學史論」第一輯、第二輯，共17冊，山東文藝出版社也推出了10冊的「民國歷史文化與中國現代文學研究」的大型叢書，數十冊著作分別從多個方面展示了民國視角的文學史意義，可以說是初步展示了相關研究的成果，在未來，這些研究能否深入展開是決定民國視角有效性的關鍵。

值得一提的還有源於海外華文文學界的概念——華語語系文學。目前，這一概念在海外學界影響較大，不過，不同的學者（如史書美與王德威）各自的論述也並不相同，史書美更明確地將這一概念當作對抗中國大陸現代文學精神統攝性的方式，而王德威則傾向於強調這一概念對於不同區域華文文學的包容性。華語語系文學的提出的確有助於海外華文寫作擺脫對中國中心的依附，建構各自獨特的文學主體性，不過，主體性的建立是否一定需要在對抗或者排斥「母國」文化的程序中建立？甚至將對抗當作一種近於生理般的反應？是一個值得認真思考的問題。

新世紀以來，方法論上的最重要的探索就是「文史對話」的研究成為許多人認可並嘗試的方法。「文史對話」研究取向，從1980年代的重返歷史和1990年代的文化研究的興起密切相關。1980年代在「撥亂反正」政策調整下的作家重評就是一種基於歷史事實的文史對話，而在1980年代興起的「文化熱」，也可以看成是將歷史轉化為文化要素，以「文化視角」對現代文學文本與文學發展演變進行的歷史分析。在1980年代非常樸素的文史對話方式中，我們看到一面借助外來理論，一面在「原始」史料的收集整理、作品閱讀的基礎上，艱難地形成屬於中國文學發展實際的學術概念。而隨著1990年代西方大量以文化研究和知識考古為代表的後學理論湧入中國後。特別是受文化理論的影響，1980年代基於樸素的文化視角研究現代文學的歷史化取向，轉變為文化研究之下的泛歷史化研究。1990年代的「文化研究」不同於1980年代「文化視角」的區別在於：1980年代文化只是文學文本的一個構成性或背景性的要素，是以文學文本為中心的研究；而受西方文化研究理論的影響，

〔註17〕李怡：民國機制：中國現代文學的一種闡釋框架〔J〕，廣東社會科學，2010（6）：132。

1990 年代的文化研究是將社會歷史看成泛文本，歷史文化本身的各種元素不再是論述文學文本的背景性因素，它們也是作為文本成為研究考察的對象。在文化研究轉向影響下的 90 年代中後期的現代文學研究，突破了以文學文本為中心，而從權力話語的角度將文學文本放在複雜的歷史文化中進行分析，這樣文化研究就和歷史研究獲得了某種重合，特別是受福柯、新曆史主義等理論的影響，文學文本和其他文本之間的權力關係成為關注的重點。

這樣就形成了 1980 年代作家重評與文化視角之下的文史對話，和 9190 年中後期已降的在文化研究理論啟發和構造之下的文史對話，而這兩種文史對話之間的矛盾或者說差異，根本的問題在於如何基於中國經驗而重構我們學術研究的自主性問題。1980 年代的文史對話是置身在中國學術走出國門、引入西方思潮的強烈風浪中，緊張的歷史追問後面飄動著頗為扎眼的「西化」外衣，而對中國問題的思考和關注則容易被後來者有意無意的忽略，特別在西方理論影響和中國問題發現之間的平衡與錯位中的學術創新焦慮，更讓我們容易將自己的學術自主性建構問題遮蔽。文化研究之下的權力話語分析確實打開了進入堅硬歷史骨骼的有效路徑，但這樣的分析在解構權力、拆解宏達敘述的同時，則很容易被各種先行的理論替代了歷史本身，而真實的歷史實踐問題則很容易被規整為各種脫離實際的理論構造。而且在瓦解元敘述的泛文本分析中，歷史被解構成碎片，文學本身也淹沒在各種繁複的話語分析中而不再成為審美經驗的感性表達，歷史和文學喪失了區分，實質上也消解了文史對話的真正展開。所以當下文史對話的展開，必須在更高的層次上融合過往的學術經驗。中國學術研究的自主性必須基於對自身歷史經驗的分析和提煉，形成符合中國文學自身發展的學術概念和話語體系，但是這樣強調本土經驗的優先性，特別是對「中國特色」和「中國道路」的道德化強調中，我們卻要警惕來自狹隘的民族主義的干擾和破壞；同時對於西方理論資源，必須看成是不斷打開我們認識外界世界的有力武器，而不能用理論替代對歷史經驗的分析。因此當下以文史對話為追求的現代文學研究，不僅僅是對西方理論話語的超越，更是對自身學術發展經驗的反思與提升。質言之，應該是對 1980 年代啟蒙精神與 1990 年代學術化取向的深度融合。

在以文史對話為導向的學術自主性建構中，作為可借鑒的資源，我們首先可以激活有著深厚中國學術傳統的「大文學」史觀，這一「大文學」概念的意義在於：一是突破西方純文學理論的文體限制，將中國作家多樣化的寫作納入研究範圍，諸如日記、書信及其他思想隨筆，包括像現代雜文這種富有爭議的形式也由此獲得理所當然的存在理由；二是對文學與歷史文化相互對話的根據與研究思路有自覺的理論把握，特別是「大文學」這一概念本身的中國文化內涵，將為我們「跨界」闡釋中國文學提供理論支撐。當然在今天看來，最需要思考的問題是如何在「文史對話」之中呈現「文學」的特點，文史對話在我們而言還是為了解決文學的疑問而不是歷史學的考證。如此在呈現中國文學的歷史複雜性的同時，也建構出屬於我們自己的具有自主性的學術話語體系，從而為未來的現代文學研究開闢出廣闊的學術前景。

此文與王永祥先生合著

序　言

作為偏居一隅的地方劇種，2001 年川劇繼崑曲之後被中國文化部申報聯合國非物質文化遺產，兩年之後再次作為備選項目入選。〔註 1〕在全國三百多個地方戲曲劇種中，川劇獨一無二地兩次獲此殊榮，這本身就代表了一種國家態度，即國家對川劇歷史文化價值的充分肯定。川劇的兩次入選，表明其在中國傳統藝術中的代表性及其對巴蜀文化的見證價值等方面所具有的領先優勢。作為巴蜀文化的標誌性象徵，川劇和這方水土密不可分，血肉相連，它曾經如此深刻地與巴蜀生活融為一體。但川劇的入選也同時昭示著一個不可迴避的事實，那就是川劇已經不再與現實生活構成互為表裏的抒情關係。作為一套高度發達的符號系統，它已經被收藏品化，成為歷史的標本，正如瑞士精工表對於計時的作用，川劇帶來的抒情記憶正在被淡忘。

作為古典地方戲的川戲，大致形成於清代中葉。自明末清初，便有南方的崑曲、弋陽腔、陝西的秦腔、湖北漢調、安徽徽調等流入四川，並逐步與四川的語言及民間音樂相融合，「改調而歌之」。乾隆、嘉慶年間，各聲腔劇種

〔註 1〕所謂非物質文化遺產，根據《保護非物質文化遺產公約》，即人類通過口傳心授，世代相傳的無形的、活態流變的文化遺產。聯合國教科文組織規定，國家無論大小，一個國家每隔兩年只能有一個（備選四個）非物質文化遺產代表作的正式推薦申報名額。中國有昆曲、古琴、蒙古長調等入選。2002 年，四川文藝出版社發行了一套為紀念「振興川劇」20 年的紀念畫冊和 VCD，收錄了百年川劇史上最經典的大戲、折子戲和現代戲。第一次申報的五年之後，國務院正式公佈首批國家級非物質文化遺產名錄，川劇名列其中。至此，川劇作為國家級非物質文化遺產的地位被永久確立。關於「非物質文化遺產」的內涵和外延，學界還在深化相關界定。

基本完成了「四川化」的衍變過程，並通過鑼鼓將多種聲腔融匯於統一的劇種風格之中，川戲由此進入興盛時期。〔註 2〕1912 年川戲歷史上第一個由藝人自主、能演唱五種聲腔劇目的戲班三慶會劇社在成都悅來茶園誕生，使川戲花雅各部聲腔空前大薈萃，出現了昆、高、胡、彈、燈紛呈一臺的嶄新局面，成為川戲進程中的標誌性事件。從此，「川劇」之稱謂正式形成。

一、研究現狀述評

對川劇已有的研究主要集中在五類人員：第一是川劇表演藝術家對自身經驗的總結和概括，著眼點主要是表演和舞臺經驗的體會；第二是戲曲理論研究人員對川劇作為一種戲曲藝術的藝術規律的探索；第三是文學研究人員對川劇劇本的考察、整理和解讀；第四是地域文化研究人員對川劇作為地方文化資源的發掘與研究，比如對儺戲、目連戲的民俗意義的考察；第五是地方文化資源的開發者和地方經濟研究人員對川劇作為一種具有經濟開發價值的文化旅遊資源的改造和挪用。不論哪一類人員，研究的針對性、目的性決定了維度的相對單一性。

理論研究的層面上，川劇研究的重要成果集中在川劇史的發現與描述方面，主要是靜態研究。缺陷在於：第一，對於川劇作為古典地方戲曲的本質特徵的描述長期黏滯於形容中國藝術精神的幾個萬能概念：「虛擬」、「寫意」、「程式化」、「臉譜化」，研究話語陳舊，研究平面化、趨同化，深入到一個地方劇種的研究並不到位，對川劇本質性特徵缺乏認識。第二，絕大部分研究都是微觀性的，沒有將川劇放在一個整體的框架下來考察。由此造成對 20 世紀川劇的不同本質缺乏時段性的分析，對川劇流變環節的把握不夠清晰。

目前川劇研究範式已經落後於 90 年代以來的學術建制和話語變更，它無法闡釋川劇的變化與日益複雜和艱深的現實生活的關係。小作坊式的操作和國家論述的限制，使得這種研究成為故紙堆式、口號式、標本式研究。面對當代文學實踐和文化經驗疲軟無力，如果對當下社會關於戲劇的感受避而不談，對傳統戲劇空間的縮減以及川劇向新興文化空間拓展的趨勢和可能性缺乏思考；加上川劇本身的尷尬處境，深入研究的可能性在日益收縮。縱觀近幾年的《四川戲劇》，研究川劇的文章越來越少。一方面，川劇的危機日益加深，而另一方面，研究卻束手無策。乾癟、陳舊的論述方式無法帶來新的東西。

〔註 2〕關於川劇的形成時間，學界有爭議。一般認為川戲有四百年的流變史。

一邊大談川劇的困境同時又宣稱川劇會與巴山蜀水同在，顯然是一種自說自話的狀態。目前川劇研究最突出的問題就在於它不符合 90 年代以來的學術規範，它的整個論述層面基本上仍停留在 80 年代的國家話語，那種整體性的宏大敘事式的論述已經不可能對破碎的經驗進行整合，也就是無法使用前沿的話語範式來解釋不斷變化的現象。

基於此，論者嘗試著做一種動態研究，將 20 世紀川劇〔註 3〕作為一個鮮活的生命體，從它藝術生命的蛻變來思考川劇生存的動向，這也是一種現實的意義。這樣的「非典型性戲劇研究」也許對活生生的川劇表演沒有太大的實踐意義，確立了「非遺」地位的川劇不需要理論也可以當作貴重的文物加以完好保存，而且以中國之大，單是「文物愛好者」式的觀眾也能找到不少，但川劇要想成為當代廣大觀眾視野中一種鮮活的藝術，它就必須尋找新的生存方式和生存空間。如果不廓清理論的誤區，我們就無法以開放的眼光和現代文化批判精神來把中國戲曲豐厚的文化資源真正運用到新的戲劇文化創造中去。已經發生了巨大變化的社會，經濟，文學文化現實籲請我們改變研究範式，拓展理論的邊界，以此為日益艱深的日常生活和文學現象提供一種淺顯的注解。

川劇作為巴蜀文化的文化符號，有著獨特的文化屬性和特質，這使它既區別於西方傳統戲劇也區別於中國古典地方戲的其他劇種。事實上，任何一種文化形態要想在人類的文化長河中留下身影，就必須具備文化「標出性」。所謂「標出性」，即其獨一無二的，能夠彰顯自身與眾不同的那些特性，當一種文化形態與其他文化形態差異較大時，它往往就被「標出」了。不同的文化形態就是借助不同的文化標出性在激烈的競爭中立足並書寫著自身的歷史。必須指出的是，「標出性」並不是一成不變的，一種文化形態的「標出性」在漫長的歷史流變中是處於起起伏伏，時隱時現的狀態。文化形態作為一種活的生命體，可以根據生存的需要來調整「標出性」：或突顯，或隱藏，或分解。可以說，對「標出性」的靈活掌控與調適既是一種文化生命體的生存策略，同時也反映出這種文化的生命活力。本書的致思路徑就是試圖觀照與把握川劇

〔註 3〕「20 世紀川劇」這個思路源於「20 世紀中國文學」的說法，後者是由黃子平、陳平原、錢理群在《文學評論》1985 年第 5 期《論「二十世紀中國文學」》一文中提出：「20 世紀中國文學」是由上個世紀末本世紀初開始的至今仍在繼續的一個文學進程，一個由古代中國文學向現代中國文學轉變、過渡並最終完成的進程。由此筆者認為：作為一種活的藝術生命體，20 世紀川劇同樣是一個由古典向現代再向後現代轉變的藝術進程。

這麼一個活的文化生命在百年長河中是如何根據生存環境的變化來靈敏地調整自身的「標出性」，從而應對危機，適應時代的文化氛圍並最終在 20 世紀中國的思想史、文學史、戲劇史上刻下自己的烙印。

根據丹納著名的「時代、環境、種族」三要素說，一種藝術的性質面貌取決於種族、環境、時代三大因素，每種藝術的品種和流派只能在特殊的精神氣候中產生，藝術家必須適應社會的環境，滿足社會的要求，否則就要被淘汰。〔註 4〕換句話說，「三要素」不僅決定了藝術形態的「標出性」，更重要的是，它還決定著藝術家對「標出性」的處理方式。正如普列漢諾夫所說：「人的本性使他能夠有審美的趣味和概念，他周圍的條件決定著這種可能性怎樣轉變為現實。」〔註 5〕不同的地域文化和時代狀況下的藝術家對文化氛圍的嗅覺敏感度是不一樣的，他們對自身藝術形態的改造、調整也有了快慢、深淺的區別，直接影響著藝術活體的重構、再生的能力和生命走勢。

以此觀之，20 世紀川劇為我們提供了一個相當精彩的「標出性」個案。總的說來，其「標出性」經歷了三個階段的流變：1912 年三慶會劇社成立至 1954 年開始的鑒定整理傳統劇目為第一個階段。這一階段的川劇作為古典地方戲的一個劇種，不僅迥然有別於西方傳統戲劇，而且與京劇相比，它遠離主流文化的中心，是作為一個「他者」的存在。巴蜀文化的積澱反映在川劇身上讓其「標出性」呼之欲出。這樣一種與中原文化差異很大的地方文化形態確保了川劇能夠在種類繁多的古典地方戲中佔有份量不輕的一席。50 年代至 1993 年為第二個階段。新中國成立以後的時代文化環境迫使川劇削弱原來的「標出性」，向主流文化和意識形態靠攏，主動融入「新啟蒙」的思想大潮。1993 年以後為第三個階段。1993 年的人文精神大討論標誌著「新啟蒙」的正式結束，一種全新的意識形態正在取而代之，消費社會悄然到來。在消費社會眾聲喧嘩，去神聖化、去高雅化的文化地形圖中，川劇必須再次「標出」才能獲得青睞。但顯然，這次的「標出」已經不可能再回到古典地方戲的狀態，「整合」已然失效，川劇採取了將自身肢解，與其他藝術形態拼貼的方式，「碎片化」地播撒到消費社會的日常生活中。當然，各個階段之間的界限並非如此的涇渭分明，時間點的指認一方面是為了論述上有邏輯起點，另一方面所確定的時間點在川劇內在的藝術史、思想史背景上具有里程碑意義，與本書論題也有內在的相關性。

〔註 4〕丹納《藝術哲學》序，第 3 頁，傅雷譯，人民文學出版社 1963 年版。
〔註 5〕普列漢諾夫《沒有地址的信》第 17 頁，曹葆華譯，三聯書店 1973 年版。

那麼，川劇是如何調整和突顯自己的「標出性」特徵的？或者換一個說法，川劇用了什麼手段把自己有效的與其他戲劇種類「區隔」開來從而獲得生存立足點，贏得票房甚至得到主流文化的關注和認可的？根本點在於「文學性」。〔註 6〕事實上，「文學性」是解析整個 20 世紀古典地方戲本質特徵的一把鑰匙，只不過在川劇身上這個特徵表現得特別明顯。正如董健所指出的，20 世紀中國戲劇的最大變化，是其文化性質從古典向現代的轉變。從宋元南戲與北雜劇、明清傳奇到清代地方戲，再到現代話劇，構成了中國戲劇從古典到現代的一個完整的鏈條。〔註 7〕這個文化性質的重大轉變，與「文學性」的有無緊密相連。眾所周知，文學與表演是戲劇的兩極，但幾十年來的正統戲曲理論始終迴避了戲劇的文學本質與表演本質的兩極對立，僅僅依靠「虛擬」、「寫意」、「程式化」這些描述中國藝術普遍精神的一般概念來概括整個 20 世紀中國戲曲的本質特徵。〔註 8〕但毫無疑問，這個鏈條的幾個環節之間有著重大的本質差異，僅僅用幾個被用於闡釋民族藝術一切門類、一切作品、一切方面的含混概念是難以把握的。如果不是通過中國戲曲不同階段不同質的比較，認識不到古典地方戲審美本質也就無法凸現作為其重要代表的川劇的獨有魅力。在這個問題上，作者贊同呂效平先生的看法：用「文學性」、「劇場性」和「戲劇性」，「情節藝術」和「語言藝術」〔註 9〕這兩組概念代替

〔註 6〕關於「文學性」，這裡作一個廓清：「文學性」的提出是伴隨著文學的獨立而出現的。喬納森卡勒在《文學理論》中介紹了對「文學性」的定義和探索。歸納起來，可以分為五大類：第一類是形式主義的定義，即雅各布森的定義「文學性是使一部既定作品成為文學作品的特性」。第二種定義是功用主義的定義，即文學文本，通過語言的突現方式，把自己從陳述文本生產的時間及現實環境中分離出來，把文本語言試圖完成的實際行為變成一種文學手法，並把它置於一系列文本與文學手法的背景之中。第三種是結構主義的定義，即文本的三個層次。第四種定義是關於文學本體論的定義，認為文學語言的參照物不是歷史的真實，而是幻想中的人和事。第五種定義涉及文學敘述的文化環境，即文學語言的陳述條件和某些特殊條件相關。本文的「文學性」內涵主要是第一類定義，但必須補充的是，文學性存在於話語從表達、敘述、描寫、意象、象徵、結構和功能以及審美處理等方面的普遍昇華之中。第三編兼含第二種定義。

〔註 7〕董健《中國戲劇現代化的艱難歷程》，《文學評論》1998 年第 1 期。

〔註 8〕《中國大百科全書·戲曲、曲藝卷》概論《中國戲曲》把戲曲特徵概括為「綜合藝術」、「虛擬性」、「程式性」。顯然，這裡概括的是以京劇為代表的地方戲曲，而且把古典地方戲特徵誇大為中國戲曲的永恆特徵。

〔註 9〕呂效平《戲曲本質論》，第 6～9 頁，南京大學出版社 2003 年版。

「程式化」，把歐洲傳統戲劇和元雜劇、明清傳奇作為參照系來探尋古典地方戲的本質特徵，並在此基礎上，結合巴蜀文化座標來分析川劇的「川」味。

事實上，20 世紀川劇的「文學性」經歷了由缺失、出現、播撒的重大變化，川劇範型隨之發生嬗變：從告別了文學的古典地方戲到擁抱新文學的新時期川劇，再到作為消費社會文學文本存在的川劇藝術譜系，「文學性」始終是 20 世紀川劇藝術生命的「源頭活水」。古典地方戲階段「文學性」的缺席既造成了川劇表演一極（即劇場性）的高度發達也造成了川劇藝術生命的重大缺陷，「文學性」的加入引起了中國戲劇前所未有的文化轉型，這一轉型，使中國戲劇進入了思想啟蒙、張揚個性、反對專制、批判現實、貼近生活、傳播先進文化的歷史新時期。消費社會文學的終結與文學性的蔓延造成文學文本的泛化，川劇藝術整體的美學特質沉落了，瓦解了，以碎片化的形式被播撒到其他新的藝術樣態之中。

以「文學性」為關節點，論者將三個不同階段的川劇分別命名為「古典川劇」、「當代川劇」、「後現代川劇性藝術」。「古典」、「當代」「後現代」並不單純的指涉時間維度，它更多的關涉形態與本質的維度。一言以蔽之，「古典川劇」實際上是表演本質的戲，語言藝術的戲；「當代川劇」實際上是文學本質的戲，情節藝術的戲，「後現代川劇性藝術」實際上是自娛自樂的藝術消費樣態，是日常生活的審美化。它們是三種不同的藝術範型。〔註 10〕之所以用這樣的指稱，第一是因為 20 世紀川劇有相當大一部分屬於「古典地方戲」的範疇；第二是因為「當代川劇」以其獨特的身姿構成了當代文學史、思想史的一個有機部分，「當代」正如「當代文學」一樣，除了時間的維度，它還蘊涵有特殊的政治、文化的意義；「川劇性」是一個新的命名，事實上，消費社會文學的終結與文學性的蔓延，川劇的終結與川劇性的蔓延是一個共時的過程。九十年代以後，隨著大眾傳媒深入生活，成渝兩地出現了新的藝術形態，其中包含了諸多川劇的藝術因子，比如方言劇與方言節目。毫無疑問，這些新的藝術形態不是川劇，但傳承了川劇的美學基因和精神譜系，以另類的方式延續著川劇對巴蜀生活的言說。

〔註 10〕「戲劇範型」的概念不同與「劇種」的概念。「劇種」一般用來標識一方地域的戲劇，如越劇、花鼓戲等，而「戲劇範型」與地域文化的關係不大，卻與時代精神和社會文化密切相關。見孫文輝著《戲劇哲學》第 230～232 頁，湖南大學出版社 1998 年版。

二、研究方法說明

本書按照「20 世紀中國文學」的致思路徑，將 1912 年正式命名至 2002 年發行紀念版這 90 年間的川劇稱為「20 世紀川劇」，這個命名就將民國時期的表演和研究納入進來，並以此作為研究對象，分析其本質特徵及文化價值。

本書研究對象的邊界是相當具有爭議性的，這是由戲劇界定本身的多維性決定的。作為人類生命的一種存在形式，戲劇是「由演員扮演角色，在舞臺上當眾表演故事情節的一種綜合藝術」〔註 11〕，這就涉及幾個因素：劇作家、演員和觀眾；此外，戲劇可以是文學的一個類型，即戲劇文學。本書並非單純地關注一個維度，而是在一個大框架下，通過不同的論域論題來側重某一方面，正所謂「見鬼打鬼」，研究對象是總體性的，但在不同的論述階段關注的側重點不一樣，三個時期用了三個維度來透視：第一個時期通過分析戲劇表演與戲劇文學的關係解讀古典川劇的審美本質，第二個時期力圖展示當代川劇文學與「新啟蒙」思想潛流的互生互滲，以凸現當代川劇文學的思想史價值，第三個時期則探討各種花樣翻新的川劇表演或準川劇表演的幕布下所暗含的中國社會變革時期不同經濟文化力量間的此消彼長。

就個人的研究初衷而言，本書顯然不是單純的戲劇研究或者文學研究。它不是一種單向度的運行，而是包含著雙重視閾或雙重的運行軌跡：一方面是從文學研究當中走出去，獲取某種跨學科的能力介入當代社會討論的思想視野；另一方面是在川劇藝術中牢牢把握其「文學性」的核心，把文學在戲劇中的問題放置於一種新的批判視野當中，重新加以理論化。事實上僅在戲劇的範圍內來談戲劇，解決不了戲劇的問題。戲劇作為人類的一種精神文化現象，它的發生、發展與興衰，跟時代的文化休戚相關，時代文化的變遷必然主宰著戲劇的命運。因此，考察戲劇的問題必須關注時代的文化。實際上，本文正是力圖通過廓清川劇與當代社會文化整體結構之間的複雜關係，在游移的文化地形圖中挖掘出川劇獨有的生命力。這種研究可以避免單純的某一類研究，從而與社會現實形成互動，表現出參與和介入社會的活力。

本書試圖從一個新的理論視角對川劇的文化價值進行多維度的評析。提出「古典川劇」、「當代川劇」、「川劇性」等一系列新的命名；對方言劇等新興的地域文化樣式做出了新的文化闡釋；方法上試圖將戲劇學、當代文學、

〔註 11〕《辭海》（縮印本）第 492 頁，上海辭書出版社 1979 年版。

文藝美學納入研究路徑。此外，作者還多次進行「田野考察」：赴重慶、樂山考察戲臺，多次在重慶市川劇藝術研究所、四川省川劇院、成都市川劇院等相關單位收集了大量材料，觀看了一些精彩的實地演出，對一批有影響的藝術家、劇作家、理論家做了有針對性的訪談，從實踐和理論兩個維度上都握有深入的體驗。

本書既是作者對當代中國文化狀況觀察和思考的結果，同時也是作者不斷檢測和調整自己的觀察和思考「方法」的某種實驗。無論是研究方法還是所涉足的研究領域，相對於一般的戲劇研究或文學研究，本書都顯露出某種「越界」和「不軌」的色彩。在研究當中，作者試圖打破文學研究當中常見的二分法和二元結構，諸如文學／政治、歷史／現實等，而嘗試一種將批評、理論和歷史分析綜合起來的研究實踐，並以此為當代川劇文化研究提供一個新的研究範式（科學家庫恩提出的「範式」理論，即一個新的範式要能被接受，就必須既能解釋支持舊範式的論據，又能說明舊範式無力解釋的論據。換言之，新範式的成功之處就在於它的解釋更具有包容性），從而有意識地形成一種具有跨學科視野的文學研究樣式的實踐樣態。

目次

序　言
前　言……………………………………………… 1
第一編　告別了文學的古典川劇………………… 3
第一章　古典川劇的味兒 ………………………… 5
第一節　古典川劇的苦味兒……………………… 7
第二節　苦味兒與巴蜀生活……………………10
第三節　古典川劇的「耍」味兒 ………………10
第四節　「耍味兒」與巴蜀生存…………………13
第五節　哭與笑的內在本質 ……………………14
第二章　告別了文學的古典川劇…………………19
第一節　情節藝術的戲和語言藝術的戲…………19
第二節　古典川劇的非文學本質：動作、唱腔和鑼鼓 ……………………………………23
第三節　古典川劇的舞臺語言 …………………30
第四節　古典川劇的生存法則：對劇場性的追求 ‥32
第五節　古典川劇的可笑性………………………39
第六節　古典川劇的異數…………………………52
餘論………………………………………………55
第二編　擁抱當代文學的當代川劇……………59
第一章　古典川劇的終結與涅槃…………………61
第一節　古典地方戲的自救之途：梅蘭芳道路與田漢道路 …………………………………63
第二節　新質的誕生與偽質的橫行:《十五貫》與樣板戲 ……………………………………65
第三節　從茶樓到劇場：當代川劇誕生的觀演空間………………………………………67
第二章　擁抱當代文學的當代川劇………………71
第一節　「現代戲曲」的成熟與其代表 …………72
第二節　由邊緣向中心的靠攏 …………………74
第三節　由「耍耍戲」向戲劇體詩靠攏…………83
第四節　舞臺語言的程式化向以文學為主的多種藝術手法靠攏……………………………95
餘論…………………………………………… 100

第三編　作為消費社會文學文本的川劇藝術系列· 101
第一章　90 年代當代川劇創作…………………… 103
　第一節　文化環境的變化…………………………… 103
　第二節　90 年代當代川劇的總體狀況……………… 105
　第三節　90 年代當代川劇存在的問題……………… 109
第二章　作為消費社會文學文本的川劇味藝術…… 113
　第一節　消費社會文學文本………………………… 114
　第二節　魏明倫的身份……………………………… 118
　第三節　《金子》：作為文化標簽的當代川劇…… 121
　第四節　消費社會的公民身份表達：新版川劇《武林外傳》………………………… 126
　第五節　《火焰山》：古典川劇的高端消費……… 135
　第六節　漂浮的空間：從順興老茶館看古典川劇的中端消費………………………… 138
　第七節　草根的力量：川劇吉普賽人與路頭戲… 143
　第八節　川劇性蔓延與播撒………………………… 146
　餘論…………………………………………………… 153
參考文獻 ………………………………………………… 155
附錄一：對川劇知名人士的訪談……………………… 163
附錄二：20 世紀川劇大事紀…………………………… 173
附錄三：川劇重要劇目一覽表 ……………………… 177
後　記 …………………………………………………… 181

前　言

20 世紀川劇可以看作現代性進程鏈條中地方戲曲的一個精彩個案。90 年間它的文化性質經歷了從古典到現代再到後現代的轉變。這個轉變始終緊緊圍繞「文學性」這條線索進行。從告別了文學的古典川劇到擁抱新文學的現當代川劇，再到作為消費社會文學文本的川劇性藝術形態，文學性的有無與內在形態的變化始終是推動 20 世紀川劇變革的潛在動因。

以黑格爾的戲劇理論來審視，元雜劇是作為抒情詩的戲劇，明清傳奇是抒情詩與史詩並存的戲劇，這兩者都是文學本質的戲。中國戲曲到了古典地方戲階段，弱化了情節，脫離了文學本質，成為表演本質的戲，以演員的肉身表演來征服觀眾。古典川劇作為古典地方戲中的重要代表，與京劇相比，其情節更加粗糙，距離文學更為遙遠，其對劇場性的追求是通過大量的「聽頭」、「看頭」的舞臺審美資源來實現的。可笑性因素是古典川劇的重要劇場資源，同時也削弱了文學的可能性。

現代性思想框架下產生的新時期文藝思潮催生了文學的當代川劇的產生。作為當代戲劇文學的重要代表，當代川劇參與了當代文學史、思想史的建構，並與它們保持著內在的一致性。當代川劇是形態成熟的「現代戲曲」，是以情節的完整性為其首要藝術原則的戲劇，話語的啟蒙特質以及形式上的現代藝術手法讓它成為現代性話語下的精英藝術樣態。

消費社會條件下，當代川劇的宏大敘事喪失了其有效性，古典川劇自娛自樂的民間根性契合了消費者公民社會的精神特質，其美學基因播撒到各種新興的藝術樣式之中，這些川劇性藝術以嶄新的方式構成了消費社會的「文學文本」，在跨越了文學與非文學的界限的視野中可以看到某種非「純」文學、「純」川劇的藝術文本正在以某種別樣的方式四處延播。

將川劇作為一個活的生命體來把握是本書的研究路徑。

第一章採用了現象學的方法，從對象本身入手，以東方美學的基本概念為邏輯基礎，對古典川劇的「味兒」進行深度體驗。第二章以黑格爾的戲劇理論為理論基點，以歐洲傳統戲劇、元雜劇、明清傳奇作為參照對象，分析古典川劇的本質特徵。第三章從時代、環境、萌芽形態三方面分析了當代川劇產生的條件以及古典川劇實現涅槃的可能性。第四章分析了當代川劇「標出」自身的三個途徑：由邊緣向中心靠攏，由諧劇向文學的戲劇體詩靠攏，程式語言向文學語言靠攏。第五章廓清作為純文學意義上的九十年代當代川劇與八十年代當代川劇的差異。第六章從文化研究的立場出發，將後現代的幾種藝術形態視為具有川劇審美特質的消費社會文學文本，通過對這些新文本形態的解讀，來透視消費社會複雜的文化地形圖。

第一編　告別了文學的古典川劇

第一章　古典川劇的味兒

「有鹽有味」是一句川話，指的是事物具有無窮韻味，有嚼頭、有看頭、有聽頭。四川人是天下鹽味最重的人，他們喜歡用嘴巴去衡量人的生命價值，衡量事物的審美價值。味，是川人品鑒生活的度量衡。評論川人的藝術，就必須從「品味」入手。〔註1〕

味兒是藝術的生命，是藝術的真相。〔註2〕味兒將人捲入藝術之中，藝術也在味中真正地存活起來。與川劇的相遇，首先是它撲面而來的味兒，而不是宏大敘事的一個故事。在味兒中人與藝術才有真正對話的可能，因為味兒是生命的場所，在此人與藝術的生命才彼此交融，坦誠相待。藝術即味兒。在味兒中人與藝術的界線消失了，藝術擁有了人，人同時擁有了藝術。〔註3〕或者說，只有在對味兒的咀嚼中，人才真正地佔有藝術。藝術不是生命的物理元素而必須是生命本身，它在生命中存在！因此，多少年來人們所談的藝術不過是藝術的屍體罷了。味兒讓我們知道，當且僅當，藝術在味兒中與它的真正擁有者相依相偎、相互佔有。

味兒作為藝術的生命和真相於戲曲尤其如此，因此川劇之為川劇就在川劇的味兒之中。同一個故事，京劇與川劇的差別就在味兒。我們也只能在味兒的

〔註1〕中國藝術的鑒賞重「感」，重事物對於人的意味，重味覺。在感悟、體味提供的經驗基礎之上，「味」是藝術品最重要的存在特徵，以「味」見「道」（本質）是中國文化的根本觀念。「味」綿延著時間和空間，不同的感官皆可得味，「味」成為各種感官、心靈與世界萬物相互作用的共同方式。

〔註2〕見吳興明的《論味兒》，《四川戲劇》1982年第4期。

〔註3〕海德格爾在《論藝術作品的起源》也表達了類似的觀點。

體驗之中進入古典川劇，別無它途。活生生的古典川劇的事實是什麼，從何處入手抓住它？結論只有一個：味兒。唱念做打都是味兒。味兒是將這一切貫穿起來的東西。對中國傳統藝術樣態的把握，離開了即時的體驗和感受，離開了「味外之味」是無法想像的。技巧是必須的，但對技巧的思考離開了味兒的體驗，那將是無根的思索。只有在味兒的追思中，技巧才清明有本。對於《滄浪詩話》的作者來說，「味外味」乃是最高的藝術目標，用四川話說就是「味道長不長」。把握不住味兒，或者說根本沒有味兒意識，只能在古典川劇的聖殿外邊打邊鼓。味是需要感受的。不是理解，不是分析，而是體驗，是悟，是滲透，是入乎其內。正如悟空的火眼金睛無所不透，「味兒」便在這體驗與滲透之中束手就擒，在這眼光與體驗中被握有了。別林斯基說：「如果你告訴別人一首樂曲很好地表達了妒嫉的概念，那你等於什麼也沒說；但如果你把那樂曲演奏一遍，那它就為自己說明了一切。」〔註 4〕味兒是在與味兒相同隨在的體驗、品味和滲透之中存活、安居下來的，離開了體驗、品味和滲透，味兒必將不味兒了。離開了味兒就無法佔有藝術。因此，要談味兒就只能感悟式地談，沒有感悟地外在論證和分析必然使味兒逃跑得無影無蹤。

味兒是鮮活的，並非單純指文本或戲劇本身的韻味，而是一種與現實構成互為表裏的抒情關係的符號系統（包括動作）在其生存活躍的溫床中散發出來的特殊情韻、氛圍。單有演出而沒有文化的契合度，味兒也是被抽空了的，這樣的演出只是紀念性的、標本化的。由於中國藝術樣式多以抒情為本質特徵，所以味兒的生成、表達和播撒更多的與民眾內心的情感宣洩結合在一起。味兒是抒情過程中自然流露和湧動的一種情愫、氛圍和體驗，離開了「這一個」抒情過程，味兒不味也。八十年代的文化熱暗示了文化作為生命形式向人們深深的召喚，人們必須從這種生命形式中回到生命本身。然而，這種生命形式在其歷史的硬殼中隱蔽得很深了，並且文化的歷史硬殼將自己真正的生命——人的生命的未來性和現時性遮蔽起來。文化不是死的，而是活的，它活在我們的生活之中，本身就是我們置身於其中的生存氛圍，置身於其間的人與一切無不散發出這種氛圍的味兒。可見，味兒之原始正是文化的大地，而文化的模樣莫不在味兒之中。於是，我們便從味兒通向了生命的大地——文化。而在味兒中存活的藝術必在文化中有其根基。文化不是中性的絕對永恆的命定，文化是精神的原型。精神的自我超越性和時間性決定了

〔註 4〕《別林斯基選集》第 3 卷第 12 頁，上海文藝出版社 1963 年版。

文化的動態本質，決定了這種原型的非恒定性和自我破壞性；在此潛藏著文化、味兒與一切生命形式之歷史確定和超越的根源，從而精神就內在的規定著文化、味兒與一切生命形式的人性高度。沒有精神的文化、味兒與一切生命形式絕不是屬人的。因此，沒有文化意識的味覺是無根的感受，沒有精神的文化意識是沒有大地的懸思，而迷失了味兒則找不到進入文化回歸大地和生命的入口處。

本章的致思路徑已經十分明顯了，必須在味兒的體驗中走進古典川劇，真正理解川劇，進而參破其文化意蘊，與川劇一道坦露在精神的最高法庭面前，在審判的痛苦與醒悟中選擇自己的過去、現在與未來。

第一節　古典川劇的苦味兒

我們是在「苦」的體驗中走入古典川劇的，它以其特有的苦味兒將我們苦化了。用學者吳興明的話說，川劇味兒就是一種苦味兒。與古典川劇的遭遇真正是一場「苦」的遭遇。苦是表演性川劇的基本調調。

古典川劇的苦味兒最深地凝聚在它的聲腔與鑼鼓中。不是角色臉譜、情節模式、道具布景、人物對話，甚至不是它的具體內容，就是聲腔，就是鑼鼓。聲腔和鑼鼓就是川劇的魂。聲音是單調的撕人肺腑；味道是悲苦的，冷得怕人。敏感的人怕聽川劇，因為聽川劇就感到難以回嚼的苦味和襲人的陰氣。極端地說，唱腔像是從墳場上飄來的，幫腔像是從天國裏飛出來的，而鑼鼓像是從陰間裏敲出來的——難言的陰冷，出奇的悲苦，這是古典川劇味兒的基本特徵如同我們在苦味兒中體驗中醫，療愈身體。不苦不能治癒。唱腔與鑼鼓乃是川劇的天和地，苦便從中飄逸出來。古典川劇與當代川劇不一樣的地方在於當代川劇是劇本的戲劇，劇本內容是可以讀出苦味兒來的；古典川劇的苦味兒不寄託在劇本上，寄託在聲腔鑼鼓之中。直接將苦難喊出來。

聽一般的歌曲，你覺得它是明亮的，是陽世的音樂；聽交響樂，你感到一種強大而又純粹化了的人世生活氛圍。中國民族樂曲一個重要的特徵就是輕快、清亮和靈動，它是地地道道的世俗喜慶音樂，絲毫沒有西方古典音樂的貴族味兒。但同樣發之於民間的古典川劇決然不是這樣，毋寧說古典川劇味兒一個最重要的特徵就是它的「非人間性」。它充滿了原始的神秘和鬼魂世界的陰森。這一點與道教廟宇建築異曲同工。道院建築同樣神秘陰冷。

川劇不是越劇，它不表達紅塵中一等一的溫柔富貴。如同川江號子是用腔調喊出來的生之苦痛。不要看古典川劇有些場面鑼鼓喧天，人聲嘈雜，實際上它很難使人感到真正屬於人世的喧鬧和溫馨，這並非人世的喧鬧的外表總是包裹著內在的陰冷。純綿裹鐵，被古典川劇熱鬧的外表所包裹的那塊鐵不僅是硬的，而且是冷的，陰的，苦的。川劇乃是冰冷的喧鬧。川劇不是京劇，表達的是皇家的雍容華貴，川劇是小人物內心的掙扎和吶喊。一般歌曲和民族音樂把心靈導向春天和明媚的陽光，交響樂以汪洋大海般的音律之潮把靈魂向上抬烘，使之升騰，而古典川劇卻總是用單調的唱腔把靈魂拉長，拉長，勾向一個神秘而陰森的去處——你不願意去，但你不得不去；你不舒服，但你聽進去了就不得不跟著它去。你聯想到荒山，聯想到墳場，聯想到幽暗狹長的地下通道，聯想到鄉下死人時的招魂幡，聯想到古典川劇裏一再出現的陰曹地府，但是你決計不會聯想到春天，聯想到沸騰的人世生活。一種死亡之苦的陰冷令人苦不自勝，人世的窮苦匆匆而過，陰間的淒苦歷歷在即。〔註 5〕

與民樂的明媚、交響樂的烘托升騰相比，川劇的力量具有顯然的內在性。春光的照耀和溫暖是外在的，它先達到肌膚和視網膜，而後才往內傳遞；音樂海洋的烘抬也是外在的，它用海洋般的力量把你的身體卷著向上升騰。但古典川劇的陰氣具有勿庸置疑的內在性，它彷彿一隻無形的手伸入你內臟深處攥緊了靈魂，然後把它勾攝出去。軀殼留在原處，靈魂遠走高飛。這方面，古典川劇的高腔清唱最為典型。音調是單一的，拉成一根細線，拉得無限地深遠，爾後使它飄散在那個陰森而神秘的地方。同時，不緊不慢的木魚聲敲得你心驚肉跳，猛然而來的幫腔和鑼鼓使你驟然驚醒，彷彿提醒你：這才是生命！清唱，沒有伴奏，是如何的冷清啊！但外在的冷清毋寧說是內在陰冷的表現形式。正因為沒有伴奏，沒有和聲，才沒有那多音流、多方位的和聲共振，才沒有由共振交感而烘托起來的宏大氣氛，才有了那單一音調對靈魂的無盡穿透。古典川劇的力量不是感染，不是烘托，而是勾和引。

正是憑藉這特有的內在力量，古典川劇的苦味將所有人間的裝腔作勢拋回它歷史的真實。在這片土地上操勞奔忙的人真正咀嚼的是什麼？正是苦味兒！無邊的苦味就是他們生命的歷史真相。「道院世界」的特徵就是陰冷苦澀，它終究不是屬於人間的溫暖鬧熱。正是古典川劇的苦味存留著這片大地上之感性生命的自視之光。這裡的人們驀然回首看自己的生命：實在太苦

〔註 5〕「目連戲」就是地獄戲。宗教戲在川劇中始終不離地獄形象。

了！它不得不「長歌當哭」的吼出來。儘管古典川劇由最模具化的文化形式——臉譜化、程式化和傳統的道德倫理觀念等等包裹起來了，正如文化被它的歷史外殼所包裹，但文化的外殼並不是文化本身，古典川劇的外殼也不是其自身。古典川劇只能在此苦味中。當然，古典川劇曲目繁多種類各異，微觀地說，各有各的味兒。但毫無疑問，古典川劇整體上有一種基本的味兒，沒有它，川劇就喪失了獨特性。古典川劇沒有越劇溫柔肥膩，沒有京劇的雄健高亢沒有秦腔的蒼涼悲慨，沒有河北梆子的豪邁俠情，但它有苦，它有陰——悲悲切切，陰森苦澀，這就是古典川劇的味兒。

聲腔與鑼鼓作為一種音響系統是最難變易的文化原型，它內在地規定了某一戲曲樣式的命運和樣態，並以最隱蔽的方式植根於文化的土壤之中，甚至可以說中國古典地方戲曲之所以為之就在它的聲腔鑼鼓定勢。正是在聲腔鑼鼓之中呼應著文化自然中最本真的精神，並將同一文化圈中的靈魂置於此起彼伏的對答之中，在此，靈魂間有了生命的交感和對話。

古典川劇的聲腔鑼鼓凝為一個基本的聲音，這就是哭！哭人生無常，哭禍福無端。一切帶著哭腔，苦便是從這哭之中湧出。當然，古典川劇聲腔鑼鼓的哭不是自然的哭，而是藝術的哭，這藝術的哭聲中無疑最充分地保存了最原始的號叫。那是一種原始生命的哀號，無聲的精神歎息。冷風苦雨中淒淒慘慘的茅舍陰雲；月白星稀曠野死寂中歪歪斜斜的山梁；乾澀而淒懼的鑼鼓木梆與喪葬的隆重氣氛。然而，祭物始終寒傖，山野始終空曠，貧窮與破衣爛衫的意象攪裹在川劇聲腔鑼鼓的張力空間之中。很難考證古典川劇聲腔鑼鼓與蜀中哀樂鑼鼓的同源性了。不過了然的是：古典川劇是苦文化與窮文化之饒薄土地上的花朵，川劇聲腔鑼鼓浸泡在這苦與窮之中。鑼鼓乃是敲得響的語言。著名文化人黃裳正從古典川劇中窺出了蜀人生命中一些本原本質的東西來：「川戲中特別多悽楚之音，反二黃在京劇中即甚悲涼，而在川劇中尤其凋傷得厲害」，「有一種很特別的響器，發出嗚嗚然又清越的調子，使人想起胡笳」，「幫腔所烘托的離亂之際的逃難的場面，聽了則頗為悽楚了」，「從川戲中所得的主要印象是繁音促節，自然不同於崑曲，與京劇也有殊。宜於寫離亂之音，而不宜寫兒女情懷，『小紅低唱我吹簫』，蓋非江南的產物不可也」。〔註 6〕悽楚凋傷——黃裳深得古典川劇的真味也！

〔註 6〕曾智中等編《文化人視野中的老成都》之《關於川劇》第 301 頁，四川文藝出版社 1999 年版。

第二節　苦味兒與巴蜀生活

很難想像古典川劇會雍容華貴，它浸泡在窮苦文化之中，其果也是苦澀之果。中國的大眾文化是窮苦文化，而尤其窮苦的是四川底層的市民和農民。有學者將近現代的四川生存景象概括為「流民四溢，袍哥遍地」。〔註 7〕在如此貧弱的亂世之中底層人的生存狀況可想而知。沒有精神，所以沒有精神生活——實際上在那樣的貧苦文化圈中是不能奢談什麼精神的，為起碼的衣食住行、生兒育女、婚喪嫁娶奔波不已、勞累不已、驚惶不已，猶如牛馬，猶如喪家之犬，猶如行尸走肉，愚昧是必然的，毫無詩情畫意是必然的，這就是中國底層的市民和農民的生活。貧苦把他們逼向肉體生存的層次，貧窮使他們的生活充滿了最原始的悲苦。底層人所能表達的乃是哭喊，向著天空大地訴說人間的諸般苦難。

因此，古典川劇聲腔與鑼鼓的哭恰恰反證著它與蜀中哀樂鑼鼓的同源性：它們都源於貧苦人之哀號、之痛苦；陰森而又淒厲，乾苦而又悲愁。而這兩者共同的根源則是人世生活的窮與苦。植根於窮苦文化的精神核心使古典川劇的聲腔鑼鼓無法變易，始終是那麼淒淒惶惶、隱隱約約的無邊的哭聲，是貧窮、苦難、生命之垂死的哀怨與歎息，是苦文化與窮文化剝奪生命的神秘葬禮，是宇宙生命之原始的掙扎與不絕的應和。它正如川劇所特有幫腔自天而降，不期而至，遙遠而不絕如縷，驟然而沉入虛無，空氣稀薄中迴響著貧苦大地的回聲。川劇講真，哭與苦乃是窮人文化最本真的語言。

第三節　古典川劇的「耍」味兒

「好耍」是川話中出現頻率最高的用語之一，它幾乎被用於生活的任何一個方面，是川人對人生世相的一種感知方式：說一個人「好耍」，是指此人性情狡黠多趣；說一件器物「好耍」，意指此物好玩，值得把玩與品味，川話曰「有耍頭」；說一個地方「好耍」，指的是此地景物宜人或者有某種獨特的看點，值得一遊。川人朋友見面，問「最近做什麼」答「耍嘛」；若稱讚一個人事業有成，就說：「這娃兒耍得轉。」「耍」、「玩」之間竟囊括了四川人生活的方方面面。談一個人精於玩耍叫「耍家」，即耍的專家。有了耍朋友才有夫妻，媒妁之言抵不過一句「耍朋友」。川人對生活有一種獨特的「耍性」認識：

〔註 7〕李怡《現代四川文學的巴蜀文化闡釋》第 28 頁，湖南教育出版社 1995 年版。

生命是如此無常與淒苦，為什麼還要以一本正經的態度來面對？面對苦難，先耍起來再說。正所謂「未能篤信道德，反以好文刺譏。」〔註8〕把玩心態是川人的生存哲學。將苦難耍起來，人生才有堅定的、可以承受的根基。如果說川劇的唱腔和音樂是「苦」味兒的，那麼川劇的念白和做打則是「耍」味兒十足的。耍不是不登大雅之堂的東西，「轉耍」這個詞很好的傳達了「耍」對於這塊土地上的人們意味著什麼。如同「轉山」對於藏族人的精神是一種表達一樣，「轉耍」就是巴蜀對於人之在的最高表達。人生就是一個轉耍的過程。正因為有了「耍」，與「苦」構成了互為表裏的最高靈魂享受。人之存在是苦的，但也是耍的，甚至可以將苦也耍起來。耍火、耍藥、耍朋友，人間一切都可以耍。或者說，人生在世就是來耍的。川人早就明白，來人間一遭，就要吃苦，那麼為什麼不好好耍一場呢？

「京劇是聽的，川劇是看的」，川劇苦苦的唱腔與鑼鼓不是所有人都能接受和欣賞，反倒是它好耍的表演動作吸引著觀眾。「變臉」就是耍法動作。川劇中有為數不少的「耍耍戲」，實際就是一種滑稽戲。車爾尼雪夫斯基認為滑稽戲「只侷限於一種外部的行動和一種表面上的醜」，「滑稽戲的真正領域，就是老百姓玩的娛樂。」〔註9〕與京劇溫柔敦厚的醇美唱腔形成對比的是川劇「不成器」的耍鬧工夫。聽川劇，對聽覺是一種刺激；看川劇，對視覺是一種享受。「以丑應工」的川劇，丑角就是舞臺上「耍寶」。以至於到了今天有丑角演員公開以「某寶氣」亮相。這也是川劇傳統，暗示著它耍法多，笑點豐富。任何身份的人都可能被醜化，被揶揄：富豪紈絝之子（《做文章》中的徐子元，《譚記兒》中的楊衙內），雞鳴狗盜之徒（《撇淵》中的侯上官），吃喝嫖賭之輩（《滾燈》中的皮金），無恥變節之官（《柴市節》中的留夢炎），荒淫昏庸之君（《北邙山》中的周襄王），販夫走卒之流（《秋江》中的老艄翁，《花子罵相》中的孫家二）。丑角以近乎荒誕的誇張表情、身形和動作讓你笑得死去活來。丑角不一定是壞人，恰恰相反，丑角才是好耍的主體。看懂了川劇就會明白，只有丑角才是川人形象的代言人。川人利用丑角自嘲和自我洗涮。川人早已看穿了歷史的亂象，他們怕的不是貧窮與怪誕，而是偽善與乏味。

川劇的念白是「向下拉平」的，就是饒舌，就是無聊，就是沒話找話說。彷彿就是置身於茶館酒肆聽鄰桌人的閒言碎語，漸漸聽出笑意來。與京劇

〔註8〕常璩（晉）撰，劉琳校注，《華陽國志校注》，巴蜀書社1984年版。
〔註9〕《車爾尼雪夫斯基論文學》中卷第92頁，上海譯文出版社1979年版。

書香門第的充沛情感和秦腔鄉間野地的粗獷豪語相比，川劇的念白更像是引車賣漿的坊間雜談，鬧喳喳的，格調不雅，下里巴人。士農工商，三教九流，嬉笑怒罵，拉拉扯扯，打打鬧鬧。生活在這裡是可笑的，人物都是漫畫式的。語言不需要思想的過濾和篩選，自由，自在，「刁民」式的，但讓人不得不笑。

川劇最擅長的「耍法」莫過於在繃緊的氣氛中來一點睛的「笑筆」。幫腔與丑角往往在你看得屏息凝神的緊張時刻，發出一聲極不和諧的「雜音」，突然間撕掉作古正經的皮，讓在眼眶裏打轉的淚水瞬間轉化為開懷一笑。無論是《喬子口》中江洋大盜的冷嘲熱諷還是《打神》中神牌們的借題發揮，任何看上去嚴肅、正經、扣人心弦的場面在川劇中都會被消弭為一場鬧劇。試看《墜馬》的「好耍」之處。《墜馬》一戲情節簡單：蔡伯喈、羅德喜等四人金榜題名，天子要在杏園設宴招待他們，四人一同乘馬前往。對於平常川人而言，杏園是什麼樣子，狀元朝拜天子該怎樣並不重要，重要的是要「好耍」。於是，羅德喜在途中墜馬了，筋骨扭傷。接著一個叫包有功的軍士替他揉搓，巧的很的是這個軍士力大無比，當然不知輕重，好耍的事情就發生了，兩人圍繞揉搓大肆耍寶，笑料百出。天子招待的宏大而嚴肅的敘事被消解了。

只要一件事或一個人是可笑的，可以抖出笑料的，川劇都不放過。不管對象是帝王將相或者神仙鬼怪，為了得到某種耍笑意味，它可以放棄歷史真實，任情所至，將其納入自己的生活情境，賦予某人某事以極大的平民性。川人更以極大的熱情來欣賞這份耍樂，他們認為這才是真實的生活。表達在世的苦難和消解這份苦難便是川劇追求的目的。在世的喜怒哀樂皆好耍。

崇高的、神聖的、不可侵犯的、高高在上的在川劇這裡都成為了「好耍」的道具，人生就是一件很「好耍的事」，甚至是嚴肅厚重的歷史劇川人也能將其「非歷史化」。在這個意義上，與《哨遍．高祖還鄉》有些相似。但川劇是大規模的使用耍法。川劇在描寫歷史事件或歷史人物時，並不像京劇那樣以重現某段歷史為主要目的，而往往是藉此發揮想像，截斷歷史之流，在「好耍」上大做文章。歷史的沉痛感、故園感，大江東去、壯懷激烈這樣的情緒體驗在川劇中是難以想像的，真是「古今多少事，都付笑談中」。

「哭」與「笑」構成了川劇的兩極，在人生的無聊感，荒誕感背後是無邊的陰冷。看川劇，笑與哭都是從身體內部爆發出來的感官反應，一種脫離了思想，赤裸裸的生命本相。川劇是川人的人生哲學的外化，在這裡，一切都被還原為生存最初的狀態，生命就在哭與笑之間繁衍、輪迴、掙扎，痛苦與可笑皆被融為一體，川人的靈魂經過火與冰的洗禮，是最純粹，最透徹的。

川劇的「耍味兒」最物化的體現莫過於頂燈、變臉、踢慧眼的「雜耍」。它是戲的佐料和看點，讓你不由得聯想到街頭的雜技表演，原來，人生可以有這麼多的「耍法」！這些雜技式的看點，精妙絕倫的技藝，最大限度地調動人的眼球，滿足感官的愉悅。《斷橋》中青兒的「耍獠牙」，《花榮射雕》中花榮的「耍鬍鬚」，《問病逼宮》中楊廣的「支爆眼」，無一不讓人感到些許溫暖的況味。人生之所以還有「過頭」，還沒有絕望，就在於還可以自娛自樂。川人是最富於自嘲精神的，也是最善於自娛自樂的，聽川劇的唱腔，潮濕陰冷的氣息撲面而來；看川戲的耍法，頓感一群小人物坦然面對人生的無奈。你說東，它說西，專門唱反調。川人是從容的，面對貧苦而色調陰暗的命運，他們仍然能夠找到讓生活變得可以忍受的方法。這個方法，不是以靈魂昇華的方式超越生活，而是鑽到生活中去，與生活「打成一片」。

第四節　「耍味兒」與巴蜀生存

四川人好吃嘴，他們喜歡用嘴巴去衡量人的生命價值。若是自由、豪爽、渾身通泰、不拘一格的，他們不說有情有義，只說「有鹽有味」；反過來，一輩子謹小慎微、為物所役的，就叫「沒鹽沒味」。四川人堅信，人活一天，就要活得有滋有味，活得自由自在，活得洗盡鉛華，到頭來如開水白菜，這就是四川人的理想，俗世的成功從來不是四川人的最高理想，他們眼中人生的至高境界在於兩個字：好耍。四川這地方幾乎不出聖人，不出道貌岸然的模範，它出的幾乎都是怪才和異端。這些渾身「猴氣」的人，自然以「好耍」為人生第一要義，好耍的人生才值得一過。正如同川劇一開始就不是大雅之堂上的，也遠沒有京劇富貴敦厚的皇家氣派；它出現在水井坊處，丑角是它的光彩。在人生淒苦的背景下，丑角笑得分外自在。你若覺得不夠搞笑，幫腔再來點開笑點。

四川人是不成器的，因為老子說「君子不器」。這是四川道家文化與中原儒家文化的迥異之處。四川人從不適應過於嚴肅、激烈、抒懷的東西，滿漢全席對於他們來說太沉重了，不如擔擔麵、麻辣燙來得安逸。大型革命英雄史詩一出方言馬上變味兒了。魯迅認為中國文化的根在於道教，換句話說，中國文化的根就在於四川。川籍學者劉小楓以「逍遙」二字概括中國文化的底色，深得其中三昧。

自古以來，禮教的約束在這裡就是最弱的，逍遙的理想從胃口一直延伸到了頭腦。立功、立德、立言的偽不朽，不如一盤東坡肘子划算，不如一次精彩紛呈的變臉來得好耍，來得過癮！

傳統中國是缺少調笑的，所謂謔而不虐的儒家文化讓人們變得拘謹、恭順，在這裡，「笑是失掉了的」。〔註 10〕四川人從來就和一切虛假的時代潮流和宏偉敘事離得最遠，他們是善於說笑的。四川人的生活理想，自古以來就是對主流文化的一種抗拒和消解：人生已經太多風雨，何必板著面孔過日子？苦中作樂，四川人比誰都通透。四川人的性情就是，只要活得好耍，不怕吃得餓慫，笑得開懷，哭得痛快。

自然，這樣的消解不會是反思、超越而後到達彼岸世界的心靈過程，這不是西蜀文明積澱的走向；恰恰相反，它是一個肉體過程，以肉體的表達（哭與笑）來宣洩人生的痛楚，以肉體的快感（視覺與口舌的享受）來轉移和替代精神的追問。在肉體的沉淪中，終極性的追尋被消弭於無。精神性因素的退出必然導致對肉體層面的過分追求：哭要哭得撕心裂肺，耍要耍得眼花繚亂。

因此，川劇的耍笑談不上什麼境界，就是調侃，大則連續不斷，你來我往，攻守兼備，小則零星片語，不分場合，不擇對象。對語言的玩耍在川話中叫「展言子」，這樣的語言，離精神訴求很遠，離東坡肘子很近；離形而上很遠，離形而下很近。

總之，川人的情感方式是高度平面的，展現的是市井生活中那些平常的、瑣屑的甚至猥瑣的各種自然性的感受和欲望。勿需嚴肅，勿需深沉，偶而在戲謔中不經意地與社會大文本鏈接一下，讓人在哭笑之餘各有所悟。

第五節　哭與笑的內在本質

古典川劇的哭聲決不是豐厚的慟哭，它僅僅是原始生命的哀號而已。幾乎是本能的、半動物性的被傷害的淒厲。無論是杜十娘在投江之前的數落，秦香蓮在包青天面前的傾吐，還是綠娥在閻殿上的控訴都是淒怨的本能似的反抗和哀訴。在此，我們很難看到精神，很難看到真正精神的困惑與痛苦，很難看到真正的人，看到屬人的悲慟。在此，生命有如喪家之狗一般乞求憐憫，

〔註 10〕《致增田涉》，《魯迅書信集》下卷第 1109 頁，人民文學出版社 1976 年版。

生命之悲劇性精神的崇高與宏大渺無蹤影。將古典川劇與希臘悲劇等比較，這一點是十分了然的。後者之命運的苦難中遍響著精神的追問、懷疑與痛苦。精神使人凸現出來。精神之痛苦是真正的悲劇性，正由於此，人才有形而上的苦味兒！

精神的沉淪是苦文化與窮文化的本質特徵，是「苦」與「窮」的真正意蘊。「窮」還不在於破衣爛衫之窮，而是心靈的一無所有，心靈的貧窮、空無、蒼白，不知窮之為窮的「窮」。而不知窮之為窮的人哪裏有真正屬人的苦意，哪裏有真正的悲劇和悲劇意識！精神的貧窮使人向動物沉淪。精神作為人追問自身存在的內在潛能和意向，使人得以在這種存在的追問中進入人的存在，否定人的存在，改變人的存在，使人生活得更像個人樣。在此意義上，精神是人之為人的基本前提，因而是人生存的大地。一切非人的存在在這片大地上都毫無立足之地，都將受到精神不屈不撓的追問、譴責和否棄。因而在一片精神的大地上人生的苦難才真正與人敵對，與人對自身存在的追問相衝突，才有困惑、荒唐、絕望與痛苦，才有真正的自悲自苦，才有真正毀滅、破壞與死亡的衝動，才有悲劇的崇高，才有生命的屬人的渴求，才有人的哭。哭是精神之神聖的召喚，而不是淚分泌。味是精神的自我分泌與品嘗，苦在這味中。在精神的沉淪中形成的窮文化和苦文化是徹底的窮和苦了。人將不人，苦莫大焉，窮莫大焉。所謂「苦文化」之苦幾乎是皮肉之苦，腸胃之苦，一種毫無精神內容的乾苦，原始生命的本能之苦。這種苦味是古典川劇哭腔的實質，也是古典川劇哭腔缺乏悲劇性色彩的根源。

就窮苦文化而言，精神的沉淪又是必然的，真正地道的惡性循環。生存只能生存於肉體層次的人，他就沒有空閒和精力來懷疑與追問，就沒有條件來反省並使人的精神健壯、宏大和突起。古典川劇無疑是貧苦市民和農民的精神空間，在幹起的哭聲中響徹著原始生命哀號的交感應和、哭聲與哭聲之間的對話交流，古老的靈魂和原始生命在此面面相覷。這便是在四川的鄉間小鎮、茶館酒肆永遠飄蕩著愛好者們黃腔黃調的川劇聲最內在的緣由。酒鬼哼唱的川劇，黃昏老者哼唱的川劇以及失意、窮愁潦倒者哼唱的川劇往往是最真實、最純粹的川劇。從這個意義上，賈樟柯相當準確地佔據了蜀中文化心靈的入口處，《三峽好人》的鏡頭拉開：「金山六號」飛舟停靠在長江邊的奉節碼頭，背後是三峽著名的夔門景觀。在潮濕的空氣中，那些手持扁擔和繩索的「棒棒」們（搬運貨物為生的農民工）把這向上的人群橫斷沖散，接客摩托突突突的發動機聲也驟然湧近，喧囂彌漫中，似乎到處都是跟生存有關的濃重味道。行走的依然是沒有文化、沒有明天，穿著解放牌膠鞋的民工和農民。在這貧瘠而潮濕的地方，透過鏡頭語言，我們看到了這片並不陌生的土地上呈現的一種世代延續的生命氣質，紀實是底子，用游蕩式的接觸帶出人們的生活。他們離鄉背井，他們命如草芥，他們自娛自樂，然後自生自滅。在修築三峽水庫這個中國變化最巨大的地方，草根的生命狀態並沒有什麼改變，依然那麼艱辛、廉價、呆滯、麻木，「精神的創痛」對於他們是奢談了。英文名 still life 和中文片名《三峽好人》哪個更能傳達和詮釋本片的主旨？或許前者更直接地傳達了片子的意圖。文化人黃裳曾評說：「四川從古以來就是常有戰亂發生的地方，這悲苦的經驗被寫進戲劇裏、音樂裏，如此深刻，如此廣泛地活在每一個蜀人的歌音裏，成為一種悲哀的調子。這使我聯想起那啼血的子規，和江上的櫓聲，船夫的歌聲，覺得這些似乎是發自同一悲哀的源泉」。〔註 11〕似乎心有靈犀，賈樟柯敏銳地選用了川劇《林沖夜奔》作為片尾曲，一曲高腔清唱，如泣如訴，影影綽綽，不絕如縷，迴響在寂然矗立的夔門峭壁上，勾動著千年的離愁別緒……這便是古典川劇哭聲的精魂所在了。

真正內在精神的缺乏又使低級趣味、插科打諢、油腔滑調、程式角色噪音一般地充斥著這塊小小的空間，無情地抽打並且驅趕著精神。「耍」是「苦」的另一面：在沒有精神參與的生存苦痛中，「耍」能讓被生活磨得粗糲不堪的肉體得到短暫的滿足與放鬆。同時，「耍」也消解了「苦」的內在化可能性：沒有反思就沒有敬畏，拯救、希冀、渴盼這些人生的彼岸情懷永遠都不可能出現在「耍弄」的文化心態中。「耍」不僅消解靈魂的悸動，它甚至敢於漠視和作弄倫理。「好耍」帶來的笑聲遠沒有達到「笑可笑」的高度，它就是「可笑」本身，它止於「可笑」。它絕不是黑格爾所言的「激情的笑」，〔註 12〕而是乾笑，是皮笑肉不笑。

作為原始生命的呼號，哭是精神之飄渺遙遠中僅存的微光，沒了這哭聲，大地之長夜將沒有盡頭，除了哭，苦難中的人真是一無所有！在一種無法抗拒的哭聲中窮苦文化的非人性表露無遺，哭使窮苦文化永遠無法掩飾自身的醜陋，哭是窮苦文化不可逃避的生命之申訴和譴責。然而，哭死在哭聲中的古典川劇是危險了，因為它窒息著生命從而窒息了自己。不能哭，意味著

〔註 11〕黃裳《成都散記》，《四川的凸現》，中央編譯出版社 2001 年版。
〔註 12〕黑格爾《美學》第 1 卷，第 240～241 頁，商務印書館 1979 年版。

最基本的生命感的消失，而哭死在哭聲中，意味著缺乏超越這哭聲的最基本的精神。沉落在哭聲之中等於為貧苦文化殉葬。事實上，只有到了當代川劇階段，川劇才找到那屬於自己之安身立命的豐饒文化的精神大地，以自己悲劇性的苦味壯健貧苦文化中拋留下來的孱弱的心靈。

在華夏大地上的哲人們早就真正地長歌當哭了，孔子是哭過的，屈原是哭過的，陳子昂是哭過的「念天地之悠悠，獨愴然而泣下」，杜甫是哭過的，「出師未捷身先死，長使英雄淚滿襟」，曹雪芹是哭過的，「滿紙荒唐言，一把辛酸淚」。在此，哭是向死者告別，哭是使活者超生。一切有靈性的人和藝術都在痛苦之中呼喚精神、呼喚人性，這種哭就不僅僅是哀號了，懷疑、追問、悲憤凝聚於這一哭！這般的哭，就是真正人的哭！

正是在這哭聲的海洋中當代川劇的苦味發生了根本的質變，這種苦將濃縮著現代精神之巨大的悲劇性衝突與健康的人生態度，將充盈著豐饒之精神並滋養貧窮的心靈。

第二章　告別了文學的古典川劇

正是憑藉獨特的味兒，古典川劇以迥異於中原文化的性格標出了自己。如果說「耍」與「哭」是川劇標出自身的外部形態的話，那麼它背後的本質是什麼？在歐洲戲劇中，人與戲劇關係就是要穿過藩籬，逾越限制，填補空虛，徹底實現人的抱負。在這一過程之中，人們身上黑暗的東西逐漸變成了透明的東西。在依靠自我真實而進行的這場鬥爭裏，在努力剝掉生活假象的這種歷練中。戲劇可以向自身挑戰，也可以向觀眾挑戰，它應當在人體的呼吸，身體和內心衝動中引起反映。而在古典川劇中我們找不到這樣的特質。為什麼這哭聲如此撕心裂肺卻無法達到憐憫、震撼與淨化的悲劇效果？黑格爾曾批評中國戲劇「不是寫自由的個人動作的實現，而只是把生動的事蹟和情感結合到某一具體情境，把這個過程擺在眼前展現出來。」〔註1〕那麼，中國古典地方戲區別於歐洲傳統戲劇的本質是什麼？古典川劇的哭聲中一直缺乏的血液與養分到底是什麼？古典川劇所有的輝煌與缺憾之生發點何在？本章嘗試從「文學本質的戲」和「表演本質的戲」、「情節藝術的戲」和「語言藝術的戲」兩對概念出發，探索一條認識古典川劇的新路子。

第一節　情節藝術的戲和語言藝術的戲

文學與表演是戲劇的兩極。它們的差異是：文學訴諸觀念，而表演訴諸視聽。亞里士多德把「情節」、「性格」、「思想」、「語言」這些訴諸觀念的文學

〔註1〕黑格爾《美學》第3卷下，第298頁，朱光潛譯，商務印書館1981年版。

要素排列為悲劇六要素中的前四位，而把訴諸視聽的「戲景」和「唱段」排在後兩位。黑格爾曾說，戲劇「固然要用容貌姿態的表情，動作，朗誦，音樂，舞蹈和布景，但是壓倒這一切的力量卻在於語言及其特性的表達」，「表演術或歌唱和舞蹈一旦開始變成本身獨立的藝術，單純的詩的藝術就會降低地位而失去它對這些原來只是陪伴藝術的統治權。」〔註 2〕在歐洲，埃斯庫羅斯們和莎士比亞們的寫作確立了傳統戲劇的文學本質。在此基礎上，亞里士多德和黑格爾建立了自己的戲劇理論。亞里士多德最著名的判斷是，戲劇的直接目的不是描繪人物，而是摹仿行動，人物「不是為了表現性格才行動，而是為了行動才需要性格的配合。」〔註 3〕根據他的理論，情節的完整性是保證戲劇藝術完整性得以實現的最重要的文體原則。黑格爾的戲劇定義是：「史詩的客觀原則和抒情詩的主體性原則這二者的統一。」〔註 4〕也就是說，只有那些被心靈充分意識到的、由主體欲望客觀化而來的「自為」的存在才是戲劇的表現對象。亞里士多德和黑格爾都正確地描述了歐洲古典戲劇的文學本質。到了 20 世紀，黑格爾所設想的表演藝術的獨立，在西方現代戲劇中得到了充分表現。法國戲劇家安托南·阿爾托說，戲劇「首先針對的是感覺，而不像話語那樣首先針對精神。」〔註 5〕

以此為參照系，來廓清中國古典戲曲的變化路徑。在當代語境中，「戲曲」一詞的直接含義是指涉「中國本土的傳統戲劇」，與西方的話劇、歌劇等並稱。顯然，按照「話劇」的構詞方式，中國本土的傳統戲劇應該稱為「曲戲」或「曲劇」。首先，它是「曲」，是唐詩宋詞之後一種新的可供演唱的詩；第二，它不同於抒情詩「散曲」，是一種表演的戲劇的詩。

第一個明確把「戲曲」看作一種特殊的戲劇，賦予其以現代戲劇學意義的人是王國維。「戲曲者，以歌舞演故事也。」〔註 6〕「而論真正之戲曲，不能不從元雜劇始也。」〔註 7〕任半塘在《唐戲弄》裏注意到一個現象：唐代戲劇的創作主體是伶人，戲劇作品與傳統主流文學詩歌沒有必然聯繫；而元明清

〔註 2〕黑格爾《美學》第 3 卷下第 274 頁，商務印書館 1981 年版。
〔註 3〕亞里士多德《詩學》，第 78 頁，商務印書館 1996 年版。
〔註 4〕黑格爾《美學》第 3 卷下第 241 頁，商務印書館 1981 年版。
〔註 5〕安托南·阿爾托《殘酷戲劇——戲劇及其重影》第 32 頁，桂裕芳譯，中國戲劇出版社 1993 年版。
〔註 6〕《戲曲考源》，《王國維戲曲論文集》第 163 頁，中國戲劇出版社 1984 年版。
〔註 7〕《宋元戲曲考》，《戲曲考源》，《王國維戲曲論文集》，第 55 頁。

戲劇的創作主體是文人，他們用曲（詩歌）作戲劇；到了近代地方戲，創作的主體重新變為俳優藝人，曲辭文章當然不及元劇。〔註 8〕他已經指出了中國戲劇發展的一個圓圈，一個與文學結合又離異的圓圈。

事實上，中國傳統戲曲是表演藝術與詩歌結合的產兒，王國維的表述或有不嚴密之處，但他指出了「曲」在中國戲劇成熟過程中的決定意義。更重要的是，從源頭的儺戲、歌舞戲和滑稽諷刺戲到元雜劇、明清傳奇再到地方戲，中國戲曲經歷了一個從演員戲曲到作者戲曲再到演員戲曲的過程。戲曲之前，我們只能看到關於歌舞戲、參軍戲和滑稽戲的演出記錄而看不到劇本，主要是那時的戲劇創作於表演之中，演員本身就是作者。戲曲作品才開始出現作者：早期南戲作者被稱為「書會才人」。到了元代，演員和作者之間出現了對立和競爭。據《太和正音譜》記載，關漢卿說過：「非是他當行本色，我家生活，他不過為奴隸之役，供笑獻勤，以奉我輩耳。」〔註 9〕作者處於元雜劇和明清傳奇戲劇的主導地位。

到了清代，詩文、八股、經學吸引了知識分子的全部才智，戲曲不僅不能像它在元代那樣吸引一流人才，甚至也不能像它在明代那樣引起部分知識分子群體（如湯顯祖、沈璟等）的興趣。古典地方戲的總體特徵，用吳梅的話概括是「無與文學之事矣。」歐洲傳統戲劇和元雜劇、明清傳奇都以文學的語言為其藝術語言，為其創作、傳達、傳播、保存的物質媒介；而在以京戲為代表的古典地方戲中，舞臺藝術語言稱為其藝術語言，即其創作、傳達、傳播、保存的第一性的物質媒介，文學的語言成了它舞臺藝術語言大系統之下的一個子系統。無論從本土戲曲發展的縱向考察還是從與歐洲傳統戲劇的橫向比較考察，古典地方戲使用非文學語言為其藝術語言的特徵都是其最為本質的特徵。而古典地方戲所有的輝煌與缺憾都是從這一本質中產生的。這個本質的形成是戲曲發展史上三個互相關聯的事實的必然結果。第一個事實是：文學的語言藝術在曲中已經發展到頂點，戲曲中文學的終結與一般古典詩歌的終結實際上是同步的。第二個事實是：戲曲的文學語言藝術不間斷地提攜了表演藝術的發展。第三個事實是：由於戲曲的文學語言藝術與表演藝術基本滿足了當時觀眾的審美需求，文學的另一種藝術——情節的藝術便倍受冷落，

〔註 8〕任半塘《唐戲弄》，上海古籍出版社 1984 年版。

〔註 9〕《太和正音譜》《中國古典戲劇論著集成》，中國戲曲研究院編，卷三 24 頁，中國戲劇出版社 1959 年版。

始終停滯於史詩藝術的水平，不再向前發展。

如果說歐洲傳統戲劇是文學本質的戲，情節藝術的戲，那麼中國古典戲曲可謂語言藝術的戲，古典地方戲則是表演本質的戲。

元雜劇本質上是抒情詩：它不依賴人的行動來表現性格，而是直接用語言來描繪人物的意趣神色，所謂「極摹人情世態之歧，備寫悲歡離合之致。」〔註10〕明清傳奇既是語言的藝術，也是情節的藝術，但由於它的語言藝術在征服劇場的時候，提供了足夠的審美資源，它的情節藝術便不再做出征服劇場的努力。〔註11〕明清傳奇的情節藝術始終是案頭的，史詩的，它的完整性是其劇場演出形式無法表現的。和元雜劇一樣，是一種主要依靠語言直接描繪人物的簡單存在和內心生活的藝術，而不是像黑格爾所要求的那樣，只表現來自內心的行動。

對於語言藝術的戲劇來說，劇場就是演員肉身的存在，它要征服的是演員肉身的有限性。怎樣把演員的演唱與詩歌語言的聲調完美的結合起來，是中國古典戲劇家的關注點。有學者將其命名為「音律焦慮」。對於情節藝術來說，劇場就是被縮小了的時空，征服劇場就是征服時空的有限性，由此而導致歐洲戲劇的「時空焦慮」。〔註12〕「時空焦慮」把西方戲劇推上了情節藝術的巔峰，「音律焦慮」則把中國戲劇推上了表演藝術的巔峰——古典地方戲。

事實上，表演藝術也就是戲劇的「語言藝術」。「程式」就是一種舞臺的語言藝術。從文學語言到舞臺語言，語言的形態變化了，而直接使用語言描繪人物的性質並沒有變化。由於在直接描繪人物上表演語言更具有審美直接性，曲學家在征服劇場的過程中與藝術家一起建立了一套舞臺語言體系，即「程式」。它的建立反過來成為了文學介入戲曲的屏障，再加上文化生態環境壓抑知識分子的創造力，戲劇的文學本質轉化為表演本質就是必然的。在中國戲曲發展的鏈條上，元雜劇是抒情詩，明清傳奇是史詩，而古典地方戲不再是一種文學藝術，而是一種表演藝術，正是在這個意義上，它「告別」了文學。表演的本質使中國傳統戲曲獲得了更大的審美直接性優勢和更豐富的

〔註10〕郭紹虞等編《中國歷代文論選》第3冊229頁，上海古籍出版社1980年版。

〔註11〕胡適曾問：「《長生殿》全本至少須有四五十點鐘方可演完，《桃花扇》全本須用七八十點鐘方可演完。有人說，這種戲從來不唱全本的；我請問，既不唱全本，又何必編全本的戲呢？」《文學進化觀於戲劇改良》，《胡適文集》第2卷第124頁，北京大學出版社1998年版。

〔註12〕呂效平《戲曲本質論》第201頁，南京大學出版社2003年版。

形式美資源，但相應的，是它的創作人員思想的能力和藝術語言觀念表達能力的衰退。隨著這套體系的完備，知識分子在中國古典戲曲發展史上的使命也隨之而結束了，地方戲成了純粹藝人的戲劇。

第二節　古典川劇的非文學本質：動作、唱腔和鑼鼓

孔尚任和洪昇之後，傳奇作者的創作力趨於衰退。吳梅稱，「乾隆以上有戲有曲，嘉道之際，有曲無戲，咸同以後實無戲無曲矣。」〔註 13〕隨著貴族家班的消失，蘊藉典雅的士大夫趣味讓位於都市勾欄裏和鄉村廟會上那種粗鄙、質直、潑辣，然而更為元氣充沛的民間趣味。清代中葉以後，中國本土戲劇逐漸結束了它的明清傳奇階段而進入古典地方戲階段。

古典地方戲最為本質的特徵是使用非文學語言為其藝術語言。所謂語言有兩個層面的含義。一般意義是指由人類的發聲器官發出的具有各種含義的聲音，是人類最重要的交際工具。由此引申下去，語言還指人類以特殊方式思維和交際所使用的特殊工具。不同藝術使用不同的藝術語言。戲劇這種綜合藝術使用幾種不同的藝術語言，但有一種處於第一性的領導地位，戲劇的性質由處於第一性地位的藝術語言所決定。戲劇的藝術語言由文學語言和歌舞、造型等舞臺藝術語言兩部分構成。當它是黑格爾所說的戲劇體詩的時候，它是「詩」，是文學的一個門類，以文學語言為第一性的藝術語言；而當舞臺語言壓倒文學語言成為第一性的時候，這樣的戲劇便不再是戲劇體詩。古典地方戲正是處於這樣一種狀態。落實到古典川劇，則是在嘉慶、道光年間，經過地方化演變的崑腔、秦腔、弋陽腔、楚腔皆改用四川方言演唱，而崑曲則由於吳方言與四川方言的巨大差異，以及演劇形式的高度文人化，很難適應川中普通觀眾的欣賞習慣，絕大部分劇目改用高腔演唱，僅有少量折子戲仍以「川昆」形態存留於舞臺。可見，高度文學性的崑曲演變為地方戲的古典川劇以後，一掃其「文質彬彬」的雅風，而變得「四川化」，清代邛州（今邛崍縣）刺史楊潮觀的個案相當具有代表性。楊本是江蘇無錫人，然而，在他入川作官不久，在巴山蜀水的感染之下，其劇作無不散發出濃郁的充滿野性的川味，他所作雜劇 32 種「文情豔麗，科白滑稽，光怪陸離，獨標新義。」(《〈吟風閣雜劇〉序》）文人創作尚且如此，不難想像由藝人創作的劇作是何等的俚俗！

〔註 13〕吳梅《顧曲麈談．中國戲曲概論》卷下第 195 頁，上海古籍出版社 2000 年版。

所謂文學，包含情節的藝術和語言的藝術兩個方面。古典地方戲的折子戲情節顯然是不完整的，就其自創的作品來說，情節藝術的水準甚至低於元雜劇。它的連臺本戲每一個故事之間的聯綴是外部的、機械的、粗糙的，根本無法滿足情節的整一性要求。整個情節藝術處於蒙昧狀態。古典川劇的情節只是作為演員肉身表演的背景以及演員發揮其表現力的線索而存在，而歐洲戲劇的情節是舞臺的演出對象。

舞臺語言的第一性決定了古典地方戲必須以舞臺藝術整一性作為首要原則。其主要表現在：第一，根據舞臺的要求選擇演出劇本。即使在最著名的作品中，也有相當多的場次實際上被舞臺忘卻了。有些場次被淘汰了，有些場次偶而上演，有的場次經常上演。其選擇的原則就是舞臺藝術整一性原則。第二，在長期的實踐中，逐步淘汰劇本中劇場效果不強的部分，豐富當場出彩的表演部分。《綴白裘》所選《被醉隸》原是《紅梨記》一齣戲中的一個小片段：秀才趙汝州與冒名小姐的妓女謝素秋晚間有約，不料太守錢濟之差人前來邀請秀才賞月飲酒。《六十種曲》載原文如下：

（雜扮差人上）瑞麟香暖玉芙蓉，畫蠟凝暉徹夜紅。信道使君情意重，捲簾遲客月明中。小人雍丘縣差人。錢爺差請趙相公看月。此間已是寓所，書房門畚畢，不免低低喚聲：「趙相公，趙相公。」

（生驚醒）呀，小姐來了。（急出開門抱雜）小姐，小姐！想得趙汝州苦也！

（雜）趙相公，小人是本縣差人，不是什麼小姐。

（生看笑）偶然睡去，夢魂顛倒。你是誰差來的，這畚晚來敲我的門？

（雜）小人奉錢爺鈞旨，說日間政事多冗，乘此清夜，請相公看月。

（生）我身子不快，不耐煩看月。煩你拜上錢爺罷。

（雜）相公，好好兒在這裡，怎麼說了看月，就不快起來？小人恐錢爺見責，不敢去回覆。

（生）沒奈何央及你回了罷。說趙相公身子不快，已睡覺了。你快行動些兒罷。

（雜）既如此，小人只得去了。頓令北海尊虛設。

古典川劇《醉隸》為丑角戲，其情節、唱詞與《綴白裘》載《醉隸》基本相同，道白為四川方言。古典川劇對於敘述趙汝州與謝素秋悲歡離合的愛情故事不感興趣，因為劇場並不以敘述全部故事為目的，它只要片刻的強烈效果，於是一個無名無姓的皁隸不僅獲得了姓名，而且發展成了主角，他的滑稽醉態成了戲劇表演的主要內容，原本幾句臺詞的「露臉」被無限拉長、放大，獲得了相當重要的審美地位。趙汝州約會的小姐來不來都不重要了，重要的只有這個飾演皁隸的丑角演員的醉態表演：皁隸許仰川是一個典型的愛吹牛，好「提虛勁兒」的市井小人。他在一串笑聲中上場，口說手揮，觀眾聽不清他說什麼，但知道他是一路上都在與人打招呼，嘻嘻哈哈，說說笑笑。念完定場詩後，是一段講白，敘述他今天的所見、所聞、所作。諸如：今天上午老爺問了一案，是和尚與尼姑打架，和尚扯掉了尼姑的鬍子，尼姑抓掉了和尚的頭髮……站完了堂，他到街上閒逛，一些人巴結他，拉他到茶館喝茶，他的兒子來了，說縣太爺叫他……見到老爺、奉命請客……等等。他不停地摹擬老爺、尼姑、和尚、兒子、酒友的口吻和動作，繪聲繪色、迫不及待地要對你描述，使你快樂。接下來，他出發了。醉得腿腳不聽使喚，跌跌撞撞。到了趙相公處，錯讀告牌上的字，胡亂解釋一通；進入花園，觀賞花草池魚，誤信「人死變鬼，鬼死為魚」的傳說，驚呼逃避。當趙堅持不去後，兩人追打於書房之中。許把趙的書案吐得一塌糊塗，還用趙的書稿拭嘴。最後，趙汝州不肯赴請，酩酊大醉的皁隸擔心老爺會責罵他「請客都請不來，捉賊還捉得到嗎？」朦朧中解下腰間的鎖鏈，要把老爺的客人鎖上帶走，結果卻稀裏糊塗將鎖鏈套在自己脖子上，以為鎖住了趙汝州，滿意而歸。古典地方戲兩個藝術原則：感性十足的人物塑造（醉隸）和戲劇性衝突情境（請客）的創造，這裡都有了。但是，古典川劇並不是通過文學的手段來實現這兩個藝術原則，而是借助演員的舞臺表演（聲腔、說白、動作、表情）來達到目的。

放棄了故事敘述的完整性，舞臺表演獲得了充分的自由，只要能夠當堂出彩，表演就可以盡情發揮下去。本來請客的過場戲，只有在男女主人公命運發展的過程中才獲得意義，它不具有獨立的意義。因為根據文學作品的整一性原則，審美所關心的應當是男女主人公的約會是否受到了騷擾；然而，根據舞臺演出的原則，只要演員能把這個皁隸演得風趣盎然，不妨讓觀眾忘記小姐和約會的懸念，甚至根本從舞臺上刪去了他們的約會和結局。正如觀眾欣賞《花田寫扇》，其關注重點並非小姐玉瓊與書生邊吉的愛情故事，而是飾演丫鬟春鶯的陳書舫的童聲唱、念工夫。因此在傳奇演出地方戲化的過程中，主題、核心情節、主要人物的丟失和漂移是一個普遍的現象。與戲劇的地方戲化相伴的是戲劇的文學性不斷地受到其劇場性、表演性的排擠和蠶食。

再來看語言藝術，元雜劇音樂採用嚴格的曲牌聯套的結構方式，明清傳奇的音樂採用比較靈活的曲牌聯套的結構方式，梆子和皮黃興起以後，板式音樂的結構，逐漸瓦解和取代了曲牌聯套，成為古典地方戲的主要音樂結構方式。板式音樂形式簡單有規律，節奏感更強，可以喚起人內心機能機械運動的慣性化節律，獲得感性本能的支持，適宜於朗誦和歌唱。向來「曲」中所注重的意境消失了，將代之以舞臺上演唱的魅力。古典川劇的高腔具有相當代表性。高腔是古典川劇中最有特色，最具代表性的聲腔。古典川劇所謂五腔共和，看似並列，實際上是以高腔為主導，其他四種聲腔即昆、胡、彈、燈逐漸向高腔合流。川劇高腔是一種用打擊樂作伴奏的一唱眾和（眾人幫腔）的徒歌演唱形式，在音樂結構上有鮮明的特點，即主要由幫腔、鑼鼓、唱腔的組合構成，川劇藝人將其簡稱為幫、打、唱。川劇高腔具有節奏靈活、行腔自由，易於演員臨場發揮，充分展示演員技藝，敘事與詠歎結合的半講半唱的特點。比如古典川劇《荊釵記・刁窗》：

錢玉蓮唱【駐雲飛】：鑼鼓→（唱）血淚啼號！（鑼鼓套打）→（幫）啼號（哇）！→鑼鼓→（幫）一封饞書（哇）把奴（哇）拋。→鑼鼓→（唱）繼母得了錢和鈔，估逼玉蓮嫁富（哇）豪（哇）！（鑼鼓套打）→鑼鼓→（領幫）繼母（啊）→（合幫）心（哪）不（哇）好（哇）！（鑼鼓套打）→（唱）爹爹見書心煩惱，→（幫）繼母見書（啊）喜眉（呀）梢（哇）。奴家當效姜女殉郎保節操（啊）！（鑼鼓套打）→鑼鼓

這類唱詞有兩個特點，一是明白曉暢，二是節奏機械地重複，慣性化，滿足這兩個簡單要求即可，無需追求語言風格的創造，當然也談不上更高的意境營造。此外，川劇高腔還吸收了四川民謠、山歌、曲藝號子的音樂語彙，劇場性非常強烈。比如故事原本託地於江南的《秋江》（即《陳姑趕潘》），到了古典川劇舞臺上，在川江號子聲中，演員表演了獨具特色的川江行舟的整個過程，既驚且險，美不勝收。本來由語言風格所提供的審美資源改由演唱的風格來提供了。

古典地方戲的創作來源一是無名舞臺藝術家的創作，二是元雜劇和明清傳奇裏流傳下來的折子戲，這部分劇目本來是相當具有文學性的，但是在

地方化的過程中，藝人們根據舞臺表演的要求來改造原作，或多或少削減和淡化了文學性。藝術家修改的原則就是以舞臺的魅力取代文學的魅力。在《綴白裘》這部早期地方戲劇本最具價值的合集中，基本與文學無關的劇目超過全部非崑曲劇本的 60%。而在做工戲中，舞臺語言並不與文學語言發生關聯而獨立地存在著。就古典川劇而言，其中的燈調就是徹頭徹尾的農民戲，地地道道的民間小調。它的語言是地道的四川方言俗語，它的音樂形態更為單一，行當發展尚不完備，以演出小戲、鬧劇為主，難登大雅之堂。角色以旦、丑為主，活潑歡快，載歌載舞，唱多白少，無動不舞，經常被穿插於高腔的大幕戲中以調節全劇的氣氛。其中著名的《皮金滾燈》演的就是賭棍皮金嗜賭懼內，老婆為了懲罰他，命他頭頂一盞點著火的油燈碗，從三條排列整齊的條凳下匍匐鑽過，並做出翻、滾等驚險動作，頭上油燈不可熄滅。它更接近於一個摻和了雜技的幽默小品，和文學有什麼相干！雖然古典川劇在晚清出現了一些文人參與創作的情形，比如晚清的趙熙、黃吉安、冉樵子，但這類知識分子的創作屬於鳳毛麟角。

《皮金滾燈》（圖片來源：《四川非物質文化遺產叢書》，四川人民出版社 2007 年版）

川劇鑼鼓是川劇音樂極其重要的組成部分，甚至可以說是川劇音樂的靈魂和命脈所在。其原因有三：第一，川劇的五種聲腔來源各不相同，音樂形態相去甚遠，有曲牌，有板腔體，有小調，正是通過川劇鑼鼓將這些不同的聲腔音樂結合起來，形成統一的藝術風格和劇種特色，毫不誇張地說，川劇鑼鼓是古典川劇藝術整一性的重要組成部分。第二，高腔以鑼鼓為主要伴奏樂器，在高腔幫打唱結合的音樂形式中，鑼鼓起著結構和規範的作用，可以說，沒有鑼鼓也就沒有高腔音樂。第三，演員的唱念做打是在鑼鼓節奏控制下完成的。古典川劇折子戲《放裴》中的三追三趕，《三岔口》的摸黑打鬥，《賊打鬼》中挖牆腳、上弔的過程，幾乎沒有唱腔念白，所有的表演都是在打擊樂的配合下完成的。古典川劇尤其是高腔戲，演員還未出場，便要起鑼鼓，演員上場之後所有表演及角色交流全由鑼鼓控制，它存在於古典川劇演出的每一個瞬間，故而，川劇有戲諺「半臺鑼鼓半臺戲」，「七分打，三分唱」之說，鑼鼓，就是古典川劇戲劇舞臺的標點，控制著舞臺的節奏，有時，它甚至代替了文學語言對意境和人物內心世界的描繪。《評雪辨蹤》中呂蒙正手上那顆米掉在地上時用的一聲「釵」，之所以值得稱讚，是因為這個「釵」，是出於飢餓狀態中的呂蒙正，因米掉在地上那種特殊感覺的誇張。《拾玉鐲》中孫玉姣做針線，被針扎了手時用的那聲「丑」，是強調了孫玉姣看見傅朋出現後有點心慌意亂的心理活動。《逼侄》中，陳妙常在泥濘路上追趕潘必正時用的那個「小打」：「吃臺，吃臺，吃臺，壯」，與其說是打出了陳妙常的身段，不如說是鮮明地突出了陳妙常此時急於追趕前面的潘必正，又害怕後面有人跟蹤前來的著急心情。

川劇有「半臺鑼鼓半臺戲」之說，可見鑼鼓在川劇中的地位。（圖片來源：《四川非物質文化遺產叢書》四川人民出版社 2007 年版）

古典川劇濃郁的劇場性〔註14〕最重要的表現形式就是它的幫腔藝術，在古典地方戲中獨具一格。它既是古典川劇高腔音樂的顯著特點，也是高腔音樂系統的一大創新。早期由鼓師領腔，後由樂隊其他人員接腔、合腔。由於高腔是徒歌式演唱，所以幫腔的第一要務就是起腔定調，幫腔定調之後，演員才能依調行腔。一般地說，幫腔抒情，唱腔也抒情；幫腔激越，唱腔也激越；幫腔悲苦，唱腔也悲苦；幫腔歡快，唱腔也歡快。可以說，幫腔是實現古典川劇舞臺藝術整一性必不可少的因素；反過來說，幫腔在古典川劇中的重要性也深刻地展示了其內在的表演本質。川劇幫腔具有多種功能，運用十分靈活：可以製造舞臺氣氛，可以描繪環境，可以點綴景色，可以配合舞蹈與身段，可以跳出劇中人代表觀眾講話，但給人回味最濃的還是當人物不願、不忍、不想、不敢，不能直接表達出來那種心靈深處的隱情時，由幫腔「點」出來，製造強烈的戲劇效果。如《秋江》中陳妙常乘船追趕情人，無限傷感，又不便對艄翁言明，幫腔幫唱其內心思緒「冷浸浸潘郎今何在，離情別緒繫心懷」；也可以第三人稱的口氣，評點劇中人物事件，如《玉蜻蜓》中，申桂生向王志貞求愛，雙膝下跪之際，幫腔為「申公子，你真是一個厚臉皮！」《百寶箱·投江》中杜十娘投江後，幫腔對李甲、孫富二人幫出「兩個都是壞東西。」觀眾頓覺大快人心。古典川劇是表演本質的戲，幫腔的特點要通過演員去結合，去體現。也就是說，幫腔的獨特功能是溶化在演員的表演藝術之中的。《拜月賜環》中，伴隨著貂蟬出場的是一支【懶畫眉】曲牌，共有

〔註14〕戲劇性和劇場性：黑格爾深刻地闡明了戲劇在文學本質下區別於史詩和抒情詩的特殊本質，即「史詩的客觀原則和抒情詩的主體性原則二者的統一」，一方面，「動作起源於發出動作的人物性格的內心生活」，另一方面，「具體的心情總是發展成為動機或推動力，通過意志達到動作，達到內心理想的實現」。(《美學》第3卷下冊，第241，244頁）這是對於戲劇性最深刻的闡釋。促使抒情詩的主體性原則向史詩的客觀原則轉化和促使史詩的客觀原則向抒情詩的主體性原則轉化的熔爐，就是劇場。劇場性與戲劇性既相互聯繫又相互區別。劇場性，是指表演的「抓人」力量，即使非戲劇的表演作品也具有劇場性，比如雜技的驚奇效果，舞蹈形體的韻律之美和音樂的節奏力度都屬於表演的劇場性。戲劇性是指能夠引起懸念，使人始終保持強烈興趣的情節力量，在劇場之外的文學作品和生活事件中也可以充滿戲劇性。歐洲傳統戲劇在其發展過程中戲劇性逐漸獲得了必然性的地位。而中國戲曲的劇場性追求，在與戲劇性的競爭中從來都處於主要的、中心的、必然性的地位，它一直壓抑著戲劇性追求意識的覺醒，中國古典地方戲就是劇場性發展到極為完備程度的產物以至於造成古典地方戲文學性的極度萎縮與壞死。

六句唱詞，其中演員只演唱「畫閣」兩個字，其餘全是幫腔。這支曲牌之所以以幫為主，是因為它不是表面地要求演員依據幫腔的節奏比劃動作，去圖解四周的環境，而是用以表現貂蟬憂心忡忡的不安之情，幫腔與表演是聽覺與視覺的和諧統一。

不得不承認，儘管古典川劇的文辭失去了生動細膩地描繪人物的功能，失去了意境與風格之美，但鑼鼓與唱腔在古典川劇中卻比一切言詞更能直接地傳達喜怒哀樂的情感，古典川劇的鑼鼓，號稱能表現吹風下雪，水池花香。有時候無論使用多少文學語言的形容和修辭也比不上舞臺上外化情感的一番鑼鼓。正如用千言萬語來描摹一個人也不如打個照面那樣能夠迅速地認識這個人。

第三節　古典川劇的舞臺語言

自 1926 年趙太侔等人的「國劇運動」以來，「程式」這個概念就一直被用於說明以京劇為代表的地方戲特徵。我們欣賞古典地方戲的唯一方式，就是在劇場（包括萬年臺和會館）觀看演出，閱讀其舞臺藝術語言——程式。並非地方戲沒有劇本供閱讀，而是印刷的文學語言無法承載地方戲的藝術內涵，舞臺語言藝術才是觀眾欣賞古典地方戲不可或缺的第一性媒體。在傳統劇目地方戲化的過程中，文學性因素被逐漸淘汰了。古典地方戲的創作主體是沒有受過多少教育的藝人，他們用以構思創作的媒介主要不是文學語言，而是唱腔和身段，也就是通常所說的「程式」。其作品的文本保留和傳承方式由印刷品變為藝人的肉身。往往在老一輩表演藝術家逝世之後，一些經典的劇目由於沒有及時傳授給後人而不復存在。文學語言的風格被表演藝術的流派所取代。「馬東籬之詞如朝陽鳴鳳」，「關漢卿之詞如瓊宴醉客」，「王實甫之詞如花間美人」讓位於「梅蘭芳的端莊華貴」，「程硯秋的幽咽剛烈」，「荀慧生的活潑嫵媚」。古典川劇藝術流派也分為「四條河道」：川西壩，資陽河，川北河，下川東。〔註 15〕流派的此消彼長更表明舞臺語言才是古典地方戲的藝術語言。

〔註 15〕這種表演風格的差異也是由地域的文化性格所導致的，正如有論者指出的：「巴山蜀水，重慶是巴文化，山文化，成都是蜀文化，水文化，重慶的氣質鮮明堅硬、成都的氣質悠閒溫情。」（《新週刊》2000 年第 18 期第 16 頁）顯然，地域文化氣質也影響著演員的表演風格和做派。

中國戲曲發展到地方戲階段，文學語言的創造力衰竭了，其舞臺藝術語言發展成為一套極具表現力、高度成熟的語言系統，並成為戲曲的「第一性」藝術語言。所謂程式，也就是地方戲的藝術語言。古典川劇有相當獨特的一些程式。比如周企何先生主演的《投莊遇美》，他扮演的梅嫗年邁耳聾，步履蹣跚，幾乎看不出任何程式化的痕跡，但一舉一動都在鑼鼓節律的控制之中，絕不同於話劇的表演。劇中有這樣一個細節：客廳裏，初次相見的書生與小姐詩詞相合，暗結同心，梅嫗聽不懂二人的對話，囑咐二人各自早些歇息，然後回到自己的房間。這時他的表演是：走到耳幕邊，手扶幕布，抬腿邁過虛擬的門檻，表示手扶著門框，進到裏屋。這個非常生活化、不經意間的動作卻是精心設計的舞臺行為。《秋江》一劇中上船、解纜繩、船掉頭、撐船、推船、靜水划船、船過險灘、到碼頭、下船等一套表演也是古典川劇的經典程式。

代角是古典川劇的一大創造，即在同一齣戲中，由一個演員前後扮演兩個角色，以形成特殊的舞臺效果。如《賣玉姐》一劇，當害死賣玉姐的南山復被行刑時，劊子手便由扮演賣玉姐的演員來替代，以昭示「善惡自有報」的倫理觀念。《放裴》中，慧娘的鬼魂得知賈似道命人暗害裴禹，連夜趕去報信，裴在她的幫助下倉惶出逃。此時劇中採用了影角的表現手法，一位穿黑衣的演員跟在裴禹身後亦步亦趨奔跑，表現出裴禹內心的驚恐和情勢的緊張。《射雕》中的小姐耶律含嫣與獵手花榮一見鍾情。舞臺上二人分立左右，四目相對，呆立不動。含嫣的嫂子站在臺中，左右手從他們的眼中牽出一條「情絲」，打個疙瘩結在一起，牽著這根「絲」向裏一扯，二人便向裏一倒；手向外一送，二人就被這根「絲」牽著向外倒去。這種高度浪漫的處理可見出古典川劇程式的精妙幽微。這些訴諸視覺的表現性詞彙代表了古典川劇舞臺語言藝術的高度。

古典川劇舞臺藝術語言的詞彙還包括戲曲音樂的基本單位，包括各種曲牌、板式、腔調和鑼鼓。此外，古典川劇的基本詞彙還包括舞臺美術上的基本單位，如各種臉譜，各種服裝和飾物。比如，古典川劇舞臺最基本的擺場是一桌二椅和耳帳。在每一場戲中，他們代表不同的地點、場所，並不斷轉換著功能。《黃沙渡》中，桌子放在舞臺一側，萬安站在桌上偷聽黃斑虎與書生對話，表示是在樓上竊聽樓下的對話；夜晚睡在桌上，桌子即變成了床；《奔途》中張鴻漸登上桌子，這桌子即是崇山峻嶺。這些詞彙通過色彩、線條、形狀、擺設的差別，各有可識別的物質外殼，各有指稱。

正因為有了程式這種舞臺語彙，正因為古典川劇無意以情節藝術征服舞臺時空的有限性，所以舞臺語言獲得了極大的敘事表現力和極豐厚的審美資源。古典川劇的舞臺永遠是一個空的空間，時間與地點都在演員的表演語彙中隨身「攜帶」著。《八件衣》中那位多管事，他「自己沒得事，專為別人忙」。王婆婆的兒子在公堂被刑訊逼供致死，他十萬火急到王家報信。因路途遙遠，為了節約時間，他對臺下觀眾說：「哎呀，還有啷個遠得嘛！我來大跨一步！」配合一記大鑼聲，他一個大轉身對觀眾說：「攏了！」這就是由古典戲曲分場制帶來的虛擬時空。阿甲曾認識到：「沒有分場的形式也就沒有虛擬的動作。正因是虛擬的動作，它可以在一塊四方有限的舞臺面積上，不受任何限制整本大套地反映深刻廣闊的歷史生活。」〔註 16〕舞臺時空的不確定性要求表演者自己來說明時空。

事實上，正是舞臺表演語彙的極大豐富，推動和保證了中國戲曲從文學的戲劇向劇場的戲劇這樣一個過渡。

第四節　古典川劇的生存法則：對劇場性的追求

古典川劇對劇場性的重視與四川觀眾的欣賞習慣有很大關係。古典川劇的舞臺是在廟宇、會館和茶園裏面。演出的時候，觀眾交頭接耳，賣零食的穿梭於觀眾席中，裝水煙的隨時侍侯著。看戲的時候喝茶、嗑瓜子、吃點心。從歷史的實錄可以回顧當時的劇場氛圍：「演出開始了，劇場裏並未安靜下來。卻始終是一片嘈雜。賣煙糖花生瓜子的少年胸前掛個木匣，裏面裝著他們的貨物，在觀眾面前兜售。方方整整、熱氣騰騰的臉帕在一場戲裏要散三四次……夏天還有人拉風扇，用木板固定一排多把蒲扇，再貫一長索通過滑輪用人拉動。劇場裏有八個這樣的風扇，劇場內清風徐來，拉扇人卻苦不堪言……樓上簾子後面影影綽綽的眼波櫻唇，也使樓下的男人們有些異樣的感覺。」〔註 17〕太熱鬧了！喝茶的、賣東西的、說話的、服務的，還有談戀愛的，如此的劇場顯然無法欣賞文學的藝術、情節的藝術。俄羅斯導演丹欽科曾經這樣描述《海鷗》首場演出時觀眾的反應：

〔註 16〕阿甲《生活的真實和戲曲表演藝術的真實》，《戲曲表演論集》第 127 頁，上海文藝出版社 1962 年版。

〔註 17〕曾智中等編《民國時期的老成都》第 129 頁，四川文藝出版社 1999 年版。

幕一閉，臺下一片沉靜，無論臺上臺下，全是極端的靜寂；好像所有人都屏息了呼吸似的，好像沒有一個人能十分瞭解這是怎麼一回事似的……臺下的這種情調，保持了很長的時間，長得令臺上的人決定認為第一幕必是失敗了，竟失敗得連觀眾裏夾雜著的朋友們，也一個都不敢再鼓掌了……可是，後來，……就像一個水閘爆開了一般，又像是一顆炸彈炸裂了似的——忽然間，一陣震潰耳鼓的轟轟烈烈的掌聲，從所有觀眾中間發出來，不分朋友與敵人。〔註 18〕

這種為戲劇演出喝彩的情況在中國古典地方戲的演出中絕不會出現。票友們咪著眼，晃著頭，品著茶，心思飄忽地感受著演員的唱腔、身段、做功，這是中國式的品鑒，是一種「玩味」，感受，體驗。它與專注的分析，理性的反思，深刻的拷問沒有什麼關係。正如余秋雨所指出的：「由於人們不把戲劇看成那種獨立於生活的對立面來反映、再現生活的鏡面，而是把戲劇看成生活的一部分，看成一種特殊的觀賞性生活，因此，中國戲劇在很長時間內仍然適合在婚喪禮儀、節慶筵酬之間演出，成為戲劇化生活禮儀的一部分，觀眾觀看中國戲劇可以象生活一樣適性隨意。」〔註 19〕欣賞歐洲傳統戲劇作品的觀眾默認他們所看的演出是一個展示在一定時間內才完整的藝術品，觀眾的心靈需要一定的適應時間才能對展現為時間形態的藝術作品作出反應。古典川劇的劇場性決定了它所遵循的藝術原則是非時間性的，每一個瞬間是平等的，觀眾的感受形態並非訴諸心靈的知性，而是對涉及視覺、聽覺的感官「質感」的把握和咀嚼。這種印象式感覺不需要反應時間，它與表演過程是同步的，這種藝術接受狀態是本能與直覺式的。對黑格爾所說的「戲劇體詩」的欣賞需要對語言藝術經過專門的訓練方能體會，而對古典川劇的接受顯然不需要，老幼婦孺，販夫走卒皆可觀賞。明代陳鐸曾見過一個四川戲班的演出，在他的套曲《嘲川戲》中，對這個班子的演出狀況、生存狀態作了詳細的描述，其中記載：

演出時間：黃昏唱到明，早晨唱到黑。夜裏熬日裏睡，一纏一個鐘響，一弄一個雞啼。

演出場所：賽神賽社處。

觀眾對象：士大夫見了羞，村濁人見了喜；專供市井歪衣飯，罕見官員大酒席。

〔註 18〕丹欽科《文藝・戲劇・生活》，第 162～163 頁，中國戲劇出版社 1982 年版。
〔註 19〕余秋雨《中國戲劇文化史述》第 87 頁，長沙人民出版社 1985 年版。

這就是古典川劇在進入正式演出場所茶園之前的「窮出身」——草臺班子。這樣的演出連茶館的條件都不具備，平時談不上什麼精神生活，日出而作、日落而息的鄉親們聽到鑼鼓響起就從四面八方聚攏來，熱鬧一下，讓被生存壓榨得毫無生氣的神經可以得到片刻的喘息。古典川劇的演出就是四川貧苦農民市民的情感「九大碗」，他們從戲劇中獲得人生經驗，抒發胸中塊壘。正如董曉萍和歐達偉所指出的：「廣大農民觀眾邊看戲邊想像自己，這一思想互動，如同做夢，連散戲回家，他們也不都是夢中人。」〔註 20〕

圖為始建於明代的樂山羅城鎮戲臺，它是典型的廣場式過街樓萬年臺。

（圖片來源：《四川非物質文化遺產叢書》，四川人民出版社 2007 年版）

顯然，這樣的演出場所和受眾群體本身就決定了古典川劇的非文學本質。貧瘠而簡陋的鄉場演出要取悅沒有文化，欣賞層次和能力都相對低下的觀眾群體，依靠文學的戲劇顯然不現實也不可能。即使是文人編撰的小戲也必是脫離了文學的。由著名蜀中文人黃吉安編撰的小戲《曹操變狗》說的是曹操父子轉世變狗的故事。曹操害怕自己生前造孽太大，轉世投胎沒有好去處，便與曹丕商量，望其能為自己分擔一些罪責。這裡曹氏父子有一段充滿著四川鄉土味的對話：

曹操：曹丕麼兒，為父的罪要造得大些，你的罪要造得小些，

〔註 20〕董曉萍、歐達偉《鄉村戲曲表演與中國現代民眾》第 16 頁，北京師範大學出版社 2000 年版。

這些都是老子為兒要當皇帝，才成這個樣子。我從前在顧兒，而今你也該顧一下老子嘛！

曹丕：父皇，你在受刑，兒臣還不是在受罪。事到如今這個樣子，老子也顧不到兒子，兒子也顧不到老子了！

這裡的曹操，一改往日的梟雄氣度，父子間相互抱怨，所言全是鄉下百姓的家常話，所要追求的劇場效果就是引起觀眾的哄堂大笑。它與把一個具有足夠戲劇張力的故事講述得盡可能單純而集中的歐洲戲劇的情節藝術，與以一個盡可能複雜的悲歡離合故事，網羅忠奸賢愚貞淫媸妍各色人物的明清傳奇顯然具有本質的差別。它完全放棄了文學語言的風格追求和創造性運用，而是調動一切可能的表演因素和片斷最大限度地吸引觀眾，刺激他們的笑神經和淚分泌。在古典川劇的演出中要讓觀眾細細感受所謂文學意境，以達到淨化和憐憫的效果是難以想像的

與四川的飲食一樣，古典川劇是最大限度滿足感官刺激的藝術，其對劇場性的追求導致其生發出大量精彩紛呈的看頭來吸引觀眾〔註 21〕，原因在於古典地方戲的舞臺是兩極的：一極是文學和音樂的時間性與心靈化，另一極是繪畫與雕塑的非時間性與直覺化。地方戲的藝術整一性原則就是竭力掙脫時間與心靈的一極而趨向與非時間化與直覺。它與文學藝術最重要的區別在於後者呈現為時間的狀態，訴諸於心靈的知性，而前者呈現為非時間狀態，訴諸於感官的瞬間直覺性。後者屬於文化和精神的高級形態，前者屬於人性的原始本能形態，故此便不難理解古典川劇的原始哀號之音。古典地方戲的情感之域是以身體的實在來詮釋難以置信的奇蹟，並通過感動人來感動天地。宋元明三代文人把必須在一定時間中展開並依賴心靈的知性去把握的曲牌聯套方式和以某種規範敘述完整故事的原則應用於戲劇舞臺，隨著他們退出戲劇創作，地方戲又回歸了以簡單重複的原始狀態的民歌旋律或吟唱或呼喊來表達喜怒哀樂的狀態。古典地方戲演出的每一個瞬間的審美價值是相等的，展現為時間狀態的種種因果聯繫都是無關緊要的，每一個獨立的瞬間都有權利最大限度地呈現自我的審美資源。古典地方戲的觀眾不會等到完整地欣賞了一折戲之後才作出自己的評價，他們會隨時為演員的每一個身段動作，

〔註 21〕著名川劇表演藝術家鄒西池老師提出了「十一字功」：翎子功、翅子功、髯子功、扇子功、把子功、靠字功、衫子功、褶子功、袖子功、尖子功、靴子功。《渝州藝譚》1994 年第 3 期。

每一句精彩唱腔叫好喝彩。這實際上默認了舞臺的每一個瞬間都是平等的。古典地方戲的歌唱雖然也在一定的時間中展開，但它可以無限之長，也可以無限之短，沒有主題的發生、發展和高潮。它的音樂審美資源不來源於新主題的新旋律，而來源於風格化的演唱。演唱的風格由藝術家的聲音之質決定。因此，古典地方戲的舞臺藝術整一性主要呈現在「質」的方面，比如身段是否優美，嗓音是否動聽，即所謂的唱念做打是否俱佳。古典地方戲基本的藝術原則，不是文學性和戲劇性的，而是劇場性的。比如齊如山就把京劇的劇場性本質概括為「無聲不歌，無動不舞」。葉秀山曾說：「中國傳統戲曲的表演通常分作唱、做、念、打四個部分，唱、念部分可以引起人的聽覺形象之美，做、打部分則可以引起人的視覺形象之美。而傳統戲曲的特點就在這兩種形象之結合。」〔註 22〕比之京劇，古典川劇更加注重劇場性，為了達到最大程度地吸引觀眾的目的，它不斷地增加舞臺看點，以達到「抓人」效果，正所謂「京劇是聽的，川劇是看的。」老戲迷對於一些傳統戲，已經看過無數遍了，故事情節早就爛熟於胸，此時，戲對他們的誘惑力來自於表演技巧和唱腔，也就是「看頭」和「聽頭」。正如有學者指出的：「最老練的觀眾常常不以戲曲故事作為看戲的選擇，而以某一個演員的不同角色、不同演技作為看戲的選擇。」〔註 23〕

同為古典地方戲，京劇的舞臺藝術整一性更倚重唱腔藝術，而古典川劇則在表演上花心思。唱尚需唱詞，哪怕是「水詞」，也多少和文學沾點邊；而表演做工則離文學，離時間和心靈更加遙遠。而在文學所難以刻畫的直接訴諸視聽感官的劇場性方面，古典川劇的舞臺語言有著生機勃勃的無限創造。文學語言濾掉了感性世界的一切，不以人的感官為對象，而是以人的判斷和想像的心理機能為對象。古典川劇恰恰保持了感性世界的大量特徵，直接刺激人最重要的感覺器官眼與耳，古典川劇舞臺語言創造了許多形式，把日常生活中感官難以把握的內心情感和內心節奏，放大出來，固定下來，訴諸於耳目，使即使在真實的世界中也不那麼直接的內容，在劇場的藝術世界裏獲得了極大的審美直接性，即「真」是通過「非真」的形態表達出來。川劇名伶康芷林就說過：「不像不成戲，真象不是藝。」

〔註 22〕葉秀山《視覺形象與聽覺形象》，《古中國的歌》第 45 頁，中國人民大學出版社 2007 版。

〔註 23〕陳偉《西方人眼中的東方戲劇藝術》，第 45 頁，上海教育出版社 2004 版。

圖為川劇「變臉」絕技。(圖片來源:《四川非物質文化遺產叢書》2007 年版)

清乾隆三十九年(1774 年),在京城舞臺上出現了一位轟動一時的旦角表演藝術家——魏長生,他「新出琴腔」,以一齣《滾樓》名動京師。魏氏旋風何以形成?他有兩大創新:一是梳水頭,二是踩蹺。水頭使男旦頭飾與婦女髮型更接近更美觀,蹺功則使演員身高增加,更顯婷婷嫋嫋,妖冶動人。魏氏的藝術造詣及其對古典川劇的影響,為川劇表演藝術的形成發展奠定了很高的起點,形成了川劇注重製造舞臺看點的傳統,用四川話說叫「扯眼球」,不斷地更新觀眾的感官享受。古典川劇吸引觀眾感官的兩大審美資源,一是鑼鼓,二是雜技。這兩大法寶讓古典川劇表演藝術搖曳多姿,變幻莫測。

古典川劇最精妙也最為人稱道的審美資源和劇場資源在於雜技雜耍在劇中的運用。這些雜技緊密地結合人物、劇情,有著烘托氛圍的作用。但更重要的是滿足四川戲劇觀眾「好耍、好看」的欣賞需求。其中當推變臉最為著名。變臉,是古典川劇的「獨門絕技」,就是在演出進行中演員當著觀眾的面,瞬間變換面孔,霎時面目全非。最典型的莫過於《白蛇傳·斷橋》一場,青蛇被許仙的行為激怒,口吐獠牙,用抹臉之法先後變紅臉、黑臉。著名川劇導演夏陽曾說:「試想,如果沒有『飛耳帳』、『滾禪杖』、『踢慧眼』、『托舉上肩』、『變臉』、『吐火』等技巧,我看這個戲的演出形式會缺一些潑辣大膽的川劇特色。」〔註 24〕在《水漫金山》一場裏面,白娘子率領眾水法與法海及其兵將搏鬥,欲救出許仙。法海手下的紫金鐃鈸與白娘子打鬥勢均力敵、高下難分,故而怒氣衝天,臉色驟變,連續變幻綠紅藍黑白臉,然後恢復本臉又變出金臉,威嚴、猙獰且怪異,充滿著神秘感。恰到好處的變臉的戲劇性效果

〔註 24〕《川劇表演藝術瑣議》,《四川戲劇》1988 年第 3 期。

並不亞於文學的言說。比如《鬧齊庭》中的公子昭，原是俊扮的小生，但在他登位接印的剎那間，突然在臉上變出「豆腐乾」的小丑臉譜，此一變臉妙不可言：這位公子昭，乍看是個正面人物，在爭奪王位這一點上，不像他那四個兄弟為搶傳國玉璽而互相辱罵、毆打，表面上「賢明」一些。因此在他登位之前用小生裝扮。當他收拾了與他爭奪王位的四個兄弟後，就在他登位接印的一剎那，由著名川劇表演藝術家劉成基創造，在他鼻樑上添了一塊「豆腐乾」。就是這麼一個變臉，配合著演員一兩個小丑的亮相身段，把這個偽君子的嘴臉暴露無疑。它讓觀眾清楚地看到：公子昭比他的幾個兄弟更加陰險可怕。眨眼間的變臉勝過萬語千言。

此外川劇藝人彭海清在《打紅臺‧殺船》中獨創的「藏刀」絕技：水賊肖方看上了美貌的庚娘，為奪妻謀夫，將金大用夫婦騙至船上，摸出二尺鋼刀欲殺金大用，猛想起渡口人多易暴露，又迅速將鋼刀收回藏匿。另有吐火、耍火等絕技。比如《水漫金山》一場，法海遣出風火二神，吐火欲燒死白娘子。過去戲班表演吐火的方法極為原始，演員手持燭火，口含煤油，將煤油從口中噴出，煤油遇火燃燒，通過演員運氣控制，形成不同火形。現在使用特殊裝置代替煤油，使吐火表演更為激烈壯觀。顯然，這些表演手法根本談不上推動情節的發展，雖然有助於展示人物心理，但沒有它們可以採用別的舞臺語言，比如《打紅臺》一戲，彭海清演出時運用了藏刀技巧，曹俊臣的表演則不用這個技巧，主要在人物做派上下工夫。但是，正因為有了雜技，古典川劇才能緊緊抓住觀眾的注意力，實現其劇場藝術本質。每一次變臉、吐火，都具有獨立的、無關乎情節的審美價值，強烈的畫面感給予觀眾活色生香的審美愉悅。觀眾要看的也就是這些刺激驚險的表演，比如在聊齋戲《菱角配》中有一段菱角姑娘趕廟會時踢毽子的表演，其難度在於演員是穿蹺鞋踢毽子，而且要踢出許多花樣，以表現菱角姑娘的天真活潑。著名川劇表演藝術家楊玉卿踩蹺踢毽的技巧嫻熟，成為一絕。當年觀眾不惜花一塊大洋買票看他主演的《菱角配》，目的就是要看踩蹺踢毽子這一絕技。

如前所述，無論是歐洲傳統戲劇還是元雜劇和明清傳奇都只有在一定時間內才能展開其全部結構，局部在全局中才能顯示其意義與價值。而地方戲作為一種文體所要求的基本藝術整一性失去了時間這一維，呈現為繪畫、雕塑和演唱的質感狀態，因而其每一個瞬間可能的審美價值都是相同的。古典地方戲的舞臺語言與文學語言相比，佔有大得多的物理空間，因此也擁有遠比觀念性的文學語言豐富的形式美資源。一般而言，語言符號與其指稱物之間的距離越遠，它所佔的物理空間越小，其包含的生活、情感與思想越大；相反，語言符號與指稱物之間的距離越近，它的物理空間越大，其包含的內容越少。這種對形式之驚、之險、之奇、之美的追求在古典川劇中達到登峰造極的地步，與之相對應的便是其思想內容的稀薄與貧乏。無論怎樣精妙絕倫的雜技都不具備內涵無限延展的可能性，如同花火，在一瞬間的感官刺激結束以後便什麼也沒有了，它追求的本是剎那的絢爛。

第五節　古典川劇的可笑性

古典地方戲的舞臺藝術語言不方便構築和描述複雜的因果情節鏈，因此，它機智地擺脫了敘述完整故事的藝術追求，僅僅表現戲劇性的激情瞬間。比之京劇和崑曲，古典川劇因其特殊的地理位置和人文環境，其文學性更為淡化，而戲謔、調笑、非嚴肅的成分更為濃厚，相當數量的借唱小曲和低俗科諢表現的舞臺喜劇性基本與文學無關。古典川劇有相當戲謔的成分，但它與歐洲傳統戲劇中的喜劇顯然不是一回事。亞里士多德的情節整一性因素要求模仿一個完整的行動，故事應當有開頭、發展和結局，情節的各個環節由因果關系聯接著，在這個因果鏈上既不缺少必要的環節，也不出現多餘的東西。喜劇性因素往往存在於情節進程的鏈條上，是情節的喜劇，即使是人物的荒唐之處也必須經由情節來層層嶄露，「喜劇是對於一個可笑的、有缺點的，有相當長度的行動的摹仿。」〔註 25〕古典川劇的滑稽性是服務於其劇場性以達到「好耍」的表演效果，這與巴蜀文化性格有關係。早在南宋初年，「優伶之戲甚盛」，當時的四川戲曲已初步形成「機智諧趣」的藝術風格。據宋代莊綽的《雞肋編》記載：「成都自上元到四月十八日，遊賞幾無虛辰。使宅後圃名西園，春時縱人行樂。初開園日，酒坊兩戶各求優人之善者，藝於府會……棚外始作高凳，庶民男左女右，立於其上如山。每諢一笑，須筵中哄堂，眾庶皆噱者，始以青紅小旗各插於墊上為記。到晚，行旗多者為勝。」〔註 26〕這裡不僅描繪了賽戲的盛況，同時還說明了以觀眾

〔註 25〕《古典文藝理論譯叢》第 7 期，人民文學出版社 1964 年版。
〔註 26〕《民俗與戲劇——首屆川劇學國際研討會論文選集》第 94 頁，四川人民出版社 1993 年版。

「笑」的次數多少作為評比的唯一標準。必須指出的是，古典川劇的笑極少是「含淚的笑」，與它毫無精神因素的嚎哭一樣，觀眾的笑更多是一種「嬉笑」、「玩笑」、「耍笑」、「說笑」，是一種由外在的誇張滑稽荒誕的表演刺激下引發的生理反應，它可以鬆弛神經，但無法引人深思，它可以博取笑聲，卻難以令人發出喟歎。由於古典川劇情節性的幼稚和不完備狀態，甚至連那種經由情節本身的喜劇魅力所引發的「會心一笑」都不多，更多時候是表演者為了博取笑聲而「故意裝怪」，加入大量與情節無足輕重的「小動作」並使之成為獨具特色的舞臺審美資源。而這些小動作往往使原本可能引發思考的情節「兒戲化」，化解了情節發展的勢能與張力，甚至不惜以損害整個劇的情感基調為代價來博觀眾一笑，導致原本就相當粗糙的情節往往以「強弩之末」收場，給人以虎頭蛇尾的鬧劇感。其情感表現也兒戲化，不夠真實，不夠強烈，抒情主人公性格不夠鮮明，僅靠聲腔鑼鼓的音樂體系來維繫作品藝術的整一性。

《拉郎配》是古典川劇經典劇目，本來這是一個相當具有悲劇感的故事：皇帝詔令選美入宮，一個小小的錢塘縣竟要挑選美女八百名！三日之內，「無論官紳與百姓，有女不獻要問斬！」戲一開始，驕橫的欽差十萬火急，飛馬錢塘縣衙，縣官因「夫妻年近四旬整，只有一女定晨昏」，接旨後萬分驚恐，急忙回府稟報夫人，商量對策。縣官家尚有女難保，百姓又將面臨怎樣的命運？這種令人揪心掛腸的開端實際上為後來的悲劇性情節發展蓄滿了勢，完全有可能發展成一齣無比辛酸的悲喜劇。但過於誇張和兒戲化的表演讓這個悲劇的「勢能」被化解掉了，原本富有張力的情節忽然鬆懈下來：書生李玉回家探母，一天一夜竟被拉了三次，先後與紳糧、縣官之女拜了堂，逃跑途中又誤入賣藝女之家……媒婆董媽平時為幾個謝媒錢說不盡好話，跑不完腿，而今「託媒的恨不得立刻把堂拜，做媒的生怕躲不開」；吹鼓手董代也忙得不可開交，嘴都吹腫了；結局更是顯得「強弩之末」，三家對簿公堂，搶一女婿，不料欽差大人趕到，嫌民女張彩鳳不男不女，不夠入選資格，竟將縣官與紳糧之女充作八百名之數。古典川劇在這個戲上並非旨在表現封建皇權給百姓造成的痛苦這一深刻的主題，而是利用這個背景製造大量的滑稽可笑的鬧劇場面引人發笑。最後的結局更是匪夷所思：本來是一齣骨肉分離的人間慘劇，竟演變成了一齣「欽差亂點鴛鴦譜」的鬧劇！請看戲末：

欽差：為選美館驛候等，到如今還差兩名！（下轎）

校尉：欽差到！

縣官：參見千歲！

欽差：（冷笑）嘿嘿……貴縣應選美女，至今尚差二名，你不用力催辦，難道有意違抗聖命嗎？

縣官：卑職不敢，卑職不敢！

欽差：量你也不敢！（環視）他們在這裡幹啥？

縣官：他們……

董代：他們在爭女婿打官司。

欽差：啊！皇上在選美，你們在爭女婿，好大的膽呀！此案待咱家來發落。升堂！你們爭的是哪個？

夫人、王夏、張宣：（同時指李玉）是他

欽差：他是哪個的女婿？

夫人、王夏、張宣：（同時）是我的。

欽差：胡說！究竟是哪個的？

董代：千歲，我曉得。（指夫人、王夏）他們兩個在拉女婿，（指李玉、彩鳳）他們二人才是夫妻。

欽差：（注視彩鳳，很覺奇怪）夫妻？

張宣：千歲，他是我的女兒張彩鳳，我們父女是賣藝的。

欽差：（很不滿意）哼！男不男女不女，怪物！你二人可曾完婚？

張宣：（急答）業已完婚。

欽差：有誰作證？

董代：我吹的，我曉得。

欽差：（很不耐煩）好好好！（轉向縣官）錢塘縣，你看此案如何斷法？

縣官：全仗公公高才。

欽差：管它高才不高才，咱家自有巧安排。你們一家是官，一家是商，正該送女進宮邀恩求寵，立刻收拾，送來館驛。

夫人、王夏：（指彩鳳急問）她呢？

欽差：舉止粗野，出身微賤，又是已婚之婦，送進宮去豈不是冒瀆聖駕。如今美女只差二名，萬歲乃聖德之君，多一名，不要；少一名，不行！那就由她去吧。

縣官、夫人、王夏：（相對愕然）這……

張宣、李玉、彩鳳：（喜出望外）多謝千歲！

董母子：千歲，我們呢？

欽差：幹啥的還是幹啥。退堂！

【董代高興地吹響了手中的嗩吶。】

這裡哪裏有拷問與反思的悲劇意識，距離關漢卿那份指天罵地的豪情與慷慨氣勢更是何其遠也！已經很明瞭了，這齣戲既非為敘事，也非為抒情，更不可能達到黑格爾所說的「人物在超意志和實現意志之中各自活動」，僅憑一個吹鼓手董代的一面之詞，欽差就為皇帝選定了美人，其情節處理的粗糙與草率可見一斑。全劇在輕鬆的精神氛圍中鬆鬆垮垮地結束了。其審美資源並非曲折的情節與人物複雜痛苦的靈魂，而是眾人在一個非常態的境遇下的滑稽表現。

古典川劇濃厚的調笑意味是它反文學、反抒情的特質的一種表現。歐洲傳統戲劇和元雜劇、明清傳奇基本上是一種文人傳統，這個文人傳統之內的戲劇樣態其本質就是文學，是詩，只不過是一種「戲劇體詩」，它包括悲劇和喜劇。亞里士多德對喜劇的界定是：「喜劇總是摹仿比我們今天的人壞的人」，「壞不是指一切惡而言，而是指醜而言，其中一種是滑稽。滑稽的事物是某種錯誤或醜陋，不致引起痛苦或傷害。」〔註 27〕車爾尼雪夫斯基將滑稽作為喜劇的對應概念，認為滑稽的實質是「形象超過觀念」，即內在的空虛和無意義以假裝有內容和現實意義的外表掩蓋自己，「只有到了醜強把自己裝扮成美的時候這才是滑稽。」〔註 28〕學界一般把古典川劇定位為以喜劇著稱，不可否認，其中有一些戲是相當優秀的喜劇，比如《打麵缸》《張古董借妻》，但如果按照車爾尼雪夫斯基的論述和黑格爾對於喜劇的界定和對可笑性與喜劇性的嚴格區分，其中大部分都是只具備可笑性的滑稽戲而非喜劇。

按照黑格爾美學體系的原則，精神性、心靈性、理性高於物質性、自然性、

〔註 27〕亞里士多德《詩學》第 8 頁，第 16 頁，人民文學出版社 1962 年版。
〔註 28〕《車爾尼雪夫斯基論文學》中卷第 89～90 頁，上海譯文出版社 1979 年版。

感性，而喜劇的精神性、心靈性比悲劇更強，因此，喜劇高於悲劇。在《美學》中，喜劇不僅是戲劇詩中的最後環節，而且是詩藝乃至全部藝術的最後一個環節，超越了喜劇就要轉入宗教這一絕對精神的更高階段了。因此，古典川劇非文學本質決定了它與喜劇有什麼相干！事實上，古典川劇舞臺藝術中「笑」的因素幾乎都是借助極其物質化的表演來實現的，或者是演員肉身作出的各種醜態，或者是演員的裝扮、聲音、語言，可笑的因素並非通過情節或者人物性格來呈現。黑格爾不僅明確界定了喜劇的實質，而且對喜劇性和可笑性進行了區分。黑格爾喜劇理論的核心是其「主體性」，他認為，實體性是悲劇的本質特徵〔註29〕，主體性則是喜劇的本質特徵：「在悲劇裏，永恆的實體性以勝利的姿態在和解形式下出現」，「相反，在喜劇裏，占上風的是對自己有無限信心的主體性」，「願望和行動的主體性本身……統治著一切關係和目的。」〔註30〕黑格爾的主體性給喜劇提供了三個要素：第一，主體性所追求的目的缺乏實體性內容，自身不合理、非正義、渺小，但也非純粹的罪惡；第二，主體性把自己追求的這種卑微目的當作善而看得高於一切並力圖實現，就是對本身無嚴肅目的的事以認真的態度來追求，這就構成了目的與手段、本質與現象自相矛盾的喜劇性矛盾；第三，主體性所追求的目的，由於自身的非實體性，在實行或行動的過程中必須遇到合理、正義力量的阻擋而處處碰壁，最後自己走向否定，失敗或毀滅。喜劇就在於指出一個人或一件事如何在自命不凡中暴露出自己的可笑。

以這樣的標準來審視，古典川劇在情節上具有喜劇性的不多。其中《打麵缸》是一折典型。這齣戲表演縣官把要求從良的妓女周臘梅當堂配與皂吏張才。又命張才星夜往山東投送公文。是夜，張才的兩個同事和縣太爺不約而同先後到張才家與周臘梅「敘舊」，張才違令回到家中，在灶前、麵缸裏、床下發現了自己的同事與上司。這個小戲機智而緊湊，故事完整，即使不看表演，情節本身即具有充分的喜劇魅力。事實上，只有在獨幕小戲中，地方戲才能達到這樣精緻的情節整一，其喜劇資源才可能是多樣的。《張古董借妻》和《打麵缸》一樣不同於一般長篇故事中的折子，而是一個完整的

〔註29〕「實體性」是黑格爾經常使用的一個概念，指人類社會的客觀真理，先於物質世界、人類社會而存在，人的一切行動不過是其具體而微的體現。朱光潛解釋為「推動人物行動的普遍力量或理想」（見《美學》第1卷第59頁注）。

〔註30〕《古典文藝理論譯叢》第6輯第104～105頁，人民文學出版社1964年版。

故事。貧寒書生李成龍妻子死後，首飾全被岳父索走。他有一個貪杯、懶惰、好虛榮而又懵昏的結拜兄弟張古董。張聽說李的岳父有過許諾，一旦李續弦後，將奉還全部首飾，因此建議李借用自己的老婆，假扮夫妻，騙回首飾。但他一再囑咐，天黑之前一定要還回妻子，切不可在外過夜。不料李的岳父執意挽留這對假夫妻，不肯放行。張古董看看天黑，急忙進城討要妻子，卻被關在城門洞內，進退不能，受了一夜煎熬。第二天，張告到公堂，認為妻子壞了婦道，在公堂上拒絕領回妻子，縣官就把張妻判給了李成龍。這個戲和《打麵缸》一樣，情節本身擁有足夠的喜劇能量，符合黑格爾主體性的規定。

黑格爾的喜劇理論中對喜劇性與可笑性這兩個美學範疇作了比較分析。他對可笑性的界定是：「本質和現象、目的和手段之間的任何對比，都可能是可笑的；可笑是這樣一種矛盾：由於這種矛盾，現象在自身之內消滅了自己，目的在實現時失去了自己的目標。」〔註 31〕同時，他嚴格指出了可笑性與喜劇性之間的區別：「愚蠢、荒謬和無知，雖然惹我們笑，同樣不一定就有喜劇性。」〔註 32〕基本上，黑格爾是從兩方面來區分二者的。一是對否定性內容的暴露在程度上有所不同，可笑性所暴露的假醜惡可以是很嚴重的罪惡，而喜劇性則主要表現相對不那麼嚴重的過失。喜劇性的結果應當是：「對於主體（按：指喜劇人物）來說，因為他本身是追求某種自身微不足道的東西，所以在他達不到目的時，事實上也沒有什麼遭到毀滅，自然就能高高興興地擺脫這場失敗。」〔註 33〕第二個區別是否定性內容有無深刻社會、倫理的意義，有無深刻的思想性。同樣是愚蠢、荒謬、無知，如果不體現一定的實體性意義，不具備一定的社會內容，就只是單純的可笑；相反，結合了一定的社會內容，比較深刻，可笑性就可以轉化為喜劇性。黑格爾力主喜劇應當有「最重要、最深刻的內容」，反對「最平庸最無聊的東西。」喜劇的根本任務同悲劇一樣，最終仍然必須顯示倫理實體性的至高無上和不可戰勝。而可笑性顯然無需如此。顯然，黑格爾的論述已經將古典川劇中大量笨拙或無意義的言行，人的罪惡行為表現以及譏嘲、鄙夷、絕望等都拒之喜劇大門之外。

〔註 31〕《古典文藝理論譯叢》第 6 輯第 109 頁。
〔註 32〕《古典文藝理論譯叢》第 6 輯第 109 頁。
〔註 33〕《古典文藝理論譯叢》第 6 輯第 110 頁。

圖為李文韻在《喬老爺奇遇》中扮演的喬溪。（圖片來源：《四川非物質文化遺產叢書》，四川人民出版社 2007 年版）

被認為是古典川劇中經典喜劇的《喬老爺奇遇》，俗名《喬老爺吃酥餅》。舉子喬溪上京赴考途中遇見天官府小姐藍秀英，秀英對他深為敬慕。秀英之兄藍木斯仗勢欺人，不顧已有妻室，要強娶黃府麗娟小姐為妻；麗娟母女倉惶出逃，夜宿黃界驛。藍木斯率家丁趕至，伺機搶親。喬溪投宿黃界驛被旅店拒之門外，只好棲身黃小姐轎內夜半，藍府家丁匆忙間誤將喬溪當成黃小姐抬走。途中，喬溪察覺蹊蹺，為救小姐被抬回藍府，安置在秀英閨房內。次日，藍府大宴賓客，藍木斯興高采烈，誰知臨拜堂才知道是母親主持妹妹與喬溪成婚，他反而受到老婆嘲弄。顯然，按照黑格爾的喜劇觀，這齣戲的喜劇能量是很足的，其核心喜劇人物應當是藍木斯這個情場惡少，這個人物的行動、語言皆具喜劇色彩。然而，古典川劇這個戲所著力表現的喜劇主體卻是書生喬溪。從情節展開來看，喬溪這個人物除了有幾分迂腐之氣以外，上錯轎是因為一個偶然，其蘊含的喜劇能量顯然不如藍木斯這個又好色又笨拙但「有著主體追求」的花花公子。於是，古典川劇在營造喬溪身上的喜劇因素時採用了大量外在的，與劇情沒有多大關係的物化方式，著名川劇表演藝術家李文韻在塑造喬溪這個人物時就通過大量肢體動作來出彩，比如坐轎、吃酥餅的表演。實際上，古典川劇在這裡用可笑性置換了喜劇性，用表演的戲劇性沖淡了文學的戲劇性，這是古典地方戲舞臺藝術整一性如何活生生地侵佔文學藝術整一性的地位從而最大限度地佔據審美資源以及觀眾注意力的典型例子。這個戲還算古典川劇比較正宗的喜劇，實際上，古典川劇中大量所謂的「喜劇」都只是具有可笑性而已，與真正的文學的喜劇有著本質的不同。

古典川劇還存在著用可笑性來淡化甚至掩蓋原本可能的悲劇性的傾向，因為中國古代戲論認為「戲場無笑不成戲」，喻科諢為「看戲之人參湯」。〔註34〕古典川劇中「悲劇喜演」正是這一論述的具體體現。前面提到的《拉郎配》就是一個典型。「皇帝強徵民女」這一原本沉重的悲劇主題完全被演繹成了「亂哄哄，你方唱罷我登臺」的鬧劇。再比如，《喬子口》一折戲說的是書生林昭德被嫌貧愛富的岳父陷害，蒙冤處斬。臨刑前，未婚妻到法場尋夫。臨近開斬，卻怎麼也找不到未婚夫綁在第幾根木樁。本來是一個極其悲涼緊張的氣氛，但古典川劇在表演這一段戲時，安插了一個江洋大盜劉子堂，他的出現和插話完全使該劇成了一齣鬧劇：當劊子手刁難前來與兒子訣別的林老漢時，劉子堂打起了抱不平：

劉犯：（攔住劊子手）你做啥？

劊子手：（指林老漢）他劫法場！

劉犯：你是螞蟥死了變蛆，蛆死了變蛐鱔——三代沒有長眼睛！這老頭鬍子都那麼白了，還能劫法場嗎？

劊子手：黃忠的鬍子白完了，還取定軍山哩！

劉犯：你半夜吃桃子，按倒叭（軟）的捏，算了，讓老頭進來吧！

當林老漢錯把劉子堂當成自己的兒子哭祭時，劉踢翻老頭，劊子手上前阻止：

劉犯：老頭不該把劉大伯叫做他的兒子。

劊：他那樣大的年紀了，叫一聲把兒莫來頭。

劉犯：啊，叫一聲兒莫來頭，對嘛？

劊：呃。

〔註34〕《中國古典編劇理論資料彙編》第29頁，第261頁，中國戲劇出版社1984年版。

劉犯：我的孫。

劊：滾！

像這類捉弄劊子手的笑料，在劇中比比皆是，層出不窮。特別是在戲的結尾，劉犯即將行刑時：

劊：下來，時候到了，朝前跪！（推劉跪下）（欲砍）

劉犯：（起來）莫忙，你砍腦殼就一刀砍下，不要踢那一腳，交接在先。

劊：起鼓。（欲砍）

劉犯：莫忙，那裡有一堆狗屎，弄開點，免得把我的腦殼打髒了。

劊：少說空話，起鼓！（砍，一腳）

劉犯：（一下跳起來）老子招呼過的不要踢這一腳，你硬要踢一腳做啥子？

劉犯邊說邊往下場口走，劊子手跟著他進入後場，巧妙地避開了砍頭的場面，一場悲劇讓觀眾看得捧腹大笑。這就是民間的話語方式：作為肉體異己力量的抽象的抒情從來就不存在，而文學的戲劇體詩是優雅的、抒情的、「思無邪」的；民間的言說方式是在對殘酷經驗的迷戀中使之變形、誇張而衍生出可笑的意味。亞里士多德曾說「在喜劇裏，笑應當有適當的限度。」〔註35〕而古典川劇對可笑的追求幾乎是無限度的，丑角們無孔不入，只要有可能，他們就要製造笑料，毫不考慮當時場景的情感基調。正如魯迅所言：「特別張揚了不關緊要之點，將人們的注意拉開去，這就是所謂『打諢』。」〔註36〕

再看語言層面。文學語言與生活語言有著一定的距離，優秀的文學語言經得起閱讀者的反覆咀嚼，其中的意味深長，具有極大的彈性，同樣一個句子，不同的人會有不同的感受，正所謂「一千個讀者就有一千個哈姆雷特」。而古典川劇的語言幾乎就是生活語言本身，沒有任何的超越性。必須指出的是，古典川劇的語言更多的是一種「言語」，即高度的形象生動性，這是四川方言的一個極其重要的特點。這種形象生動性主要體現在它詞彙、句子的繪聲繪色，表現在它善於在自由聯想中隨意取譬，將抽象的意義轉化為具體的物象活動，用四川話說叫「展言子」，即把詞彙、句子中抽象的意義降到最低，最大限度削減內蘊空間，最大限度說得活色生香，全方位刺激人的感覺器官。

〔註35〕《古典文藝理論譯叢》第7期，人民文學出版社1964年版。
〔註36〕《魯迅全集》第5卷第272頁，人民文學出版社1982年版。

《望江亭・賞月》一場，衙內唱：「對酒當歌度佳節，山珍海味滿桌列，紅燒蹄膀筋扯扯，白油雞片乾癟癟。海參進口粗嗝嗝，魷魚味道膩澀澀。有好酒無佳人辜負良夜！」這首打油詩用典型的川話，以「黑白韻」一韻到底。《迎賢店》中，店婆在書生常詩庸囊空如洗之時對之百般羞辱，定要攆人，而當她看見一錠白花花的銀子後，立刻滿面堆笑：「哎呀！我剛剛說要去拆他的架子，他從袖中取出一錠銀子，白生生的，從我眼睛邊邊上晃了這麼一下。哎呀，這個怎麼一身就趴了！這十個腳趾拇才招呼不到咧！癢得來就跟刨算盤子子一樣。」比如古典川劇《告貧》中的打油詩：「青天當房屋，月亮當蠟燭，蓋的肚囊皮，墊的背脊骨。」「棒槌敲得叮噹響，餅子烤得二面黃，好比中秋圓月亮，恭喜你，一天賣個叮打光。」這樣的語言，是「脆性」的，嘎蹦利落，沒有多少彈性和可以咀嚼回味的餘地。

古典川劇的語言是「沒話找話說」，它是高消耗的、一次性的而非濃縮型、緩釋性的，帶給觀眾的感覺也是整齊劃一的。即使是表現知識分子境遇的《評雪辯蹤》也是如此。這折戲講述窮秀才呂蒙正出去趕齋撲了空，飢寒交迫回到寒窯內，發現窯外雪地上有腳跡。他不知是丈母娘派人送柴米來，竟懷疑妻子不貞，迂腐之氣發作，由誤會引起與妻子的爭吵，而妻子明知丈夫誤解，卻故意與他開玩笑。兩人之間的對白是地道的世俗男女生活語言，沒有任何拔高：

> 兩人同時進窯，碰頭。
>
> 呂蒙正：哎喲，是哪個在打我？（見劉）是你在打我呀！
>
> 劉翠屏：你在打我嘛！
>
> 呂蒙正：你打得好，進窯來，（二人進窯）要打我們就大家打。（舉棍打劉）
>
> 劉取沙鍋招架。
>
> 呂：兩口子打架，與沙鍋無干，放下……

再看夫妻倆對著雪地上的一段足跡的對話：

> 翠屏：秀才，你問的是這個足跡嗎？
>
> 呂蒙正：恩，是足跡，這大的？
>
> 翠屏：是……你的。
>
> 呂：我的？你看那，這足跡是穿釘鞋的足跡，你看我是穿的草履嘛。

翠屏：秀才，有道是壯志滿胸懷，草履變釘鞋。

呂：還會變？啊，那麼這小的呢？

翠屏：小的……還是你的。

呂：噢，這個叫一朝壯志落，大腳變小腳。

翠屏：(笑）是妻的。

諸如此類的可笑的、鬥嘴的語句大量充斥於古典川劇的審美空間。毫無疑問，由於情節粗糙和人物性格發育不全，古典川劇的「笑」更多的是「耍嘴皮子」、「搞小動作」，並非黑格爾意義上的也就是屬於文學範疇的喜劇。比如經典折子戲《花田寫扇》的審美趣味主要就是由丫鬟春鶯與書生邊吉不斷地開玩笑來展示的：

書生：你們府庭有多少人？

春鶯：人哪，多得很。

書生：有好多呢？

春鶯：有小姐，有丫鬟，有老院哥，有書童，有老員外，有老夫人，有千金，有劉福，有劉昇，有一匹大馬，有兩條黃狗，還有我！

書生：你叫啥子名字？

春鶯：我呀，沒有名字。

書生：哪個人沒得名字？

春鶯：我有倒有個名字，怕說出來你笑我。

書生：你說嘛，我決不笑你。

春鶯：人家叫春鶯，我不給你說……

書生：說都說了，你叫春鶯。

春鶯：哎呀，還我，還我！

這裡的語言是不需要經過任何過濾和反芻的，它絕無深刻的諷刺與含蓄的幽默。它就是饒舌，就是以近乎白癡的話語來引人發笑。如果不看表演，不欣賞陳書舫的童聲表演，這一段話幾乎沒有任何價值。這樣的語言顯然既非文學語言，也不能用來進行文學創作。著名文學家吳組緗試圖使用「純寫方言口語」，後來自己證明是「碰了釘子」。因為他意識到「方言口語中的詞兒往往有其嚴格的狹窄的地方性」，而且「多數方言口語中的詞兒，根本寫不出來」，「結果弄得似事而非，半死不活，還是不像個話。」〔註37〕即使在

〔註37〕《鴨嘴澇・贅言》，文藝獎助金管理委員會出版部1943年出版。

一部分川籍文學大家的作品中出現了一些方言，那也是一種特色點綴，並沒有改變整體的文學語式。

陳書舫在《花田寫扇》中飾丫鬟春鶯（左），其以童聲唱念，生動表現了小丫頭天真頑皮的性格。（圖片來源：《四川非物質文化遺產叢書》，四川人民出版社 2007 年版）

此外，古典川劇相當擅長通過肢體語言，即做功戲來實現其可笑性的藝術追求。最典型的就是經典折子戲《逼侄赴科》。女貞觀觀主收留侄兒潘必正在觀中養病、讀書，潘與青年道姑陳妙常相愛，被姑母發現，姑逼潘去臨安赴考。行前，潘通過「三拜」與陳依依惜別。這個戲本來沒有什麼逗樂的因素，但著名川劇表演藝術家曉艇為了適應觀眾的欣賞趣味，刻意添加了大量肢體動作來達到「悲劇喜演」的效果。「三拜」是這場戲的核心。一拜是拜菩薩。觀主站於臺中，面對左側方的菩薩神位，陳妙常隱身於舞臺右側樓上，與菩薩相望。談起如何造起滿臺氛圍的，曉艇說：「我記起了小時候在廟裏看見小娃娃拜菩薩，邊叩頭邊盯著神案上的供果，那傻乎乎的淘氣勁兒，叫人好笑，有點像潘必正此時的神態，只是他嚮往的不是供果而是陳妙常。」〔註 38〕當潘念道「菩薩呀菩薩，弟子今日前來拜別您，我的心事不說你該曉得喲」時，陳丟下一個紙團打在潘背上，他一驚，反手摸背，轉身發現地下紙團，急忙轉身尋找，心想打紙團的一定是陳，一看果然是她，於是轉向陳的方向跪去，

〔註 38〕曉艇、劉厚生《曉艇表演藝術初探》第 265 頁，四川文藝出版社 1987 年版。

向她表露離情，情未敘完忽被觀主驚喚「必正，你在做啥？」潘脫口而出「我在拜菩薩。」觀主指責他「菩薩在這裡。」他恍然大悟地說「哎呀菩薩都搬家嘍。」二拜中，觀主背對陳妙常坐下，潘與姑母話別，一語雙關「是你老人家要我去臨安赴考，我不是忘恩負義之人，高中之時就命人來接你哈……」隨著「哈」字長拖，潘竟忘形地按著姑母的頭，踮腳向高處的妙常指去。為了不使這個動作有戲弄長輩之感，曉艇與扮演姑母的演員配合得很好，她被潘的惜別之語打動，低頭悲泣，潘用左手水袖給姑母拭淚，右手指向陳妙常，再配以適度的眉眼表情，使表演顯得很有趣。三拜時，潘站立在下場門，面對陳妙常，中間並排跪著四個姑姐。當潘向姑姐們唱道「再把禮下」時，抬頭望見樓上的陳，陳示意潘快來，還有話要說。潘就像被陳拋下一根無形的絲線拉住他向陳靠攏，疾步從眾姑姐中間穿過。此時他連踢三襟飛身趨向陳，剛要走到姑母面前，姑母呵斥，他倉惶來了個轉體飛跪，急速跪向眾姑姐，與眾人形成一個品字形。這個轉體飛跪出乎觀眾意料之外，不僅使潘顯得很機智，而且增加了看點，達到了讓觀眾「忍俊不禁」的效果，在舞臺上相當出彩。

可見，古典川劇的調笑風格是並不追求什麼樣的社會意味或政治趨向，更喜歡在日常生活中尋找笑料，在人際關係間自由穿梭，插科打諢，調弄他人。但是，這種立足於生活平面上的戲謔往往也就流入油滑，蛻化為喋喋不休的輕浮的打趣。實際上，作為古典地方戲的藝術語言，舞臺語言只能帶來可笑性而非喜劇性。正是古典川劇豐富的舞臺語言使得川劇劇場性異常發達，其舞臺審美資源有著生機勃勃的創造能力，能使觀眾感受到戲曲中人物的激情和元氣旺盛的藝術精神。同時也導致了兩方面的後果：一方面，熱衷於製造大量噱頭來推動劇場性的藝術，讓古典川劇更加遠離文學，更加形而下；另一方面，文學的退場和缺席使得這些生活的嘲弄無法納入一個更大的理性框架中去，生活的調笑最終沒有指向對人生深刻的把握和思考，也就談不上精神的高度。但正如普希金所說：「高級喜劇並不僅以笑為基礎，而是以性格發展為基礎，它往往是跟悲劇接近。」〔註 39〕莫里哀能夠在歐洲戲劇史上享有崇高聲譽和地位，也是由於他通過畢生實踐將「喜劇作品跨到了悲劇邊界線上」（歌德語）可以說，脫離了文學的古典川劇既沒有真正的悲劇也沒有真正的喜劇，有的，只是哭與笑的情感宣洩。

〔註 39〕章詒和《中國喜劇論》《川劇藝術》1985 年第四期，第 18～25 頁。

第六節　古典川劇的異數

以古典川劇為代表的古典地方戲，其語言藝術是物質性的，而文學是觀念性的。文學是擁有心靈馳騁思辯的形而上優勢的觀念層面，而古典地方戲則擁有審美直接性的感性層面。古典地方戲所刻畫的人物是感性的人物，形象鮮明，情感熱烈，但缺少觀念的含量。人物的性格是單一的、片面的，不是分裂的、變化的。反習俗的超道德的新形象是它無力塑造的。古典地方戲的美學理想就是追求忠奸分明，揚善懲惡，大快人心的劇場效果。古典地方戲的人物，往往是賢、忠、勇、智、義、奸、淫、愚等倫理概念的代名詞，劉備之賢、關羽之忠、孔明之智、武松之義、曹操之奸、潘金蓮之淫、買臣妻之愚都是千古不變的。

正如《竇娥冤》之於元雜劇，《情探》之於古典川劇絕對是一個異數。1902 年趙熙任川南經緯學堂監督期間，因觀看《活捉王魁》覺其文辭粗糙，甚感遺憾。於是夜來挑燈走筆改作《情探》一文。此劇在文學上的成就歷來為人稱道。王魁負桂英的戲始於南宋的《王魁戲文》：唐朝時候，書生王魁凍餓交加，困臥長安，被妓女焦桂英所救，二人情投意合，結為夫婦。後王魁上京赴考，二人於海神廟盟誓，彼此忠於愛情。王魁得中狀元，拋棄了桂英，與丞相女兒成親。悲憤之下，桂英自縊身亡，她的靈魂帶著鬼卒去活捉王魁。歷朝歷代林林總總見諸典籍的王魁戲文不下數十種，其內容大約三種情況：一是苦命女向負心男索命報仇；二是為王魁鳴冤叫屈；三是小人作亂成誤會，夫妻聚首大團圓。無論哪一種，人物性格都相當單一，而《情探》中的王魁與焦桂英卻塑造得性格豐滿。作者對人物心理的揭示層次分明，合情合理，與環境交互感應，境界全出，如桂英追溯她獨守空房、思念夫君的一段唱詞：梨花落，杏花開，夢繞長安十二街。夜間和露立蒼苔，到曉來輾轉書齋外。紙兒、筆兒、墨兒、硯兒啊，件件般般都似郎君在。淚灑空齋！只落得望穿秋水不見一書來！而此時招贅相府的王魁卻承受著毀誓負心帶來的壓力，出場時一支《月兒高》準確地表達了他的心境：「更闌靜，夜色哀，明月如水浸樓臺，透出了淒風一派！」這場戲是焦、王二人唯一一次正面衝突，以「情」為主線，漸次地展開矛盾，寫出了王魁由舊情猶記到完全絕情的心理過程。首先是焦桂英夜闖相府，王魁雖感意外，但也深深為桂英的一往情深而動心：「可憐她一寸相思一寸灰」，桂英向他慢慢哭訴往日的恩愛，並表明此番是為關心他的身體而來：

焦桂英：哎呀，狀元公！如何又是嘮叨？我想去年秋後，狀元公深夜攻書，奴在一旁烹茶奉水。那時，秋風瑟瑟，奴說郎君安寢了吧，及入羅帳，郎君腳冷如冰，是奴偎腳而眠，終夜不暖。次日郎君就得了一個寒疾，醫藥罔效。奴家許上一願：「皇天啊，菩薩！保佑郎君安好，願減我十年之壽。」後來奴在海神廟中，求得藥箋一方，郎君病體霍然而愈。狀元公，你還記得嗎不記得？

王魁：記得，怎麼樣？

焦桂英：記得就好！奴怕郎君玉體不安，無人侍奉，（取出藥方）特地送此藥方而來。

王魁：（背地灑淚）往事如塵，說得我柔腸寸斷！

（唱）不該不該大不該，
王魁做事不成材。
感得她千山萬水一人來，
況且她花容玉貌依然在！
徘徊！
那韓丞相知道多妨礙，
皇天鑒我懷。
昧良心出於無奈！
（回首對焦）
藥方兒於我何哉？
（擲藥方於地）我不病了！縱然病了也有人伺候。

王魁本已柔腸寸斷，但害怕桂英滯留於此，韓丞相知道他再娶之事，於是狠心扔下藥方，這是第一層。桂英繼續訴說別後相思之情，聲淚俱下，說得王魁惆悵長歎：「但聽她嚦嚦鶯聲實可哀，婉轉悲懷，婉轉悲懷。」但出於利害選擇，他狠下心要桂英回去。桂英的第三次試探是委曲求全地提出要王魁收她為偏房或奴婢，對此，王魁也為桂英的癡情而感動一時：「悲哀，到死春蠶縛不開，不管她是禍是災，且容她偏房自在。」但轉念一想：「哎呀，不好，這壓妻為妾的風聲如何出得去？有道是，寧可我負人，不可人負我。」他終於橫下一條心，決絕地要桂英離開，並且威脅桂英：「再不走，我要你的命。」意趣聲色俱出。應該說，雖然情節簡單，思想境界也並未脫離倫理道德的窠臼，但《情探》建立了自己的語言風格，塑造出詩意盎然、生動鮮明的人物，整個戲的重點放在人物內心世界的矛盾衝突上，使整個戲就在這「情」的起伏上產生了跌宕，堪稱古典川劇中少有的「抒情詩」，其文學性與元雜劇相近，用王國維的話來說就是「寫情則沁人心脾，寫景則在人耳目，述事則如其口出也。」〔註 40〕與此風格相似的還有冉樵子的《刀筆誤》，看劇中主人公張鴻漸在逃難途中的一段唱詞：

> 過不完的彎彎曲曲水，走不完的重重疊疊山，黃葉鋪徑，白雲封巔，誰憐我這不白冤。離家遠，行路難。論朋友雖說是痛癢相關，生死不變，到如今我還是無怨言。只是這造物呵，他活像是有些忌我們文人，縱他們權奸。這其中委實難語，幾回搔首，欲問天！

這些發自內心的獨白，將劇中人彼時彼地對信念的執著、對權奸的憎恨、對身世的悲苦、對前途的迷惘等複雜心情刻畫得淋漓盡致，為我們塑造了一個可憐可敬的知識分子形象。

又有蜀中名流劉師亮改編的《胭脂配》。該劇共十八場，其中，第六場《掃墓》、第九場《審王》、第十場《捕介》、第十一場《拷介》、第十三場《捉毛》為劉師亮創作，其餘部分為修改。劉在寫成此劇之後，為講求字句的平仄對仗，前後花了幾年的時間來精雕細琢、審音辨字，故此劇被川劇作家稱為案頭之作的典範。劉師亮改編《胭脂配》是看重此劇的傳奇性，其案中套案、冤中有冤的曲折情節，有利於在自己主辦的期刊上連載吸引讀者，主要目的不是供戲班上演，因而格外注重其文學性。他為劇中的毛大、衙役、賭徒、胭脂母女、王春蘭等社會底層人物編寫的唱詞生動準確，極富個性，有濃郁的鄉土氣息。如王春蘭在押解途中，回顧自己的身世，先從兒時家境唱起，述說從小與宿介的私情，一氣唱了一百多句，詞格工穩，無不合轍押韻：

> 〔鎖南枝〕慘淒淒，出聊城。人離鄉井苦零丁。自從束髮守閨閣，何曾刺繡學拈針。多只為二老少教訓，愛我猶如掌上珍。行動自由全不禁，三從四德杳無聞……奴不該春光洩露與情人，誰知他趁得風帆順，得隴還生望蜀心……於行難掙扎，欲止又不能。可憐弱紅粉，難渡嶺千層。

這些唱詞，明白曉暢，俗不傷雅，準確地表達了彼時彼刻王春蘭那種自哀自怨的愁苦心情。《胭脂配》顯然是古典川劇中靠近明清傳奇的類型，即

〔註 40〕《宋元戲曲考》，《王國維戲曲論文集》第 85 頁，中國戲劇出版社 1984 年版。

抒情詩與史詩並立的戲劇。以上古典川劇中的異數，幾乎都出自文人手筆，已經是一種「文學的戲」。

餘論

五四運動中關於中國本土戲劇的論爭並未得出一個結論。在中國現代戲劇史研究領域頗具影響的《中國現代戲劇史稿》認為：京戲作為傳統舊戲的代表，它一方面把多年積累的唱腔和表演藝術發展到爛熟的程度，一方面卻使戲劇的文學性和思想內容大大貧困化……人們所觀賞的主要是演員和演技，而不是戲劇所反映的生活內容。戲劇流為玩物，形式壓倒內容，戲劇藝術漸趨僵化。〔註 41〕一個時代的藝術，如果僅僅表現集體意識裏的道德觀，而缺乏對其獨特的思考和懷疑，它就是貧困化的。

古典地方戲中，沒有複雜的人物性格，它的人物性格單純、片面，鮮明，臉譜化便是最好的明證。就接受效應來看，在觀眾心中喚起的也是單純的倫理情感發洩，或熱愛、仰慕、同情，或憎恨、鄙棄、厭惡。演出成功與否，不在於喚起多少理性的思考，而要看當場激起的片面情感強烈到何種程度。所謂「聞忠孝節義之事，或軒髯而舞，或垂涕泣而道」。〔註 42〕

以京劇為代表的古典地方戲是倫理的藝術，它無法超越倫理，上升到哲學的高度，它缺乏足夠的悲劇精神，也沒有對人世生活的苦悶與懷疑。它所做的就是一再地、孜孜不倦地強化傳統倫理道德，全社會審美和倫理觀念的一致性與強迫性是它得以存在的前提。顯然，這樣的戲劇，即使是國粹，也是僵化與蒙昧的。它已經不能夠產生或接受任何新思想而且缺乏反省的能力。在傳統的價值體系受到懷疑時，古典地方戲侷限於審美直接性的意象體系必將因其自身的思想貧弱性而逐漸萎縮、風化。

從形式上看，文學語言所需要的物理空間極其有限，而它的指代能力卻幾乎囊括了人類全部的感知世界和觀念世界。古典地方戲是非觀念化的，它的舞臺語言的物質外殼與它所指代的人類生活之間存在許多必然的聯繫，它不過是以一個藝術化的微縮的感知世界、摹擬一個龐大的現實世界，這樣的

〔註 41〕陳白塵、董健主編《中國現代戲劇史稿》，第 4～5 頁，中國戲劇出版社 1989 年版。

〔註 42〕《中國古典戲曲論著集成》第 8 卷第 237 頁。

物理性存在，使得它作為一種語言的指代能力與文學語言相比大大衰減。而作為文學作品核心要素的情節和人物內心世界的複雜性無法通過這樣貧弱的語言來被傳達和被理解。正如黑格爾認為，戲劇是詩，是文學，一切在舞臺上表現為感性的東西，例如歌唱、舞蹈。表演等等都是有限的、偶然的，唯有訴諸於心靈的「形而上」世界，才是絕對與永恆的。

由於舞臺是古典川劇唯一的存在方式，所以它容不得絲毫暫時不被觀眾理解的東西存在。觀眾不僅了然它的全部舞臺語言，而且熟悉人物形象，承認倫理評價標準，觀眾觀看古典川劇並不期待著全新的情節和人物，而是期待演員把這些人物再一次還原為審美的直接形象。

古典川劇弔詭之處在於，一方面，它的舞臺資源極為豐富，極大的滿足了觀眾的審美期待，以其不同於京劇的唱腔和「耍法」在古典地方戲中「標出」了自己。比如「變臉」之類的雜耍對於展示人物性格並沒有太大的意義，它更多的是一種「耍法」，作為增加舞臺審美資源的一種途徑而存在。與京劇相比，文學與心靈的東西被排除得更為徹底，五花八門的「耍法」吸引和刺激著觀眾的感官，此岸的生活熱鬧非凡，哪裏還有餘暇去思索彼岸世界；另一方面，由於「在巴蜀地區，一旦過日子、求生活的要求與禮教道德有所衝突時，人們也會把價值的天平自覺不自覺地傾向了生活的一側」，〔註 43〕所以古典川劇與京劇最大的不同就是它對禮教道德的漠視、消解和戲耍，禮教在古典川劇中常常處於一種被「解構」的尷尬狀態。當然並不是說古典川劇沒有倫理的因素，而是倫理在這裡更多的是一種背景性的東西，它並不具備絕對的權威性，可以被隨時挪用、戲謔、嘲弄。倫理人物也很少能喚起觀眾某種激烈而單一的情感。與京劇不同，觀眾追求的最高觀演快感並不是倫理的發洩而是「好耍」，在古典川劇裏，生活到處在哄堂大笑。

事實上，隨著社會審美體系和價值體系的變化，人們開始質疑古典川劇的貧弱，並嘗試在其中重建文學的地位，「時裝戲」潮流就是在東西方文化碰撞的時代背景下，本土戲劇進行的一次全新嘗試。二十世紀二三十年代，文明戲即話劇出現於中國舞臺，以劉懷敘〔註 44〕為代表的劇作家將話劇的道白和

〔註 43〕李怡《現代四川文學的巴蜀文化闡釋》第 97 頁，湖南教育出版社 1995 年版。

〔註 44〕劉懷敘（1879～1947）四川南充人，從小飽讀詩書，因家貧進入戲班，先後受聘於多所科班教員。二十年代開始編寫時裝戲。先後創作了《一封斷腸書》《是誰害了她》《啞婦與嬌妻》等反映時代生活的新劇目。

布景引進川劇中，嘗試著用古典川劇這麼一種古老的藝術形式來完成對「德先生」和「賽先生」等現代性訴求的表達和言說。這些時裝劇，內容上緊扣當時的社會現狀，以男女愛情糾葛為主線，表達了爭取婚姻戀愛自由、反對封建禮教、呼籲青年愛國救亡、追求個性解放的時代心聲。比如在三十年代名噪一時的《是誰害了她》說的是上海某藝專學生裴曼君與同學柳某相戀，回鄉後既遭其父裴元道的反對，又遭駐軍司令之子燕之勉逼婚，迫使曼君自殺，未果，自毀面容。曼君傷癒後四處尋找柳某，但柳已經削髮為僧。燕之勉得知曼君面容恢復，又來逼婚。洞房中，曼君槍殺燕之勉後飲恨自盡。這樣似曾相識的內容往往使人想起《啼笑因緣》《夜半歌聲》以及鴛蝴派的小說。與表現傳統倫理道德的根本精神或理念的古典川劇相比，時裝戲在內容上毫無疑問又回到了文學的軌道上並且具有了對正統價值體系的懷疑與批判。必須指出的是，時裝戲是由劉懷敘這樣的現代知識分子創作的，它的藝術語言才可能以文學語言為主導。這裡，有幾個現象頗值得玩味：第一，當年曹禺先生的《雷雨》在上海演出，劉懷敘專程到上海觀看，回到南充後，用三天時間改編為川劇《自殘》，在南充演出引起轟動，連續上演達一月之久。郭沫若在重慶看過他創作的不少劇目，專門為之題詞「川劇創作家劉懷敘先生」。顯然，這裡重要的不再是大名鼎鼎的角兒，關注的焦點轉移到了兩個部分，一是編劇，二是劇情，而「編劇主將制」正是文學的戲劇的重要特徵。雖然宣揚的是現代人文精神，但為了適應表演的劇場性需求，內容還是相當的通俗，以世俗男女的悲歡離合來吸引觀眾。第二，時裝戲的藝術語言以文學語言為第一性，而其舞臺表演仍按照傳統戲的程式套子處理，比如《天外雷聲》中對希特勒等人物的處理：

> 里賓特羅甫：(唱)
> 前日元帥對我敘，
> 偕赴勃倫會黑衣。來在機場用目覷……
> 卻是元帥飛馬急。
> 淨一　希特勒內吼介。上。
> 希特勒：(唱【快二流】)
> 金鐘響鑼敲九句，
> 整頓戎裝把宮離。
> 旭日一輪照天地，
> 萬紫千紅漫爛迷。

快馬加鞭將眼覷，

外長一旁躬身接。（齊）

里賓特羅甫：（介）見過元帥！

希特勒：外長來此幾時了？

里賓特羅甫：剛到不久。

希特勒：司機可曾齊備？

里賓特羅甫：齊備多時。

希特勒：如此共上坐機，吩咐立即起航！

里賓特羅甫：司機聽著！元首吩咐，就此起航！（吹打、同下）

劇中希特勒手持「馬挽手」上場，與外長的對話，也是完全按照古典川劇的套子。這種「穿西裝戴瓜皮帽」的搭配無疑是時裝劇生命力不長的一個重要因素。究其深層原因，實際上是文學的語言與程式——古典地方戲的舞臺語言彼此之間內在的矛盾。當中國社會生活的各個方面都發生天翻地覆的變化時，戲曲舞臺藝術語言這個詞彙庫對於生活本身來說已經十分老化了，古典川劇的程式再精妙絕倫，它也已然無法承載表現時代人物身處困境的激情的藝術訴求，無法容納知識分子的懷疑與批判。由於長期缺少歷史的先行者，時代的代言人，古典川劇無法以戲劇的方式來深刻地濾析和表現生活，有力地把握和推動現實。這樣的任務已經無法通過劇場的戲劇性（即舞臺表演來達到的戲劇性）來完成，而必須由文學的戲劇性來完成。

古典川劇的終結意味著它不再能夠創造生動活潑的新作品，不再是讓抒情主體縈繞於心的抒情記憶，不再與現實生活構成互為表裏的抒情關係，並不意味著它昔日的創造失去了存在的價值。〔註 45〕一種藝術，惟其終結了，才彌足珍貴，這也是「非物質文化遺產」應有的題中之義。但必須指出的是，古典文學作品可以以實物的形式延續自身的閱讀史，而古典地方戲只能保存於演員的肉身，它是通過征服演員肉身的有限性來表達無盡的意趣和實現自身的美學追求。這種極不穩定的保存方式注定了終結的命運，正如「一代有一代之文學」，一代有一代之戲劇。

〔註 45〕這裡，筆者贊同孫文輝先生的觀點：「戲劇，從來沒有發生過危機。所謂『戲曲危機』，不過是依附於那些傳統戲曲形式上的文化危機，『人的危機』，即他們生存方式的危機。」（《戲劇哲學》第 249 頁，湖南大學出版社 1998 年版）

第二編　擁抱當代文學的當代川劇

第一章　古典川劇的終結與涅槃

第一次鴉片戰爭以後，西方的物質文明和精神文明潮水般湧入中國大地。古老中國的生產手段、生活方式、社會結構、經濟制度、政治制度、意識形態、倫理觀念、文學藝術等都必須在與西方文明的碰撞中經受考驗，或者死去，或者通過涅槃而獲得新生，這就是現代化的歷程。在此之中，古典川劇面臨著多重內憂外患：第一，生活的形式與節奏迅速地變化了，古典川劇的詞彙更新速度遠遠趕不上這種變化。騎馬乘轎變成了騎車乘車，長矛大刀變成了洋槍洋炮……現實生活與提煉出戲曲舞臺藝術語言的那個現實生活距離越來越遠。第二，全社會高度一致的倫理價值觀念發生了分裂，新思想、新道德每天都在生長和傳播。尤其是新文化運動無疑是對作為古典戲曲精神信仰的儒家倫理體系的全面質疑，皇權、父權、夫權、忠君等等舊道德受到前所未有的挑戰。包括川劇在內的古典地方戲賴以生存的全民一致的鮮明的倫理體系基礎破碎了。歧視婦女、讀書做官、甘為奴才這些舊戲中十分普遍的思想越發令人反感；關羽、諸葛亮這類英雄人物的故事只剩下作為「傳統倫理道德的根本理念的感性顯現」的意義，而派生他們的具體社會制度與觀眾的日常生活已經相當隔膜了。而現代生活帶來的焦慮與困惑，人們卻很少能在古典地方戲中找到答案和宣洩的途徑。古典川劇與現實生活已經不再構成互為表裏的抒情關係。第三，隨著西方文明的侵入，作為一種公眾娛樂和公眾媒體，古典地方戲的主流地位受到挑戰。從 1945 年到 1949 年，僅上海一地就上映美國影片 1890 多部，成都與重慶也大致差不多，川劇戲園門前幾乎無人問津。電影、話劇這些新興的娛樂方式不僅瓜分了觀眾，而且改變著一個時代的審美趣味。第四，在古典川劇內容上日益貧弱的情況下，它的形式美資源在鑒賞過程中所佔的地位越來越重要，這就導致一個相當嚴重的後果：正如京劇之於梅蘭芳，古典川劇的舞臺藝術在陳書舫等人手中發展到了頂峰，並且不能被後人超越，這種藝術樣式是否還剩下創造發展的空間？由於舞臺藝術不能像文學那樣，具有相對無限的創造空間，所以盛極而衰是必然的。第五，社會動盪也極大地損害了古典川劇的生命力。藝人的生存面臨困境，而演出也遭到破壞。據川劇表演藝術家劉成基回憶說：「解放前的川劇藝術已經不是藝術，而是一種反動、腐朽、墮落的怪胎。當時的劇場根本不是欣賞藝術的場所，而是地痞流氓、爛兵遊勇生是生非的地方。」〔註 1〕此時的戲園已然成為舵把子、警察、特務、袍哥大爺們進行權勢較量的「公共領域」。劉成基不禁慨歎「接近解放時，川劇舞臺上的時裝戲，連早年間的那一些進步意義都不見了。光怪陸離、群魔亂舞，實在醜不忍睹。這是另個型號的時裝戲。它既不同於早年間的時裝戲，也沒有半點川劇藝術在其中。它在文藝舞臺上警告人們：川劇要垮臺了！」〔註 2〕

1951 年，中央發布《關於戲曲改革工作的指示》，「戲改」在全國迅速展開，三改：改人、改戲、改制。「三改」之後權力方式使戲劇的生態作了一個巨大的扭轉：當年跑江湖的藝人變成了新中國的主人，民間生存狀態的戲班變成了國家化體制的劇團。藝人的戲劇、民眾的戲劇變成了政府的戲劇。劇團的運行從編劇到演出整個成為了一種國家行為，這必然導致戲劇話語方式和表演方式的重構。

1952 年 10 月 6 日至 11 月 14 日，文化部在北京舉辦了第一屆全國戲曲觀摩演出大會，川劇演員陳書舫、曾榮華、周裕祥等到北京演出，文藝界開始瞭解川劇、重視川劇。1954 年開始了古典川劇劇目鑒定工作，這是有史以來，政府集中人力、物力、財力對川劇傳統劇目進行的一次最為系統、全面、浩大的整理工程。〔註 3〕到 1957 年，成都、重慶兩地共鑒定傳統劇目三百二十一個。在此基礎上，重慶、四川的出版社陸續出版了《川劇》單行本八十八集，《川劇劇目鑒定演出劇本選》十一集，《川劇傳統劇本彙編》三十三集，並收藏各種手抄本、口述本、珍藏本兩千餘本。本書認為大規模的川劇劇目鑒

〔註 1〕《中國川劇通史》第 547 頁，四川大學出版社 1993 年版。

〔註 2〕《劉成基舞臺藝術》，轉引自《中國川劇通史》第 545 頁，四川大學出版社 1993 年版。

〔註 3〕劇目鑒定分為九個步驟：搜集劇本，清寫劇本，挑選劇本，內部演出，劇本整理，鑒定演出，座談討論，整理改編，編印出版。

定可以看作古典川劇終結的標誌。這次鑒定，明顯帶有文物保護性質。事實上，此後古典川劇雖然仍有演出，但已不復當年盛況，更多的是文化傳統的展示、普及、宣揚、傳承式的演出。至此，古典川劇被收藏品化、標本化、博物館化。它不再是巴蜀生活中活生生的一個部分，那些咿咿呀呀的唱腔，那些咚咚鏘鏘的鑼鼓，那些書生與小姐，戲子、軍閥、姨太太的故事已經化為老套的橋段，模糊的面影，古老的抒情記憶與人們漸行漸遠。

在川劇劇目鑒定工作中，藝人們捐獻出了各種手抄本、口述本、珍藏本兩千餘本。圖為嘉慶年間的手抄本。（圖片來源：《四川非物質文化遺產叢書》，四川人民出版社 2007 年版）

古典川劇終結了，並不代表我們不再需要地方戲曲，正如古典文學終結了不代表我們不再讀唐詩宋詞。事實上，從二十世紀五十年代起，古典川劇開始擁抱「五四」誕生的新文學，並最終完成了其涅槃——當代川劇。

第一節　古典地方戲的自救之途：梅蘭芳道路與田漢道路

董健把 20 世紀以京劇為代表的傳統戲曲所走的道路概括為梅蘭芳所代表的道路和田漢所代表的道路：梅蘭芳「他們在物質上利用社會現代化所提供的條件，依靠著文化傳統的心理慣性，以世俗文化的姿態佔據文化市場，而在精神上與現代化、啟蒙主義保持著距離，只把工夫下在京劇本身的藝術上。」而田漢「極力要將以京劇為代表的傳統戲曲與時代結合起來，從啟蒙與革命的需要出發對其進行改革和利用」;「他賦予了近二百年來在文學性上漸趨貧困化的京劇以表現現代意識的文學生命；他初步扭轉了京劇『重戲不重人』的舊習，開闢了人物塑造的新路子；他結束了舊京劇只有演員沒有作家的歷史」。〔註 4〕

田漢的劇作，從早期的《名優之死》到《琵琶行》《新兒女英雄傳》甚至包括《情探》等作品，幾乎都有一個共同的特徵：以描繪整個時代為理想，人物不過是在時代的浪潮中漂浮的落葉，他們品嘗自己的苦難，並因此充滿詩意，但他們的意志在時代潮流裏無足輕重，他們的命運不是由自己的意志和行動決定著，而是由時代大潮中的種種偶然或必然的機遇決定著。「詩人寫劇」的特徵十分明顯，正如郁達夫《戲劇論》裏評價的「不以事件、性格或觀念的展開為目的」，「專欲暗示一種情念的葛藤或情調的流動」的抒情劇。在他的早期作品中，人物常有長篇的獨白或講述故事，或抒情，以此作為推動戲劇發展的要素，在這個意義上，田漢的戲劇是更重視「語言的藝術」。語言風格偏於華麗唯美，或極盡絢麗「那湖邊草場上的草，還是一樣青嗎——青得跟絨氈似的。」或運用詭奇的比喻「翠姑娘，你是火中舞蹈的薔薇。」「鞋和踏在你上面的腳和腿是怎樣的一朵罪惡的花，啊！怎樣把人引誘向美的地獄裏去啊！〔註 5〕而其情節藝術具有非戲劇化的傾向。田漢是一個詩人，他並不善於寫作黑格爾意義上的「戲劇體詩」，因此，他的戲劇作品還不能為魏明倫等人的成熟的現代戲曲提供文體榜樣。

但正是田漢的戲曲創作顛覆了古典地方戲中表演與文學的關係，使戲曲重新以文學語言為「第一性」的藝術語言，成為一種知識分子個人創作的戲劇，一種作者的戲劇。他的戲曲創作，可能在觀念表達上不夠圓熟，可能情節藝術還在探索階段，可能沒有提供物質性舞臺語言可以大量產生的感性審美資源，可能無法提供風格化的唱腔與身段，然而，他的戲曲創作中蘊涵的表現現代意識的文學生命，敘事、抒情的文學風格卻開啟了此後中國「現代戲曲」的道路。以元雜劇和明清傳奇為代表的文學的古典戲曲，其藝術原則是建立在「曲牌聯套」的詩歌寫作基礎之上的，非文學的古典地方戲，其藝術

〔註 4〕董健《中國戲劇現代化的艱難歷程》，《文學評論》1998 年第 1 期。
〔註 5〕錢理群等編《中國現代文學三十年》第 177 頁，北京大學出版社 2000 年版。

語言是以表演藝術為核心的舞臺語言藝術。而以田漢為代表的現代劇作家所創建的現代戲曲恢復了戲曲的文學本質，舞臺藝術或語言藝術都不再決定其藝術原則，現代戲曲的藝術原則開始建立在「情節」的藝術之上：即文學的語言和舞臺的語言都不夠風格化也不妨礙其成為一部現代戲曲作品，但情節必須完整，必須有足夠的張力，能夠提供起碼的審美資源。在更高的藝術追求上，文學語言、舞臺語言與情節藝術有著互為依存的更為複雜的關係。如果說語言與意境之美是元雜劇與明清傳奇的特徵，那麼情節藝術的成熟就是現代戲曲的特徵。正是在一點上，體現了中國戲曲由本土性向世界性的過渡。

梅蘭芳在堅持京劇舞臺本質方面取得的成就把古典地方戲推上了藝術的頂峰，同時，以他為代表的一大批優秀的地方戲表演藝術家（古典川劇以陳書舫、周慕蓮等人為代表）也是古典地方戲的終結者。他們之後，古典地方戲逐漸喪失了創造能力。而田漢的創作實踐證明了一點：擁抱文學是古典戲曲獲得現代精神的唯一途徑。借用葉朗的那句話：梅蘭芳去世，他所創造的美的意象也隨之消逝了；田漢離開了這個世界，他在戲曲創作中所創造的美的意象還在。田漢的方向就是魏明倫等劇作者的方向，正是「田漢道路」才使古典川劇得以涅槃為充滿生機與活力的當代川劇。因此，當代川劇也可以稱之為作者的川劇，古典川劇可以稱之為演員的川劇。以魏明倫為代表的知識分子在創作戲曲時，由於他們與劇場演出的密切關係，採用了川劇這種身邊既有的地方戲形式。作者的川劇的說白、唱詞比演員的川劇更具文學之美，但「曲牌聯套」不存在了，在元雜劇中的抒情詩歌的寫作目的和明清傳奇中敘事與抒情並列的詩歌寫作目的也不存在了，「戲劇」成為寫作的中心藝術目標，「曲」服從於「劇」，「曲」與「劇」之間確立了一種按照現代觀念看來更合理的關係。

第二節　新質的誕生與偽質的橫行：《十五貫》與樣板戲

1956 年，浙江昆蘇劇團演出了根據傳統崑曲改編的《十五貫》，引起轟動，總理周恩來表彰該劇「一齣戲救活了一個劇種」。改編本《十五貫》的成功是由它充分利用了古典戲曲藝術資源來創造現代戲劇；它在戲曲發展史上具有標誌性地位是因為它是一部真正意義上的「現代戲曲」。

此劇原為（清）朱素臣所著，劇情是：明朝淮安山陽縣有熊友蘭、熊友惠兄弟。熊友惠在家讀書，近鄰馮家丟失媳婦侯氏三姑——金環，同時兒子又中毒身亡，偏偏金環又在熊友惠手裏被人發現，友惠和侯氏因「通姦」而入獄。做艄公的熊友蘭帶著客商陶復朱送給他的十五貫回家，路遇因繼父謊說把她賣了十五貫錢而逃出的蘇戌娟。而就在她逃走的當夜，她的繼父被人殺死，十五貫不見，友蘭和蘇戌娟遂也因「通姦」而被問死罪……身為監斬官的蘇州知府況鍾夢見兩熊乞哀，查冤，複審，平反冤獄。改編本保留了婁阿鼠因盜十五貫而殺死肉店主人尤葫蘆，知縣主觀臆斷熊友蘭、蘇戌娟為兇手的情節，刪去況鍾宿廟、神明託夢，集中描寫了況鍾、過於執、周忱處理案件的不同態度，通過這幾個不同人物形象的塑造，深刻揭露了封建吏治的黑暗腐朽，發人深省。與古典崑曲不同的是，改編本《十五貫》意識到劇場時空的存在，在有限的時間內建立起情節藝術的完整性。它首先要實現的是在一個晚會的演出中清晰地表述一個完整的故事，在情節完整的前提下，它將向別的方向開闢新的審美資源。顯然，這個審美資源並不是舞臺表演所能提供的。那麼，改編本《十五貫》究竟提供了什麼藝術原則，什麼審美理想與審美資源呢？

與古典崑曲相比，婁阿鼠這個擁有很大審美資源的感性十足的形象不再是戲曲演出和觀賞的最終目標，他的形象對於全劇情節來說，僅具有局部意義。古典地方戲兩個藝術原則：感性十足的人物塑造和戲劇性衝突情境的創造不再是改編本的藝術原則：人物不再是「為了表現『性格』而行動，而是在行動的時候附帶表現『性格』」，〔註 6〕只有情節才具有整體的意義，人物成了情節之下的「二級」審美資源，戲劇性情境必須作為情節因果關係鏈中的一環，服務於情節的整體。顯然，正是亞里士多德所描述的戲劇情節完整性決定著「現代戲曲」的藝術原則。

在古典崑曲中，主要人物是熊氏兄弟與蘇戌娟、侯三姑，主要講述四人的蒙冤與昭雪，況鍾僅為次要人物。而主人公的落難與獲救皆來自於巧合，情節發展的動力是作者的敘述。而在改編本中，況鍾成了主人公，情節由四個人的遭遇變為況鍾為他們昭雪。從「判斬」到「訪鼠」，始終是況鍾的意志和行動推動著劇情的發展和結局。黑格爾所描述的戲劇體詩，就是一面追求著情節的單純化，一面追求著人物意志間衝突的強度。「見都」是表現況鍾與

〔註 6〕亞里士多德《詩學》第 21 頁，羅念生譯，人民文學出版社 1982 年版。

上司周忱的衝突，「疑鼠」表現況鍾與製造冤案的過於執之間的衝突，「訪鼠」更是況鍾與婁阿鼠之間的鬥智鬥勇。因此，古典崑曲《十五貫傳奇》之美來自於情節的起承轉合與人物的悲歡離合，改編本之美來自情節的單純完整與人物的意志衝突。這兩個美感是中國本土戲劇向五四新文學所引進的西方戲劇的敘事和演出方式學習而取得的。至此，「現代戲曲」的藝術原則及其本質已然確立，新編《十五貫》為當代川劇的出現做好了準備。

文革十年，樣板戲風行。川劇也被迫只能演出「川劇樣板戲」。乍一看，樣板戲貌似符合「戲劇體詩」的兩個原則，但它的文化專制主義性質決定了它與亞理士多德的「情節整一」和黑格爾的「戲劇體詩」在精神實質上背道而馳。比如，按照黑格爾的理論，外在的衝突應當來自個人的心靈，是「已意識到個人自由獨立的原則，或是至少需要已意識到個人有自由自決的權利去對自己的動作及其後果負責」〔註 7〕的人，而樣板戲的衝突不是來自個人心靈，而是政治鬥爭、民族鬥爭、階級鬥爭中對立的集團。無論是李玉和與鳩山，還是阿慶嫂與刁德一，都不是自主自決的人，而是人格化的民族性、階級性和黨派性。這種高度政治性的話語形態是以「崇高」為其美學底色的，川劇獨有的「好耍」的美學根性本質上與它南轅北轍，因此，川劇樣板戲實際上是一種與巴蜀生活毫不相干的異物。另一方面，必須指出的是，樣板戲是作者的戲，它恢復了文學對於表演藝術的統治，所以在藝術形態上它其實並不是古典地方戲。而不容否定的是，樣板戲在戲曲音樂創新上取得了巨大的成就，在推進戲曲舞臺藝術語言的現代化方面取得了相當的成績，這在客觀上為 80 年代後的當代川劇提供了一定的藝術借鑒。

第三節　從茶樓到劇場：當代川劇誕生的觀演空間

現代劇場的物質條件給戲劇提供了新的發展空間，它所改變的觀演關係也對戲劇提出了新的要求。戲曲是在中國的劇場中培育起來的藝術。古典川劇的演出場所有這麼幾種：鄉村的萬年臺、會館、都市的茶園式劇場。前兩種演出方式的演出時間都很長，觀眾出入十分隨便，不會要求完整的情節和陌生的劇情，演出往往服務於喜慶目的，觀眾借戲狂歡、招待親友或者過把癮。鄉村的萬年臺相當簡陋，甚至還有臨時搭臺唱戲，謂之「草臺」。一般多是

〔註 7〕黑格爾《美學》第 3 卷下冊第 297 頁，朱光潛譯，商務印書館 1981 年版。

同神廟聯繫在一起的廟臺，其三面敞開面向觀眾，後面稱三星壁，左右兩邊為上下馬門。前方多為場壩，後面是供人步上正殿的石階，可供人們或坐或站，故此俗稱「壩壩戲」。典型的有犍為羅城鎮戲臺，始建於明代，是典型的廣場式過街樓萬年臺。羅城鎮位於山上，街道依山頂地形而建，街道兩旁房屋有廊簷，形成沿街市場。街市中間寬，兩頭窄，戲臺在中央，正對街頭的靈官廟。演戲既是酬神，也是娛人。從戲臺至靈官廟為緩坡，每隔約十米依次高一臺階，便於觀眾看戲。會館中的萬年臺則要華麗得多，有的甚至雕龍繪鳳。所謂會館，是當時同一籍貫的老鄉在較大的城鎮設立的同鄉機構，主要以館址的房屋和場地供同鄉人聚會或寄居、娛樂等。明清兩代至新中國建立前，四川的中小城鎮和廣大農村均以萬年臺為主要演出場所。著名作家李劼人在小說《死水微瀾》裏曾這樣寫道：清末的成都「每個會館裏，單是戲臺就有三四處……江南館頂鬧綽了，一年要唱五六百臺整本大戲，一天總是兩三個戲臺在唱。」新文化運動的先驅者吳虞在日記裏也多處記述了他常去會館看戲的情景。

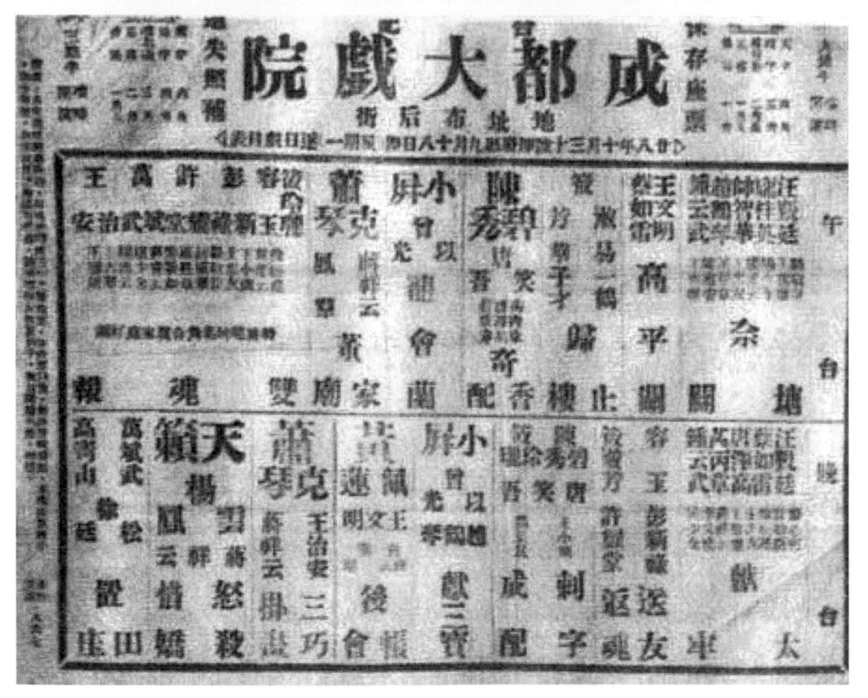

圖為成都大戲院戲報。（圖片來源：《四川非物質文化遺產叢書》，四川人民出版社 2007 年版）

光緒三十二年，在成都會府北街出現了第一座茶園戲園——可園。之後，成都的悅來茶園、錦江茶園、重慶群仙茶園以及自貢、南充、內江等地的茶園不斷湧現，成為戲班的重要演出場所。茶園式的都市劇場也不賣門票，只收茶錢，觀眾可以在這裡談天會友，演出一般從中午演到黃昏。這種劇場也不要求完整複雜的戲劇情節，班主根據市民的口味或節慶來確定演出劇目，一切都是「耳熟能詳」的，觀眾來主要是為了娛樂和消磨時光。有回憶文章寫道：「茶園就是劇場……這個茶園是兩層制的建築，樓下是堂座，前面幾排叫特別座，票價八百文，後面的稱副座，票價四百文。堂座後面是普通座，票價二百文。在悅來茶園進門處的兩邊牆上掛著『水牌』（即是宣傳演員的黑板），使觀眾一進門就可以看到『三慶會』的演員陣容。大門的右首，是悅來茶園的售票房和賬房，大門的左首，有一個小茶館，人們在這裡邊喝茶邊切磋技藝，探討一晚上演出的得失。」〔註 8〕「廣場式」戲臺培養了古典川劇以舞臺語言為其藝術語言。

圖為民國時期的悅來茶園。（圖片來源：《成都市川劇志》，方志出版社 1997 年版）

建國後，戲班變成了劇團，劇場也發生了重大變化。梅蘭芳在 50 年代曾說：「那二百年當中，舞臺形式是沒有多大變化的。但是近四十年來的進步卻是不少，到今天已經變得面目全非了。」〔註 9〕這種變化就是歐洲近代戲劇的

〔註 8〕《悅來茶園尋蹤》，《四川戲劇》1983 年第 1 期。
〔註 9〕《梅蘭芳舞臺生活四十年》第 46 頁，中國戲劇出版社 1987 年版。

鏡框式舞臺的出現。梅蘭芳在談到自己第一次登上上海的歐式舞臺時說：「看到這種半圓形的新式舞臺，跟那種照例有兩根柱子擋住觀眾視線的舊式四方形的戲臺一比，新的是光明舒暢，好的條件太多了，舊的又哪能跟它相提並論呢？」〔註 10〕新舞臺提供了新的發展空間。特別重要的是，這種歐式劇場帶來了歐洲戲劇的藝術氛圍和觀演關係。梅蘭芳用「整潔嚴肅」四個字形容歐陽予倩在南通的現代劇場。新中國誕生後，從 1951 年起，陸續將以前的電影院、戲院、茶園進行改造。在悅來茶園舊址上重新修建的文化娛樂場所錦江劇場於 1954 年 11 月開幕，「在這座佔地面積 4000 多平方米的劇場範圍內，建築物以古典式民族風格布局，精巧別致；由迴廊環繞的庭苑里有假山、魚缸。每至初春，園內玉蘭、紫薇綻開，紅白相映，雅趣天成。步入觀眾廳，樓上樓下一排排整齊的座椅鱗次櫛比，交錯有序，可容 1400 人看戲。」〔註 11〕來到這裡的觀眾必須調整心態，在對戲劇藝術懷有更多敬重的同時也有權利要求戲劇提供比社戲和堂會更多的東西。在歐式劇場裏面，消遣娛樂的色彩淡了，藝術的氛圍濃了。隨著社會的急劇變革，劇場觀眾的成分也發生了重大變化，他們期待更為現代的戲劇出現，他們期待著戲劇能有效地宣洩情感。

換句話說，時空的轉變導致八百年來中國本土戲劇發育生長的純粹單一的文化環境不復存在並由此改變了戲曲受眾的審美趣味和審美期待。對於不識字的鄉村和市井小民來說，原本地方戲是他們獲得歷史和人生信息的主要渠道，但現在報紙、電影、話劇等等新的公眾媒體的出現顯然更好地實現了古典戲曲「寓教於樂」的功能。而由於舞臺藝術需要佔有較大的物理空間來實現其藝術追求，因此它無法像文學那樣，具有相對無限的創造空間，再加上 19 世紀 20 世紀之交，整個古典文學自身已經失去了創造力，更無力為古典地方戲注入新的生命活力。盛極而衰，古典地方戲在出現了以梅蘭芳等人為代表的一代大師級人物以後，不可避免走向衰退、萎縮乃至終結。同時，新的文化土壤孕育著新的可能、新的生命，這就是以「當代川劇」為代表的現代戲曲。

〔註 10〕《梅蘭芳舞臺生活四十年》第 132 頁，中國戲劇出版社 1987 年版。
〔註 11〕戴德源《蜀風戲雨》，第 59 頁，天地出版社 2006 年版。

第二章　擁抱當代文學的當代川劇

本書將當代川劇的時間起止界定為 1956 年至 1993 年，這兩個時間點的設定並不意味著從這個歷史時刻開始川劇藝術就發生了裂變，事實上，任何藝術的演變和更新都是一個漸進的過程，與當時的文化語境是互為表裏的。之所以選這兩個點，是因為它們在川劇發展的精神背景上有著特殊的意義：1956 年是浙江省昆蘇劇團改編崑曲《十五貫》取得巨大成功，它標誌著「現代戲曲」這麼一種藝術樣式的成熟；而將下限劃定在 1993 年並不意味著之後當代川劇的創作就停止了。恰恰相反，進入九十年代之後，當代川劇佳作頻出，幾乎囊括了國內所有的戲劇大獎；單純就創作的手法而言，九十年代的當代川劇已經達到爐火純青的境界；那麼，為什麼本書不將下限定在 20 世紀末而設置在 1993 年呢？因為 1993 年是中國八十與九十年代人文思想界精神譜系的一道分水嶺。這道分水嶺前後的三大事件決定了八十年代與九十年代人文思想界的巨大差異，這種差異又導致了當代川劇在兩個時段的不同特質。三件大事分別是：89 事件、92 年鄧小平南巡講話、93 人文精神大討論，它們可以稱之為影響 20 世紀末葉中國社會精神走向的標誌性事件。在這短短的四五年間，當代中國思想文化格局發生了錯綜複雜的變動，社會、思想、學術幾個層面都進行著重組與重構。歷史語境的重大轉折深刻地影響著當代川劇的面貌，從而導致了八十年代當代川劇與九十年代當代川劇之間既微妙又明顯的變化，另一方面，當代川劇又以其獨特的言說方式反映著時代的話語機制和思想脈絡。

第一節 「現代戲曲」的成熟與其代表

以當代川劇為代表的「現代戲曲」〔註1〕並不是指以現代生活為題材的戲曲，而是一個與元雜劇、明清傳奇、古典地方戲同樣性質的專有名詞，用以命名古典地方戲終結以後戲曲發展的新階段，它是中國本土戲劇發展長河中與元雜劇、明清傳奇、地方戲並列的第四個階段。「現代戲曲」是一個有著明確內涵和外延的概念。其內涵是：受五四現代文學的影響，根本改變了古典本質的中國戲曲。在藝術形式上，文學語言或舞臺語言都不再是其關注的重心，成熟的情節藝術成為它的靈魂。亞理士多德的情節完整性原則和黑格爾的「戲劇體詩」原則是其本質的藝術原則。在藝術精神上，它具有鮮明的現代性。現代性的重要任務就是人逐漸擺脫種種政治的、經濟的、社會的、文化的、精神的奴役獲得解放。這種全新的戲劇形態的現代性體現為它前所未有地表現了作家拒絕奴役的個性化思考，其深度和廣度都遠遠超過之前的戲劇形態。這一點，與五四以來中國社會的逐步解放，人的解放是同步的，其對「自由、民主、平等、博愛」等現代性命題的追求完全打破了古典地方戲的倫理說教，正是在這個意義上，古典地方戲終結之後的這個戲劇形態，可以稱之為「現代」的。它的外延包括：其核心是新時期以來以魏明倫、陳亞先、徐棻、郭啟宏等人的創作為代表的戲曲。此前部分時裝戲、新編傳統地方戲已經或多或少具備了它的文體本質，可以看作是從古典地方戲到現代戲曲的過渡樣式。按照呂效平博士的說法，儘管魏明倫寫川劇，陳亞先寫京劇，但這種地方性的差異並不構成他們之間本質性的差異，因為他們無一不追求著戲劇情節的完整性。他們的文學追求顯然不同於梅蘭芳們的舞臺追求。〔註2〕換句話說，雖然《潘金蓮》採用了川劇道白與唱腔，《曹操與楊脩》採用了京劇道白與唱腔，但是它們要求演員表演服從於文學意象的完整性原則已經根本破壞了古典地方戲的藝術精神，它是一種「作者戲曲」，而非「演員戲曲」。它是一種全新的戲劇範型：採用專劇專曲的音樂創作體制，傳統的類型化的行當表演被依據劇情規定的角色性格化表演所代替，作曲、導演作為一種專門的職業，出現在戲劇活動的群體中。

現代戲曲的文體原則與藝術精神由《十五貫》發端，成熟於上世紀八九十年代的戲曲作品中。由於其作品數量之多、質量之高，作家影響之大，當代川劇集中體現了現代戲曲的文體原則、藝術精神和美學風格。

〔註 1〕這裡沿用呂效平博士對以當代川劇和新編京劇為代表的新戲曲形態的命名。
〔註 2〕呂效平《論現代戲曲》，《戲劇藝術》2004 年第一期。

「當代川劇」在本文中是一個專有名詞，也可稱之為「新時期川劇」，特指由一批在50～60年代獲得知識結構和精神稟賦的「復出的一代人」（或其同代人）以及經歷了「上山下鄉」運動的「知青一代」（或其同代人）劇作家所創作的川劇，尤其是八十年代以來一批新銳川劇作者的作品，不包括文革前就有的古典川劇折子戲和大戲（但新時期劇作家改編的舊戲視為新時期的一個部分）。

作為現代戲曲的重要組成部分，當代川劇一開始就破壞了古典川劇的劇場性本質和演員本質。這是由川劇靈活的文化標出性所決定的。在古典川劇階段，川劇要在眾多的「花部」中脫穎而出就必須凸顯獨特的審美根性，以其遠離文學的「好耍」品性區隔於其他古典地方戲。在當代川劇階段，面對業已發生巨大變化的社會狀況和文化心理，川劇要避免被淘汰的命運並且在整個文化格局中爭取一席之地，發出自己的聲音，就不得不犧牲固有的美學特性，向主流文化靠攏，從而在由邊緣向中心的文化競爭中嶄露頭角。川劇實現由古典向當代轉化的途徑有三個：由邊緣向中心靠攏，由非文學的諧劇向黑格爾所說的戲劇體詩靠攏，由表演的程式化向綜合性多樣化表演靠攏。文學性成為整合這三個路徑的手段。從本質上講，當代川劇是作者的戲劇和情節本質的戲劇，文學是它靈魂的底色。

與古典川劇相比，「當代川劇」是一種具有現代人文視野和審美形態的戲劇形式，它在精神力度、思想深度、審美範型、話語表述上都發生了巨大的變化，實現了藝術基質上的根本轉型。古典川劇是一種舞臺藝術而當代川劇更多是一種文學藝術。在當代川劇階段，編劇的意義大於演員的意義，案頭的意義大於舞臺的意義，思想的意義大於表演的意義。當代川劇並不是說其內容是描寫當代生活，恰恰相反，當代川劇絕大部分作品的題材選擇，都極不平衡地傾向於古代生活。但是，當代川劇與古典川劇的聯繫是現象的、暫時的、有限的，而對古典川劇的背叛卻是本質的、永久的、絕對的。當代川劇已經從古典戲曲文化周旋於「經夫婦，成孝敬，厚人倫，美教化，移風俗」的傳統儒家文化格局中走出來，突破了傳統戲曲的把玩性，在思想文化意識上以及戲劇精神上實現了重大突進。同時，當代川劇也推動了當代川劇文學的創作出現了一個「空前絕後」的高潮，以其青春的激情和反思的理性成為八十年代「文化熱潮」中一顆耀眼奪目的新星。

當代川劇與新文學有一種同源關係，正如「新文學」這一概念的提出和使用，具有這樣的含義：從歷時的角度而言，是在表明它與中國古典的、傳統的文學時期的區分；從共時的角度，則顯示這種文學的「現代」性質：題材、主題、語言、文學觀念上發生的重要變革與更替。因此，正如「當代文學」稱謂的提出，「當代川劇」的提出，不僅是單純的時間劃分，同時有著有關現階段和未來川劇的性質的指認和預設的內涵。如果按照劉小楓的說法，二十世紀的漢語文學分為五四以來的文學和四五以來的文學兩大階段的話〔註 3〕，當代川劇創作主體部分顯然應該歸入四五文學的範疇。表達個人在歷史困境中的自我掙扎以及個人命運與社會、民族命運的關聯，始終是這一時期文學的主題。正是這種變化，使當代川劇以一種強烈的參與意識和前衛姿態在 80～90 年代的多元文化語境裏面留下了意味深長的印記，賦予了一百年來在文學性上漸趨貧困化的川劇以表現現代意識的文學生命。某種意義上說，作為表演的當代川劇也許在舞臺上的影響力已經相當有限了，但是，作為文學樣式的戲劇創作卻當之無愧的在新時期的思想史、文學史中佔有一席之地。這些作品無論在題材選擇、主體立意、風格營造，還是演出後所產生的轟動效應及深遠影響力，都構成了當代四川戲劇色彩斑斕且不斷變幻的華采景象。

第二節　由邊緣向中心的靠攏

「邊緣」與「中心」是指川劇的表現對象和話語形態而言。古典川劇的話語是民間的、底層的、世俗的、活潑的、粗野的、戲謔的，其表現的是好耍而瑣碎的生活，即使是歷史也可以截取下來「耍」；然而，現代性話語中顯然沒有「好耍」這麼一個維度，它是一種沉重的、強迫人們去追求、去反思的話語形態，啟蒙與救亡是其兩大主題。當代川劇作為現代性話語場中的藝術樣態（或者說現代性話語場催生了當代川劇這麼一種藝術形態），不得不轉換言說方式和表現方式。

三四十年代毛澤東的《新民主主義論》等著作裏，在對於現代中國的政治、經濟、文化性質的分析中，建立了一種將政治社會進程與文藝進程直接聯繫，以社會政治性質作為文學依據的文藝分期框架。〔註 4〕根據這一思想，

〔註 3〕劉小楓《這一代人的怕和愛》第 248 頁，華夏出版社 2007 年版。

〔註 4〕「現階段，中國新的國民文化既不是資產階級的文化專制主義，又不是單純的無產階級的社會主義，而是以無產階級社會主義文化思想為領導的人民大眾反帝反封建的新民主主義」——《新民主主義論》，《毛澤東選集》第 699 頁，人民出版社 1966 年版。

1949年以後，中國社會的整個性質已轉變為「社會主義」的，文藝也必然發生根本性質的變化。「建國」以來的文藝與以前的文藝性質的區別，以及建國以來的文藝是一個更高階段的文藝階段的判斷，在50年代已經成為不容置疑的觀點。而戲劇在中國左翼文藝中是受到特別關注的藝術樣式。一方面，戲劇擁有各階層的大量觀眾。另一方面，戲劇不僅是一種交流工具，它本身就是交流。作者、導演、演員集體創作並與劇場觀眾共同體驗一種人生經驗，合力構造一個想像的世界，接受者的參與表現得更為明顯。強調文藝對政治的配合和文藝的教誨宣傳效用的革命文藝家總是十分重視這些樣式。50年代以後，戲劇與政治、社會生活的直接、緊密關係的觀念繼續得到強調。為此，相繼成立了各種機構，以領導、組織戲劇的創作和生產，並建立不同範圍的戲劇演出「觀摩」或「會演」制度。因此，50年代的劇目鑒定也就帶有對舊文藝的重要部分古典地方戲的歷史定性的性質，同時，它也是一個分水嶺，標誌著此後川劇的「現代」性質：題材、主題、語言、文學觀念上發生的重要變革與更替。古典川劇的表演本質和千年不變的倫理演繹顯然無法滿足建國後國家主流話語對文藝的要求，「好耍」的美學根性更是與整個時代的文化情緒和文化訴求格格不入，嚴重阻礙了它進入主流文藝圈子。要被新文藝所接納，川劇必須進行本質的改變與重構。

建國以後，在發掘、整理、改編傳統劇目的同時，產生了一批現代題材劇目，配合當時的政治任務進行宣傳。有反映革命歷史鬥爭的《兩個女紅軍》《劉胡蘭》《江姐》等，描寫解放前夕工人階級鬥爭的《嘉陵怒濤》等，反映粉碎「四人幫」陰謀的《楓葉紅了的時候》，反映國民黨統治時期小生意人遭遇的《湊湯圓》，反映農村普通社員生活的《板凳牆》，配合「反右」的《十二個老礦工》，反映第三世界人民反對新殖民主義鬥爭的《南方來信》等，這些劇目已經是文學本質的戲，可以看做當代川劇的雛形。這些在當時被評論家讚揚為「體現了時代的精神，傳達了時代的脈搏」的劇作，表達了政治激進派這樣的意圖：規範社會生活的觀念方式和行為方式，賦予「沒有槍聲，沒有炮聲」的生存環境以嚴重的階級鬥爭性質，提升「日常生活」的宏大政治含義，因而實現把個體的一切（生活行為的和情感心理的空間）都加以組織的設想。正如洪子誠指出的：「在50到70年代，文學主張和文學創作的統一性是這個時期文學的總體面貌。」〔註5〕這一時期的當代川劇總的來說還不成熟，

〔註5〕洪子誠《中國當代文學史》第137頁，北京大學出版社1999年版。

雖然一改古典川劇「嬉皮笑臉」的風格，向主流文學看齊，但與真正成熟的現代戲劇相比，它缺乏質疑和批判現實的「啟蒙意識」和在解釋、想像世界上的人道主義的思想基礎，因而對人性挖掘的深度和廣度都遠遠不夠，這些情感狀態膚淺的劇目很快就失去了生命力。

成熟的當代川劇創作主要是從文革結束之後開始的。2006年，著名旅美作家查建英編著的大型人文訪談錄《八十年代》出版，關於80年代的話題被重新提起並在社會上引起了廣泛爭論。那麼，八十年代到底是一個什麼樣的時代？先看一組關鍵詞：「激情／貧乏／熱誠／反叛／浪漫／理想主義／知識／斷層／膚淺／瘋狂／歷史／文化／天真／簡單／沙漠／啟蒙／真理／思想／權力／常識／使命感／集體／社會主義／精英／人文／饑渴／火辣辣／友情／爭論／知青／遲到的青春」〔註6〕八十年代，一個重新點燃啟蒙火炬的時代，一個人文風氣濃郁、文藝家和人文知識分子引領潮流的時代，一段「激情燃燒的歲月」；用北島的話說：「無論如何，八十年代的確讓我懷念，儘管有種種危機。每個國家都有值得驕傲的文化高潮，比如俄國二十世紀初的白銀時代，八十年代就是中國二十世紀的文化高潮。」〔註7〕一位那個時代的過來人這樣表達自己的眷戀：「一個令我懷想終生的年代，一個令我至今迷戀的年代。『八十年代』這四個字及這十年，對我來說，就像一場失去的刻骨銘心的愛情，時常想起，黯然神傷……感謝八十年代，一個星光燦爛，照亮我無知的天空的年代！」〔註8〕

八十年代遠非一場以北京為中心，以知識精英為骨幹的「文化熱」所能概括的，這是一個全民進行知識重構的時代，其文化主調是理想主義、激進的自我批判以及向西方思想取經。八十年代的新啟蒙始於「文革」，地震開闢了新的源泉，沒有文革，就不可能有八十年代；追根溯源，當時的哲學熱、尋根熱、文化熱都是五四老命題，所以五四構成了八十年代一個潛在的精神發源地，伴隨著風雲激蕩的八十年代的是對於五四新文化的思考、追隨、反省和超越。

八十年代的當代川劇在精神血脈上與當時的啟蒙思想一脈相承。當代川劇的作者有一批是經歷了「文革」、反右，上山下鄉然後在新時期重新拿起了

〔註6〕查建英《八十年代訪談錄》封底，生活·讀書·新知三聯書店2006年5月版。
〔註7〕《北島訪談錄》，查建英《八十年代訪談錄》封底，2006年5月版。
〔註8〕《想念八十年代的書桌》，《文學自由談》2003年第一期。

手中的筆的「重放的鮮花」：魏明倫 7 歲學戲，9 歲登場，14 歲發表文章提意見，16 歲捲入反右運動，在農村勞動 3 年；「文革」中被打成「死硬了的牛鬼蛇神」，待到落實政策，能夠從事戲劇創作，已是人到中年。徐棻因為公爹在反右中被錯劃為「右派」而受到牽連，被開除團籍；「反右傾」運動中她成了批判的靶子被發配農村勞動改造。人生命運的浮沉促使這批人進行深刻的反思，一吐為快，而八十年代整個社會氛圍又為他們的思考提供了契機，因為文革之後的反思實踐不但在知識分子圈子活躍，在普通百姓當中也相當普及。正如李陀回憶說：「很多徹夜不眠、熱火朝天的爭論，很多有關哲學、文學、政治和經濟問題的討論，並不是在大學裏、客廳裏進行的，而是在車間裏、在地頭上、在馬路邊進行的。」〔註 9〕這種群眾性的、廣泛的反思實踐是八十年代思想生活最重要的特徵，它不僅為新啟蒙和思想解放提供了至關重要的社會氛圍、論題和知識準備，而且還為這兩個思想運動提供了更為重要的新一代知識人。這些人可能是剛放下鋤頭、進了大學的知青，也可能是在工廠裏做工的工人，這些人裏面有相當一部分後來進了大學，早年的思維訓練對於他們的創作影響重大。這樣一批劇作家，他們的憤慨、否定和呼喊充滿了更多的人生思索和命運疑問。正如李澤厚所言：「中國新一代知識分子的思想情感方式熬煉了過多的苦難，比任何其他一代都更頑強、深沉和成熟了。」〔註 10〕

春風吹過沉睡的凍土，一切都開始復蘇，飽受創傷的人們以前所未有的熱情和思想動力把自己內心的真實語言賦予文學的人物形象。魏明倫在《我做著非常「荒誕」的夢》一文中說：「我是運用『滿紙荒唐言，一把辛酸淚』的辯證法寫戲……去揭示人與社會的密切關係、歷史與現實的內在聯繫、現實與未來的必由之路，結論是——歷史的悲劇不可重演。」這是當代川劇作者們共同的心聲。正是這樣的執著，讓當代劇壇出現了一批具有相當思想性的劇作家和一批足以進入文學史、思想史的作品。不論是嬉笑怒罵酸甜苦辣的《巴山秀才》還是引起全國性論爭的《潘金蓮》，不論是浪漫主義化的《死水微瀾》還是反思中國邊遠山鄉農民特殊生命狀態的《山杠爺》，當代川劇在利用現代意識激活與發掘傳統文化資源上有著充分的自覺與自信。對於新時期這麼一批劇作家來說，本土文化是他們情感與生命的歸宿。同時，作為在 50～60 年代獲得知識結構和精神稟賦的「復出的一代」，具有現代意識的人道

〔註 9〕查建英《八十年代訪談錄》第 271 頁。

〔註 10〕李澤厚《中國現代思想史論》第 256 頁，天津社會科學院出版社 2003 版。

主義話語又為其提供了一套全新的思想資源。正如有學者指出的：「人文思想界在 80 年代的現代化改革過程中，所起的作用是作為『立法者』和『闡釋者』推進現代化進程，並將現代化意識轉化為一種普遍的社會共識。」〔註 11〕在分享共同的現代化想像的「對抗性」合作關係中，人文知識界獲得了「獨立」的主體意識和主體姿態，這使得 80 年代的人文思想內部具有了普遍的共識。因此，當代川劇在他們那裡發生了不同於古典時期的根本性的變化。無論在創作過程中的主體性、文化心態的寬鬆與選擇、探索的多元化方面，「當代川劇作家」都堪稱是當代戲文史上最有潛力最見希望的一代。更重要的是，「當代川劇」至始至終都伴隨著中國社會的激變。它始終以活躍的身姿參與著新時期人文話語的建構，在地方戲曲中顯得不甘寂寞且獨樹一幟，儘管這種建構基本上是由劇作家與官方在高度的默契之間完成的。「當代川劇」創作以極大的激情和主體意識避免了在國家論述中的失語狀態。它從以表演藝術為中心的近代戲曲體制中沖決而出，嶄露出以戲劇文學為中心的格局。

作為「新啟蒙」的生力軍，20 世紀 80 年代中國的文學本身就是多重力量參與其中的社會歷史建構，是各種政治勢力爭奪的話語空間。新時期川劇文學自覺地成為了這一建構的組成部分。在這一空間中，知識分子文化訴求、國家論述、民間話語以某種交錯的方式彼此利用、改造、排斥、遮蔽，這種複雜的狀態為對此進行文化價值評析提供了必要性與可能性。新時期川劇能夠在文革後的文化解凍期從地方戲曲中脫穎而出，根本原因就在於它有效地把作為亞文化的地域文化資源（很大程度上是一種民間話語形態）整合進主流的國家論述和精英話語形態（在 80 年代這兩者曾在某一層面上高度契合）。

80 年代歷史語境中的文學／政治這樣的二元結構，決定著當時的人們理解文學的方式，離開了特定政治這一參照，文學無法自行呈現自身。作為理想主義和啟蒙話語的黃金時代，80 年代的一些開放性文化空間為當代川劇的生成提供了平臺。文革結束後開始的新時期，蘊涵了一系列包括政治、經濟、文化、藝術在內的意識形態調整，這也是思想界的思想解放潮流和文藝界的撥亂反正的內在訴求，實質上是一個多重意義上的重建過程。80 年代的文學進入一種新的文化語境之中，除了文藝政策的調整，也包括開放地吸納各種世界文化資源，其中最突出的是西方現代派文藝和以新資源面貌出現的五四啟蒙思想。80 年代國家論述「現代化建設」，但思想、文學領域對此的理解

〔註 11〕賀桂梅《人文學的想像力》第 18 頁，河南大學出版社 2005 年版。

主要強調其區別於傳統社會，作為更人道、更進步的社會文化形態的含義。當時對「現代」的理解是含混的，是充滿理想主義與烏托邦色彩的。其直接的參照物是文革，文革在當時被看作前現代的「封建主義復辟」，「現代」意識主要是在對文革歷史的批判中產生的，並表現為一種關於未來的理想化設想。80 年代以一種歷史隱喻的方式，將自身的歷史起點對接於五四時期。五四新文化為當代川劇創作所提供的，不僅是用以表述自身的思想資源與文化傳統，同時更是一個藉以建構自身的理想鏡象。但這並不意味著我們可以輕視五四話語在當代川劇創作中所鼓動起來的那種創造的衝動和激情。

在整個 80 年代的文學進程中，人道主義話語構成了一種綿延不絕的思潮。無論是 80 年代前期用以批判階級性的人性，80 年代中期的主體論，還是 80 年代中後期的人學，其視野始終限定在人道主義意識形態脈絡之內，它們都相信個人是一個完整的主體。作為一種價值觀念的人道主義成為了對現代性意識形態的重申和肯定。人幾乎脫離了具體的歷史語境而成為高懸於理想主義真空中的鏡象詢喚。事實上，伴隨著人道主義思潮而完成的，是對個體價值、家庭倫理、傳統性別秩序、作為「想像的共同體」的國族身份的重申，它們參照於一種國家壓抑個人、公壓抑私的僵化政權形象的想像，在民族國家內部的張力當中形成反抗的正當性。80 年代的社會變革內在地需要這種意識形態。所有重大的社會改革都借助於對人的價值的重申，參照於一種非人的國家政權的想像而得以順利施行。在對舊有國家形象進行批判的同時，人道主義思潮以個人觀念為根基和中介，重塑了新時期的國家、國民形象，並實際上建構了在 90 年代成為新主流的中產階級主體。由此，以非意識形態或反意識形態的方式，人道主義的意識形態運作取得了前所未有的成功。因此，在上述多重歷史和理論的面向上，80 年代人道主義思潮成為反省現代中國歷史文化的一個有效關節點，而具體地分析其中蘊涵的「人」的觀念，尤其是個人觀念與國家意識形態之間的連接方式，則是深入辨析這一思潮的一個有效的切入點。同時，80 年代又是現代性話語急劇擴張的年代，80 新啟蒙，正如福柯所描述的，是「一種時間的不連續的意識，一種與傳統的斷裂，一種全新的感覺，一種面對正在飛逝的時刻的暈眩的感覺。」〔註 12〕80 年代川劇創作相當典型地體現出這種文化訴求。

〔註 12〕米歇爾・福柯：《什麼是啟蒙》，汪暉譯，收入《文化與公共性》（汪暉、陳燕谷主編），北京：三聯書店出版社 1998 年版。

出於對「文革」傷痕的撫慰，八十年代很多創作和思潮都是對那之前的政治意識形態對個人自由的摧殘壓抑的反叛和質詢之聲。同時，它還是集體主義生活沿襲下來的一種藝術形態，因此關注的都是有關民族、國家命運的大事。當代川劇也不例外。概括起來，八十年代當代川劇關注的焦點集中在兩個方面：第一，反思過去時代的創傷。先是一些川劇團移植上演了「戲改」後產生的一批新編歷史劇，如《十五貫》《小刀會》等。由於《十五貫》已經是一種成熟的「現代戲曲」，這就為隨後當代川劇自己作品的上演做好了準備。1978 年，川劇率先在全國恢復上演了「文革」被禁演的傳統戲，在全省各地產生了空前的「川劇熱」。以成都而論，先後有大約 30 個川劇團輪番登臺獻藝，有的團還在午場、夜場連演，場內座無虛席。有人感歎說：「演員主要不是演戲，而是在演氣；觀眾也不單純是為了看戲，也是在看氣。」〔註 13〕因為「文革」「樣板戲」把人們禁錮得太久，所以當久違了的傳統戲又上演時，人們的「戲癮」就不僅是「久旱逢甘霖」，而且也是宣洩壓抑的憤怒情緒和撫慰創傷記憶的一種方式。然而，到 81 年前後，劇場開始冷落，古典川劇已然無法承擔宣洩現實情感的任務了，正如一首打油詩所言：「天天過秋江，夜夜拷紅娘。不把王魁捉，就將裴生放。永不關門的迎賢店，一年四季做文章。」〔註 14〕這樣的任務，必須由文學的戲劇來完成，當代川劇應運而生。而由於八十年代與五四的精神血緣，「反封建」與「反思文革」的主題往往在當代川劇中交織在一起。1978 年以後當代川劇中一批影響較大的劇作，不論題材是現代還是古代，如《巴山秀才》《易膽大》《四姑娘》《歲歲重陽》《活鬼》等，或對不合理社會制度進行鞭撻，或對傳統陋習進行抗爭，或對「文革」意識形態予以揭示，都不同程度地譴責了對正常人倫、人性的扭曲和摧殘，提出了「人」的尊嚴問題。像魏明倫的一些作品，儘管主旨在反思「文革」創痛，但並不是以簡單的政治否定模式去控訴創傷的表面，而是試圖超越「傷痕文學」的藝術傾向，追尋「文革」的歷史因由，直逼根深蒂固的封建意識，進入到從更廣闊的背景下批判「極左」的「反思文學」的潮湧之中。比如他的《歲歲重陽》有意識地將原小說《被愛情遺忘的角落》「根子在窮」的主題進一步深化，將悲劇原因歸結為「封建與貧窮盤根錯節、互為因果。劇中淡化承包風波，深化倫理矛盾，都旨在挖掘窮根的同時批判封建幽靈。在這個戲的創作談

〔註 13〕鄧運佳《中國川劇通史》第 705 頁，四川大學出版社 1993 年版。
〔註 14〕《中國川劇通史》第 706 頁，四川大學出版社 1993 年版。

中作者寫道：「封建意識是當前一切改革的阻力。中國在由窮變富的道路上，反封建的歷史任務遠遠沒有結束。」〔註 15〕從這裡可以看出，八十年代的中國知識分子，特別像五四時期的青年，集合在民主、科學、自由、獨立等寬泛而模糊的旗幟下，共同從事先輩未竟的啟蒙事業。高揚「人學」的旗幟，突出人在作品中的地位，通過寫人物的命運和遭遇，把筆觸深入到人的內心世界。邱笑秋的《張大千》集中筆力描寫流落異國他鄉，具有崇高的愛國主義精神的一代大師張大千對祖國的深切眷念。劇作家傾力塑造的張大千形象是一個足以喚起人們對歷史沉思的人物。劇作家細微地刻畫出他胸襟坦蕩卻又愁腸百結，感情深沉而又猶豫彷徨的複雜心態，展現了時代風雲對現代人精神世界的影響。

第二，多角度、多層面認識和把握現實，塑造具有複雜個性和真實靈魂的人物形象，使劇本反映的生活具有一定的歷史深度和較為豐富的思想內涵。戲劇對現實的把握可以通過歷史的角度來把握。黑格爾認為，歷史題材有屬於未來的東西，找到了，作品就永恆。《巴山秀才》一劇，劇作家透過清末「東鄉慘案」歷史事件的表象，觸摸到貫通古今的歷史本質的某些方面，塑造出一個具有豐富內涵的平民知識分子孟登科的形象。這個人物身上因襲著千百年來封建社會讀書人的歷史文化心理因素和價值取向。劇作通過孟登科人生幻滅同時也是其人生覺醒的心理歷程的描述，勾勒出社會歷史發展的必然趨向。《華清池》以現代意識重新認識流傳古今的李楊愛情悲劇，擯棄「女人是禍水」的陳腐觀念，把人物放在特定的歷史條件下還原重塑為具有歷史感的形象。

八十年代的文學、學術、藝術是一個整體，他們在精神上有共通性。做的是不同的事情，但互相呼應，同氣相求，都是一種理想主義的情懷，一種開放的胸襟，既面對本土，也面對西方，同時還有非常明確的社會關懷與問題意識。因此八十年代當代川劇關注的第三個方面就是「現實主義的深化」，以敏銳的目光追蹤時代的足跡，及時捕捉現實生活中的新事物進行藝術的集中概括，具有濃厚的生活氣息和現實感。如陳果卿的《桃村新歌》以滿腔熱情反映了黨的十一屆三中全會給農村帶來的新變化新風貌；陽曉的《婚事》展示了善良、奉獻的民族精神在八十年代的閃光體現；魏曉林的《喜事》則以

〔註 15〕魏明倫《再創造是改編的關鍵》，《苦吟成戲》第 276 頁，上海文藝出版社 1989 年版。

農民富裕起來以後急待解決的精神文明問題表達了劇作家對經濟大潮下建構民族精神的一些思考。《火紅的雲霞》《訪隊長》《二丫與秀才》等劇，在鑄造當代改革創業者形象上相當具有時代感。一批新編歷史劇，如寫唯才是舉的《點狀元》，寫創業之悲壯、艱辛的《李冰》《大佛傳奇》，儘管不直接抒寫現實，但通過過去時代的人和事來間接反映當代生活，對新時期四川戲劇「改革文學」類的創作起到了推動作用。但必須指出的是，題材選擇上的古代傾向也暴露了當代川劇的戲曲舞臺語言對於當代生活的表現能力還不成熟。

另一方面，正如陳平原指出的：「強調獨立思考與自由表達，是典型的八十年代的文風與學風。」〔註16〕魏明倫就坦言：「我的頭腦是『三無世界』，無禁區，無偶像，無頂峰；作文寫戲，追求『三獨精神』，獨立思考，獨家發現，獨特表述。」〔註17〕追求獨創性的途徑，當代川劇既採取了「回歸」，同時也選擇了「越界」，兩者相輔相成，實乃當代川劇的互文書寫。

「回歸」主要是指魏明倫站在中國世俗文化的土壤上在戲劇舞臺勾動著歷史的魂魄，他固然是八十年代的思想熱潮的弄潮兒，但他的立足點始終是民間的：一方面，底層的出身和表演生涯讓他掌握了民間的話語和精神狀態，即鄉土的小傳統；另一方面，自學和時代氛圍又賦予了他精英的思考條件並促使他產生這種訴求。這是與關漢卿、湯顯祖相通而更具現代社會人類拒絕奴役的徹底性的藝術精神！如果說《四姑娘》《巴山秀才》的作者僅僅是一個熟練地掌握了戲劇的文體原則，善於敘述戲劇性故事，同時繼承了川劇特有的幽默傳統的優秀戲曲家，那麼從《潘金蓮》和《夕照祁山》裏我們卻看到了一個通過戲曲傳遞自己獨特思考的思想者。他相當有意識地在完成一個民間思想者的任務——以具有鮮明地域特徵的民間話語（被文革攻擊和破壞的小傳統）對文革及此前的「封建」思想（大傳統）進行了嬉笑怒罵的嘲諷和批判，並以此讓飽受摧殘的小傳統文化中充滿人性、人情的部分慢慢復蘇，恢復其合理性與合法性。儘管這種致思路徑不得不挾裹在當時的大傳統即由知識精英和國家論述共同完成的對文革的反思和批判之中。而另一方面，他又以人道主義為主體的啟蒙話語對民間文化中藏污納垢的部分進行了批判和反思。事實上他最好的作品也正是按照這一路徑創作的，比如《巴山秀才》《易膽大》《變臉》等。

〔註16〕查建英《八十年代訪談錄》第134頁，三聯書店2006年版。
〔註17〕魏明倫《筆答〈南腔北調〉》，《戲海弄潮》第212頁，文匯出版社2001年版。

總的來說，文革後的當代川劇創作的一個趨向就是避免公式化、口號化而更加莎士比亞化。戲劇是人生的反映，生活的鏡子，歷史的保留。從這個意義上說，戲劇本身就是廣義思想史的一部分。當代川劇無疑是對已然僵死化的古典川劇的揚棄。如何盤活傳統藝術資源來發出自己的聲音才是新時期川劇作家的醉翁之意。也許多年之後，新的一代人已不會再去欣賞古典川劇折子戲，但可以肯定的是，當代川劇將以其獨特的思想活力和話語激情佔有一段文化時空。

第三節　由「耍耍戲」向戲劇體詩靠攏

一、作為情節藝術的當代川劇

第一編著重討論了古典川劇的非文學本質，即它的「非時間性」藝術原則。作為表演藝術，它追求立竿見影的劇場效應，主要表現為歌喉的動聽、身段的優美、表演的傳神與機趣等不佔有時間意義的「質」的方面。因此，只要具備了足夠的審美資源，可以讓演員盡情發揮，即使是過場戲也可以成為重頭戲。古典川劇根本忽略情節之間的邏輯完整和可信，它要的是瞬間衝突的感人。而作為現代戲曲的當代川劇是時間的藝術，它必須有一個訴諸心靈的需要一定長度的時間方能完整建立的美的意象，這就是亞里士多德所謂有頭有身有尾，各部分之間有著緊密聯繫的情節。對於當代川劇來說，只有最後的掌聲才具有最高的意義。

當代川劇文體是「一元化」的完整性，與元雜劇和明清傳奇不同，它不尋求在情節之外的抒情詩歌的完整性。由於過於冗長，明清傳奇的劇本與演出是分離的，而當代川劇的情節必須在一次自然演出時間內完成。與歐洲傳統戲劇一樣，它要求一次演出的情節盡可能單純化，不追求製造過分曲折離奇的事件，而是凸顯對立意志之間盡可能尖銳的衝突。黑格爾曾指出戲劇與史詩的基本差別：「戲劇不像史詩那樣描述整個世界情況，只突出它的基本內容所產生的單純衝突……戲劇的主要因素不是實際行動而是內心情慾的展現。」〔註 18〕在黑格爾看來，史詩、小說和戲劇的展開，各有不同的動力來源。史詩和小說情節的展開，完全根據作者的意志。史詩和小說要直接地和

〔註 18〕黑格爾《美學》第 3 卷下第 253 頁，朱光潛譯，商務印書館 1981 年版。

任意地描述客觀世界，敘述人像上帝一樣對他所欲描述的世界擁有至高無上的權力。而戲劇不是來自客體世界，而是來自作者所創造的人物的心靈。和抒情詩不同，戲劇中的主觀心靈通過意志與動作和他人的主觀心靈產生衝突，於是戲劇便實現了心靈的實踐化，獲得了客觀的「實體性」。非激情的、非意志的、「自在」狀態的存在無力實現內在心靈的實踐化，無力引起衝突，因此不是戲劇描寫的對象。劇作家所做的就是創造一個偶然的、特殊的情境，點燃人物的激情。這時，從人物的激情和意志中便產生了「能量」，並通過人物的動作與反動作釋放與消耗能量，推動情節奔赴高潮和最終的結局。當然，歸根結底這一切都是作者的動機，但他必須給每個心靈一個明確、具體、合理的動機。

以周克芹的小說《許茂和他的女兒們》與魏明倫據此改編的川劇《四姑娘》作比較，小說堪稱是共和國 30 年一個農民家庭的生活史詩，中國農村的重大問題，中國廣大農民切實的人生困局和生活欲求以及對共和國歷史曲折的反思，使小說呈現為宏大的政治學敘事模式。小說情節曲折，主要以許茂為中心，以九個女兒的不同經歷，表現不同時期、不同環境所賦予他們的不同人生境遇、精神面貌和不同性格，全面描寫和反思了許茂這個農民家庭從土改、合作社、人民公社直到文革 20 多年曲折、複雜的變化歷程。小說雖然也描寫了四姑娘與金東水的愛情故事，但其意至少不止於寫二人的愛情。他們的悲歡離合不過是小說串聯各色人等的一條主線，作者意在寫出一個時代，記錄其重要事件，畫出其忠奸賢愚勇怯美醜各種人物的群像，以達到全社會通過閱讀這部小說來自我撫慰的作用。川劇《四姑娘》把許茂降為配角，刪去七妹、九妹、金大娘等人物，選取四姑娘一條線索，始終貫穿她與金東水、鄭百如之間的曲折糾葛，集中筆墨寫人，刻畫「這一個」女性形象：從抒情詩的原則來看，劇本只寫了三人互相衝突的「內心情慾」；從史詩的角度看，則是只寫了兩個大隊黨支部書記「內心情慾」的衝突。因此，《四姑娘》是抒情詩與史詩互相否定與統一的戲劇體詩。一方面，情節單純了，圍繞四姑娘與金東水的戀愛，安排了託孤、鬧家、離婚、逼嫁、戀鄉、三叩門、投江等連貫緊湊的情節，「只突出它的基本內容所產生的單純衝突」；另一方面，戲劇行動來自於內心情慾的衝突，使劇中人的內心生活、意志，以及意志間的衝突成為情節發展的動力。正如魏明倫自己所言：「全劇從尖銳的矛盾中開戲，以金東水撤職，妻子去世，四姑娘雪中送炭，接受大姐臨終重託為全劇楔子。

順流而下，銜接四姑娘收養侄女，同情姐夫，與鄭百如同床異夢，受盡虐待。我有意先側重表現女主角性格中忍耐的一面，為後來的反抗儲備力量。到了《離婚》一場，四姑娘忍無可忍，毅然決裂，外柔內剛的性格火花首次爆發，把戲推上了第一個高潮。爾後，再用一場篇幅，囊括許茂逼嫁，秀雲戀鄉，工作組進村，三姐逼婚，鄭百如夜訪……幾股麻繩一齊緊，造成四姑娘非投奔金東水不可的趨勢。」〔註 19〕「三叩門」一場戲充分體現了這一現代戲曲的最高原則：一片深情的四姑娘經歷了重重波折和嚴厲的思想鬥爭之後不得不三叩姐夫金東水的家門，金東水含淚痛苦地吹燈拒絕。四姑娘悲痛欲絕，走上了投江自盡的道路；而當金東水決意開門而出時，四姑娘卻一去不返。

二、當代川劇的現代藝術精神

黑格爾認為，中國與印度戲劇「不是寫自由的個人的動作的實現，而只是把生動的事蹟和情感結合到某一具體情境，把這個過程擺在眼前展現出來」的表現形式是因為「東方人相信實體性的力量只有一種，它在統治著世間被製造出來的一切人物，而且以毫不留情的幻變無常的方式決定著一切人物的命運；因此，戲劇所需要的個人動作的辯護理由和返躬內省的主體性在東方都不存在」。〔註 20〕這說明了一種藝術的形式與其藝術精神是互為依存的，形式來源於更為本質的藝術精神，也可以說形式的原則催生和維護了特有的藝術精神。當代川劇不僅以其藝術形式區別於古典川劇，它也必然以其現代藝術精神區別於古典川劇。

元代儒學式微，漢族知識分子作為統治集團成員的身份淡化了，獨立的個人身份凸現出來。因此，元雜劇在思想與個性解放上勃發出極大的活力。明代湯顯祖由於受「童心說」異端哲學的影響而在「臨川四夢」中表達了對於現存政治體制與倫理體系的懷疑，其極富個性的深沉思考達到了同時代人所不能企及的高度。而明清之交的家國之痛讓《桃花扇》《長生殿》等作品呈現出一種前所未有的悲劇感。然而，所有這些中國古典戲曲中最有價值的東西到了地方戲階段喪失殆盡。

古典地方戲關注的是倫理問題。而在倫理層面，愛憎分明是其理想境界，臉譜系統就是這一精神譜系的明證。在倫理的世界裏，個性思考的空間極其

〔註 19〕魏明倫《四姑娘》第 69 頁，四川人民出版社 1982 年版。
〔註 20〕黑格爾《美學》第 3 卷下冊第 298、297 頁，朱光潛譯，商務印書館 1981 年版。

有限。古典川劇的情感邏輯就是倫理邏輯，雖然這種邏輯包涵了王元化所說的「傳統道德觀念中的根本精神」，但黑格爾從「實體性」的哲學層面出發，認為一切行動，哪怕是倫理上的罪惡，也應該有「辯護理由」，這就是超越倫理的美學的要求。黑格爾說：「莎士比亞在無限廣闊的世界舞臺中對醜惡和荒謬接觸得愈深遠，也就愈能使這種醜惡和荒謬的人物顯得並不缺乏詩的修養。他賦予這些人物以智力和想像力，通過形象，使他們把自己當作一種藝術品，對自己進行客觀的認識性的觀照，也就是使他們自己成了自由的藝術家。」〔註 21〕只有在哲學和美學的高度，劇作家的個人思考才得以進行。在倫理的層面要求個性本身就是荒唐的。古典川劇的缺憾並不是它的倫理判斷沒有包涵一種永恆的價值，而是它沒有能夠超越倫理判斷的層面，給藝術以平等、獨立的地位。戴著倫理鐐銬的藝術始終只能徘徊於形而下的感性世界，而無法將個性化思考融入形而上的觀念層面。倫理的世界，是黑白分明，非此即彼。但是，人類的精神世界遠遠大於倫理的天地，它永遠充滿著對人生、宇宙無邊無際的疑問和困惑。因此，一部好戲提供的應該是「懷疑」而不是結論。戲劇主人公應該是我們的同類，是「有過失的好人」，他的遭遇所喚起的是痛惜、憐憫、淨化，而非單純的愛與恨。

當代川劇的藝術精神就是走出古典川劇的道德天地，在哲學和美學的遼闊天地進行個性的思考與追問。現代戲曲的代表作家郭啟宏曾提出「傳神史劇論」的「三義」說，一義是拒絕「歷史真實」，強調歷史與當代相通的精神，一義是強調作者的真實個性，還有一義是強調寫出個性。「三義說」明確的規定了包括當代川劇在內的現代戲曲的藝術精神內蘊。

在當代川劇作家魏明倫對傳統文化的三次挑戰中，《潘金蓮》一劇取得了最大的成功。雖然這部戲是在八十年代的思想解放大潮中應運而生，但魏明倫的《潘金蓮》並不像五四時期的歐陽予倩那樣從倫理上重新評價這個人物。魏明倫說：「歐陽老對潘金蓮始於同情沒有錯，如果有錯，是錯在終於歌頌。我取捨歐陽老的得失……始於同情，終於惋惜。」〔註 22〕他並沒有改變過去文學作品中潘金蓮的戲叔、通姦和殺夫的行為，也沒有正面為這些行為進行辯護，而是把一個「淫婦」的倫理形象變成一個複雜的、辯證的，有血有肉的

〔註 21〕黑格爾《美學》第 3 卷下冊第 324 頁，朱光潛譯，商務印書館 1981 年版。
〔註 22〕魏明倫《我「錯」在獨立思考》，《戲海弄潮》第 14 頁，文匯出版社 2001 年版。

普通人形象。「這一個」潘金蓮有著普通人的七情六欲，她「寧與侏儒成配偶，不伴豺狼共枕頭」，也曾期望丈夫「抬起頭來走路，挺起腰來做人」。丈夫的性無能，在遭受流氓欺壓時的懦弱和至死不肯放棄夫權三個關鍵性細節把潘金蓮還原為一個普通女人，展現出她由單純到複雜，由掙扎到沉淪，由無辜到有罪的演變。同時，魏明倫把古今中外歷史與文學人物置於一臺，讓他們討論潘金蓮的個案，這些針鋒相對的討論就表現了倫理在人性面前的永久困惑。如果不是從超越倫理的人性高度，把潘金蓮看作與我們有著共同本質的普通人，把她的欲求理解成我們每一個人共同的欲求，把她的罪惡理解成人性遭受壓抑時一種可能的狀態，我們對潘金蓮的行為便只能簡單地判斷為「淫蕩」。魏明倫的成功就在於他的當代川劇創作超越了倫理的束縛，寫出了真實的人性和我們觀照自己人性時永久的困惑。這就是《潘金蓮》的詩意所在。

三、當代川劇的美學特質

中國古典戲曲走過了元雜劇、明清傳奇和古典地方戲三個階段，其美學風貌各不相同。元雜劇之美可以歸納為：爆發性的內容被安置在緊窄的形式之中。元雜劇只有四折，表演的形式卻是一人主唱，故事與衝突只能通過一人的唱詞表達，於是人物鮮明到誇張，情緒酣暢到恣肆，語言尖刻到戲謔。寫花花太歲，他一開口就是「我嫌官小不做，馬瘦不騎」；寫貪官口稱「凡來告狀的都是我的衣食父母」；寫英雄之豪言壯語「這不是江水，是二十年流不盡的英雄血！」元雜劇的美學風貌可以概括為真率、濃烈、恣肆、戲謔。傳奇的美學形態正相反，是平和的內容安放在數十齣的龐大體制中。幾十齣的體例使情節的展開從容不迫，於是每齣只寫一件事，構成一個意境，成一套曲子。元雜劇的演出是強烈情緒的奔瀉，傳奇的演出卻成為情節和文辭的玩味。因此，傳奇的美學風貌是舒展、委婉、奇巧、典雅。古典川劇的曲學和情節都相當的粗糙簡陋，而其唱念做打向展現演員賣弄絕活討好觀眾的方面發展，最大限度地追求劇場性。總的來說，就是要鬧，要絢麗火爆，力求勾魂攝魄，最好當堂出彩。它是一種潑辣奔放的美。

當代川劇作為現代戲曲的代表呈現出完全不同的美學形態。實際上，自覺創造現代戲曲新形態的努力早就開始了。1928 年，田漢的南國社在上海公演京劇《潘金蓮》，打出「新國劇運動」的旗號，這是中國戲曲自覺走向現代化以及自覺創造新形態的開端。1927 年田漢執掌上海藝術大學時，定期邀集上海文化人士舉行藝術沙龍，在這裡，田漢提出了中國的戲劇建設應該是話劇、歌劇（實質戲曲）兩翼齊飛的重要見解。〔註 23〕尤其值得注意的是，田漢對新歌劇的形態提出了設想，一是作品內容要有「新的意味」，二是採京劇之形式而加以近代劇之分幕。從當代川劇的實踐來看，這個主張從根本上是深刻的。它體現了現代戲曲形態必然由自中西戲劇因素的結合的正確理念，它意味著地方戲唱念做打的表演以及板腔體與自如分場的音樂、文學格式被選作戲曲新形態的基礎，而雜劇、傳奇形式已經被排除了。要求採用「近代劇之分幕」實際上是要變革舊戲曲散漫、曲折、複雜的劇情結構，把西方戲劇理論中寫一個完整行動的概念和衝突的概念引入新的戲曲形態。客觀上這為以當代川劇為代表的現代戲曲的成熟奠定了基礎。

與古典川劇相比，當代川劇的美學特質表現為：情節在戲劇要素中居於核心地位，場次普遍為八、九場，風格明快，節奏感強，人物塑造的成就已經可以與話劇人物塑造的最高水準相媲美；思想內容上具有現代性，戲劇類型採用西方悲劇、喜劇、悲喜劇的概念，打破悲歡離合的套子；使用既有詩意又口語化的現代四川方言，表演採用傳統方式但減少陳腐俗套，變得明快，並在活用舊程式、使用新手段上有所創新；劇場審美不是遊戲式的，也不是煽情式的，而是既有動情因素又有思索品格的，無論悲喜劇都有限度地保留了古典川劇的諧謔因素。

毫無疑問，當代川劇已然是「戲劇體詩」形態，因此，西方傳統戲劇意義上的悲劇、喜劇的指稱適用於當代川劇。但必須指出的是，即使情節和人物性格本身已經具備了足夠的喜劇能量，古典川劇中以語言和肢體表演來營造的可笑性在當代川劇中仍然被保留了下來。以《易膽大》這部戲為例。按照魏明倫自己的說法「《易膽大》是大悲、大喜、大哭、大鬧集於一戲，情緒變化相當急促強烈，啼笑交替，喜怒無常。」〔註 24〕如果以「好人受難」的悲劇標準來看，從開頭的「九齡童之死」到結尾的花想容在轎中自盡，易膽大慘痛呼喊「我們哪天活得出來喲！」，這部意味著「在黑暗社會中任何單槍匹馬式的抗爭不能從根本上改變社會性質」的戲是一部典型的悲劇。無論從哪個角度去讀《易膽大》，總無法抹掉劇中那群把自己渺茫的人生命運投寄於「萬年臺」上的川劇伶人的苦難生活的灰色印記。但同時，這部戲又具有相當

〔註 23〕《我們的自己批判》，《田漢全集》第 15 卷，花山文藝出版社 2000 年版。
〔註 24〕《多存芝麻好打油》，《苦吟成戲》第 67 頁，上海文藝出版社 1989 年版。

強烈的喜劇性。黑格爾喜劇理論的核心是其「主體性」，他認為，實體性是悲劇的本質特徵，主體性則是喜劇的本質特徵：「在悲劇裏，永恆的實體性以勝利的姿態在和解形式下出現」，「相反，在喜劇裏，占上風的是對自己有無限信心的主體性」，「願望和行動的主體性本身……統治著一切關係和目的。」〔註25〕黑格爾的主體性給喜劇提供了三個要素：第一，主體性所追求的目的缺乏實體性內容，自身不合理、非正義、渺小，但也非純粹的罪惡；第二，主體性把自己追求的這種卑微目的當作善而看得高於一切並力圖實現，就是對本身無嚴肅目的的事以認真的態度來追求，這就構成了目的與手段、本質與現象自相矛盾的喜劇性矛盾；第三，主體性所追求的目的，由於自身的非實體性，在實行或行動的過程中必須遇到合理、正義力量的阻擋而處處碰壁，最後自己走向否定，失敗或毀滅。喜劇就在於指出一個人或一件事如何在自命不凡中暴露出自己的可笑。戲中女二號麻五娘就是一個「很喜劇」的人物。她又醜又蠢，時時渴望著「紅杏出牆」一把。麻大膽詐死後，她信以為真，開始盤算另嫁他人。當易膽大裝作媒人前來試探，她以為駱太爺看上了她，喜出望外，氣得麻大膽「死而復活」。在易膽大「打鬼」的呼聲中，受到驚嚇的麻五娘接過短棍打死了丈夫麻大膽。作者刻意安排了兩場《弔孝思春》：一場為花想容祭夫，被逼在茶館清唱「人間黑暗無春光」，堂倌小販聞之嗚咽；另一場是麻大膽詐死，麻五娘為他「守靈」，她邊吸水煙袋邊嚎喪「我這樣年輕這樣美，獨守空房去靠誰？」聽聞媒人建議「（把麻大膽）抬出去埋了，後天你就過門。」，竟喜不自勝，連呼「要得，粑粑要吃得熱烙！」惹得麻大膽從床上跳起來罵道「《弔孝思春》才是你在唱啊！」這樣鮮明的對比，讓喜劇和悲劇的勢能更足。

同時，古典川劇的可笑性表演因素仍然存在於當代川劇中。比如「三鬧靈堂」這一場，易膽大男扮女裝，假扮媒婆去給麻五娘說媒，其扮相和表演就令人捧腹。因為本質上易膽大還是一個悲劇人物（靠個人之力為師弟復仇，卻累及師妹丟了性命），所以他的諧謔表演就是可笑性的審美因素。必須指出的是，當代川劇中即使還有少量的可笑性審美資源存在，大部分情況下是融合和服從於整體情節發展的，和文學的劇本並不矛盾，更多時候是作為一種「玩意兒」和點綴。不像古典川劇那樣，相當多的與情節無關的表演性成分是作為吸引觀眾的主要審美資源而存在。客觀上，不同的當代川劇作家對於諧謔的把握度不一樣，這就與個人的創作風格有關。

〔註25〕《古典文藝理論譯叢》第6輯第104～105頁。

作為當代川劇創作的「雙子星座」，魏明倫堪稱「梨園派」的代表，徐棻則以學院的精英思考著稱。

1987 年 12 月的《半月談》雜誌「中國人物」一欄中，曾專門介紹中國 9 位「當代劇作家」，魏明倫名列榜首，文中稱他和北京的郭啟宏、福建的鄭懷興「以其劇作產生的強烈反響」是為當代戲曲界的「三駕馬車」；1988 年 2 月，由北京《新劇本》雜誌發起，在自貢市召開了「魏明倫劇作研討會」，國內一些著名劇作評論家指出，魏明倫的劇作反映出一種當代戲曲從「相沿成習、惰性極大、慣性極強」的傳統戲曲的歷史負載中掙扎出來的文化現象，這就是「魏明倫現象」。這一現象的獨特之處，就在於它是在重新建構一種戲曲文化的現代工程。

作為當代川劇作家中影響力最大、最充分地體現了現代戲曲藝術原則與藝術精神的劇作者，魏明倫曾自評說：「我兼備三種童子功：戲劇童子功、文學童子功、政治運動童子功！」〔註 26〕這三種「童子功」是解讀他強烈的個人色彩的一把鑰匙。在當代川劇作家中，魏明倫是對於古典川劇的終結最為敏感、最為焦慮的一個。這種敏感和焦慮就來自他的「戲劇童子功」：從小學戲，曾扮演過《望娘灘》裏的聶郎。演員的出身決定了他與古典川劇母子般的血肉聯繫。他寫道：「川劇，育我的胞胎，養我的搖籃。川劇，哺我的乳汁，育我的課堂。」「我不得不向川劇母親進言：您的更年期到了，創造力減退，排他性增多，很難吸收新鮮血液。您外貌蒼涼，內耗頻繁……您脾氣固執，近似一塊鐵板，您可貴的海綿精神丟到哪裏去了？」〔註 27〕在當代川劇作家中，他有著最為自覺的將古典川劇現代化的訴求。他渴望通過對古典川劇文化傳統的改造使之適應這個日益現代化的世界：我背靠傳統，面向未來；身後是川劇，眼前是青年。面向著瞧不起祖宗的愣頭青！背靠著看不慣後代的倔老太！我把最難伺候的老少兩極攬過來一起伺候。我力圖調節兩者的隔膜，增添幾分理解，縮短幾寸代溝，搭一座對話的小橋。〔註 28〕而他採用的方式便是回到文學，這歸功於他自覺閱讀大量古今中外文學名著的「文學童子功」。對於古典川劇文學的缺席，他有著清醒的認識：「從我身上，可以看到已經斷裂了一百幾十年的中國戲曲『編劇主將制』

〔註 26〕魏明倫《筆答〈南腔北調〉》，《戲海弄潮》第 209 頁，文匯出版社 2001 年版。
〔註 27〕《川劇戀》，《戲海弄潮》第 2～3 頁。
〔註 28〕《川劇戀》，《戲海弄潮》第 2～3 頁。

的影子！」他指出，地方戲的「角兒制」「把編劇主將貶低到幕僚與附庸的地位甚至有奴僕之感。表演藝術獨自發達，劇本文學衰落弱化。由於演員過分地大於劇作家，表演過分地大於劇本，勢必造成形勢大於內容，局部大於整體，唱腔大於唱詞……等等畸形藝術現象。」〔註 29〕而「政治運動童子功」磨煉了他獨立思考的能力，他稱之為「體制外思維」。這是與關漢卿等人相通，而更具現代性的藝術精神。在他看來，戲曲的現代化，歸根到底是思想觀念的現代化，「雕蟲小技，治不了戲曲與青年的代溝矛盾。歷史觀、道德觀、權威觀、價值觀、未來觀……人生觀依舊是老一套，戲劇觀安得不隨之老矣？」〔註 30〕

隨著創作的推進，魏明倫這種強硬的挑戰姿態愈發張揚。他借《潘金蓮》「重新審視一個中國家喻戶曉最壞的女人」，借《夕照祁山》「重新審視中國家喻戶曉最神的男人」，借《杜蘭朵》向西方歌劇打擂臺，把「他者化」的中國形象以「化他者」的方式還原。其中，《潘金蓮》一劇一石激起千層浪，引來全國性的大討論。《潘金蓮》一劇成功之處就在於它表現了真實的人性，寫出了一個心靈掙扎與毀滅的過程。潘金蓮性格的迷人，就在於她內心深處總是充滿著種種矛盾、躁動和可能性，她身上的人性光彩和社會的虛偽交織相溶。愛情的激浪和封建濁水的相互撞擊，她敢於向男權話語挑戰，又可以向其妥協。她正是魯迅先生所說的那種「美惡並舉」的富於人性深度的人物——一個愛與恨、溫柔與殘忍、勇敢與怯懦、靈魂與肉體、光明與黑暗、「蕩婦」與「英雄」等交織在一起的奇妙的藝術形象。

《夕照祁山》由北京《新劇本》雜誌 1988 年首刊，同年由自貢市川劇團首演。它是魏明倫「重新審視中國家喻戶曉最神的男人諸葛亮」的藝術創造。1992 年 5 月，《夕照祁山》的第五次修改本在成都參加四川省振興川劇第六屆會演，期間，魏明倫在回答某報記者採訪的提問時這樣說過：「如果說，《潘金蓮》是我把家喻戶曉的一個『壞』女人寫得不那麼壞；那麼《夕照祁山》則是要把眾口皆碑的一個『神』男人說得不那麼神。兩個劇本都出自古典名著，一個《水滸》，一個《三國演義》；還有，諸葛亮、潘金蓮都是悲劇人物。從這幾點講，《潘》劇與《夕》劇卻是姊妹篇。不同的是，《夕》劇給人提供的思索更多，讓人聯想的天地更廣闊些。當代戲劇家哪有對歷史不思索的？我不是

〔註 29〕魏明倫《戲海弄潮》第 222、223 頁，文匯出版社 2001 年版。
〔註 30〕《戲海弄潮》第 15 頁。

續作，而是要塑造一個不是完人的諸葛亮。」〔註 31〕與《潘金蓮》一樣，《夕照祁山》稱得上最大限度地展現了人的內心世界相反心理能量的衝撞。《潘》劇受到了觀眾百姓的熱烈擁戴，而《夕照祁山》卻受到冷落。事實上，《夕照祁山》的命題立意比《潘金蓮》重大得多，但決定作品內在價值的並不在立意的大小和挑戰的難易。《潘金蓮》一劇中，作者並沒有改變潘金蓮這個藝術形象的既有「史實」，只是將其放在辯證、發展的人性基礎之上；而《夕照祁山》這一次，魏明倫走得太遠了：他刻意虛構了一個女子魅娘，讓其在諸葛亮殺魏延這一事件中起了推波助瀾的作用；當諸葛亮被魅娘戲弄，當他不願留下殺魏手令，歷史的諸葛亮正在被解構。魏明倫筆下的諸葛亮在靈魂裏為了達到自己的目的是什麼也不顧的，他把不道德的殘忍行為當作了英雄精神的正義力量。當諸葛亮聽到馬岱急報「魏大將軍為國捐軀」時，竟忍不住欲長跪扶屍，嚎啕大哭；可一旦聽報：「魏將軍沒有死！一場大雨把他淋醒了！」諸葛亮竟然不知所措，頓感失望、失落、失算。特別是作者寫諸葛亮彌留之際於幻覺中聽到妻子阿醜的提醒，大悟枉殺魏延的悔恨惶亂心境，更讓人領受了他內心深處那種無從選擇的兩難處境。失去了表達，失去了判斷，不能肯定也不能否定，完全「失去了任何確定的立足點」，他承受著「主體精神情感分裂」時的劇烈疼痛，終於在極度的痛楚中離開了塵世。至此，「歷史」留在我們心中的諸葛亮已經被根本顛覆了。《潘金蓮》的詩意來源於作者和讀者共同對人性的困惑；而面對諸葛亮，在歷次政治運動中練就了「童子功」的魏明倫是不信「神」的，他確信他的理智與洞察能夠穿透歷史的亂象，看穿一切神話，神話解構了，困惑消失了，詩意也不那麼濃郁了。

如果說魏明倫的劇作是典型的川劇「麻辣燙」風格的話，徐棻以其濃郁的學院氣度在當代川劇創作中獨樹一幟。更為重要的是，作為川劇歷史上第一位女性編劇，徐棻更傾向於在作品中表達自己獨特的女性關懷和人生體驗。與魏明倫出身梨園不同，徐棻畢業於北京大學，學院派的思維使她的創作保持著某種超越感，較少煙火氣，尤其是她作於八十年代的「探索三部曲」，品質高雅、純淨、清洌，表現形式極大地溢出戲曲邊界，堪稱「話劇式川劇」。從這個意義上說，徐棻的創作與古典川劇的差異極大，而與話劇的本質更為接近。「探索三部曲」加上後期的《死水微瀾》足以顯示並代表徐棻在突破川劇的表現形式、作品包含的思想意旨和表現境界上所作出的總體追求。

〔註 31〕《寄酸甜苦辣於川劇》，載《四川文化報》1992 年 5 月 16 號。

1987 年首演的《田姐與莊周》是徐棻開掘人性多面性的高峰之作。黑格爾戲劇觀的基點是「人」，尤其是人的「心靈」。黑格爾認為：「戲劇的主要因素不是實際行動而是內心情慾的展現。內心生活和廣闊的實際現象不同，它凝聚於一些單純的情感，判斷和決定之類，在另一點上戲劇也和史詩不同，它不把許多事件互相外在的並列起來……它運用了抒情詩的原則，以集中的方式描寫情感和思想在現在時的生展。」〔註 32〕也就是說，戲劇中的衝突來自人心中的欲望和激情，這是戲劇的抒情詩性質；但是，戲劇里人物的心情必須外化為動作，在情節中呈現自己，這是戲劇的史詩性質。二者相互否定，互相轉化，融成一個統一體。《田姐與莊周》最成功的地方就在於寫出了二者心靈的矛盾與搏鬥，在困惑、掙扎、迷茫中詩意盎然。

莊周試妻的故事在京劇裏叫《大劈棺》，川劇叫《南華堂》，所有這些戲本內容大同小異，充斥著婦道綱常、低級庸俗的思想觀念，新中國成立後被列為禁戲。作者闖入這個禁區，從沙裏淘出耀眼的金粒，依然是「思春、扇墳、試妻、劈棺、鼓盆」那些片斷，但人物的性格和靈魂已全然不同。正如徐棻自己所言：「在歷史的、虛構的、現實的、神話的關於莊周種種矛盾中窺視、遠眺、俯瞰、仰望，再通過想像的作用，我們終於發現了自己的莊周。」〔註 33〕話本和傳統戲本中的莊周是個道貌岸然的偽君子，其心性面目仍是個封建道學家。《田》劇中莊周的「心理背景」和「試妻因緣」發生了變異，呈現為「雙向逆反的兩極心態」：既潛心修道，又新娶小女子；既強調順乎自然天性，「扇墳悟理，讚歎有加」，又不能容忍小妻愛情慾念的升騰，為出現可能存在的越軌行為而煩惱不已；既崇尚清心寡欲，又費盡心力變作風流倜儻的楚王孫去試探妻子……從而在知與行、道與情方面造成了不可吻合的總體斷裂。徐棻說：「這是個超然於芸芸眾生的神聖，卻又擺不脫七情六欲的凡人莊周！是一個自己崇尚的道理自己也難以完全實行的莊周！」〔註 34〕在試妻的過程中，我們看見他一分為二地搏鬥：一個莊周賣弄風流引田氏上鈎，以證實自己的懷疑；另一個莊周則希望田氏在王孫面前守志不移，以滿足自己對感情的獨佔

〔註 32〕黑格爾《美學》第 3 卷下冊第 253～254 頁，朱光潛譯，商務印書館 1981 年版。

〔註 33〕成都市文化局編《人啊，警惕你自己》，《徐棻戲劇作品選》第 179 頁，四川人民出版社 2001 版。

〔註 34〕成都市文化局編《人啊，警惕你自己》，《徐棻戲劇作品選》第 179 頁，2001 版。

和做丈夫的尊嚴。田氏越退卻，越壓抑，前一個莊周越要進攻，越想弄個水落石出；而進攻每取得一點進展，田氏每洩露一點情愛，後一個莊周又加強一分痛苦。在他這種潛藏於意識底層的不可名狀的激烈情緒中，我們看到了人難以戰勝自己的悲哀。

田姐與莊周一樣，表現出「雙向逆反的兩極心態」：她充滿青春活力，卻必須滿足於「閒來倚門數暮鴉」的生活；她渴望丰姿綽約，卻不被允許戴上鮮花；她活潑好動，卻必須清靜無為；她渴望愛情，卻又把自己純潔的愛情視作邪惡。雖然，在人性強烈的召喚下，她曾鼓足平生勇氣接受了楚王孫的愛，並不顧一切地劈下一斧。但是，她的掙扎是孤立無援的，她的反叛是軟弱無力的。靈魂深處的恐懼壓跨了她的精神，分明是「放生文約」的休書，卻被她看作「死刑判決書」。毫無罪過的田姐竟帶著強烈的負罪感，自我萎縮於消亡之中。

人的情感狀態可以從純然地沉浸於主體心靈的感受、觀照之中到欲望逐漸覺醒，情感的烈度逐漸加強直至欲望高度自覺，情感強化為激情，意志得以形成，心靈渴望外化為實踐行動以實現和滿足自己。按照黑格爾的戲劇理論，人類存在狀態的意志、激情和行動統一的階段才是戲劇描寫的對象。在第一場裏，田氏為隔壁的紅杏所動，產生了摘一朵來戴的青春湧動，但這種朦朧的需求被莊周的「清靜無為」所壓抑。此後她與楚王孫在逛廟會時墜入情網，正是在自我意志覺醒的狀態下發生的。在「劈棺」一場中，田氏的內心世界已經生長出激情，明顯特徵是實踐性趨勢，在行動中外化了內心的激情和意志。她要救心愛之人的性命，就必須開棺取腦；但兩年的夫妻之情和倫理綱常又讓她遲遲砍不下去。最終，她下定決心：「情難拋，愛難捨，難將王孫永拋別。泰山崩，黃河決，那是我心與我血。乞天宥，求地赦，乞求先生莫見責。」然後咬牙執斧，渾身顫抖地舉斧劈去。極度緊張與痛苦的靈魂搏鬥竟使她昏厥。這裡，不再是孤立的心靈感動，而是化為意志和實際行動的激情。必須指出的是，這時的田氏以為莊周已死，也就是說，此時的她是處於一種「倫理真空」的狀態，她才得以淋漓盡致地展現自己的欲求和內心世界。當莊周復生，告知她試探一事，並且強忍痛楚給她自由，一紙休書還她自由身。她本可以和心上人雙宿雙飛，但如潮水般襲來的道德高壓竟讓她連掙扎都沒有就毅然自盡。應該說，《田姐與莊周》是「探索三部曲」中對傳統文化的反思最具顛覆性的一部。

總的來說，作為當代川劇的兩個領軍人物，魏明倫和徐棻各有特色：魏明倫是梨園派，作品辛辣尖刻，頗有一股「猴氣」，號稱「一戲一招」，世俗味濃郁，好似一幅民俗畫卷，所謂「招招不離人間煙火，戲戲關注世上波瀾」。語言潑辣恣肆，如同四川火鍋，又麻又辣，痛快淋漓。下里巴人之間透著特立獨行的個性，極為當行本色。正如他自道：「川劇的絕妙，她的豐富，她的天然蜀籟，地道川味，早已化入我的潛意識，就連我荒誕的思維方式，和筆下這點幽默也來自她的遺傳基因。」〔註35〕；徐棻是學院派，作品高雅脫俗，即使是寫世俗生活的戲，也自有一股陽春白雪的氣質。尤其是她的「探索三部曲」極大地突破了戲曲的體式，揉進大量現代派戲劇的表現手法，推動著當代川劇在形式化的層面與八十年代的文化思潮迅速接軌。

第四節　舞臺語言的程式化向以文學為主的多種藝術手法靠攏

正如阿城所說的，八十年代是一個「表現期」：當新一代學人傳承「五四」精神，為民族的現代化上下求索，以「我們走向世界」的胸襟和眼光與世界學術再次進行深度融合的時候，誰也不能否認，在中國出現了「現代派文藝思潮」，它吸引著戲曲領域內越來越多的藝術家投身於「現代精神」的嘗試。八十年代不僅有「朦朧詩」、「新潮美術」、「意識流小說」、「實驗話劇」，還有「探索戲曲」。

作為表演本質的戲，古典川劇以「唱、念、做、打」的程式套子為其舞臺語言，而作為文學本質的戲，當代川劇以情節和文學語言為劇場交流的主要方式。八十年代以來，新一代劇作家在學習借鑒西方現代派戲劇的過程中，開始了中國表現戲劇的嘗試，川劇也同步開始了形式創新的探索。探索性川劇已經成為當代川劇中一個重要的戲劇現象。這也可以看做川劇向著最新的藝術浪潮靠攏，並藉以在現代地方戲中標出自己的途徑。當代川劇的領軍人物之一的劇作家徐棻說：「幾十年來，我始終是執拗地追求作品與時代共呼吸，追求人物刻畫和演出方式的標新立異。」〔註36〕這句話集中概括出川劇作家們的創新意識。

〔註35〕魏明倫《川劇戀》，《魏明倫文集》，四川文藝出版社1996年版。
〔註36〕成都市文化局編《關於「探索性戲曲」的獨白》《徐棻戲曲作品選》（上）第610頁，四川人民出版社2001年版。

當時王蒙曾感歎作家們「各領風騷三五天」。〔註 37〕八十年代以來，中國的現代派文藝大多是對西方現代派技巧的理解，劇作家高行健的《現代小說技巧初探》率先張揚了這點。戲劇舞臺上的種種革新實驗成為文學藝術「面向世界」的一種自覺行動。在這樣的文藝浪潮中，探索性川劇的主要特點是：第一，對西方現代藝術手段和不同藝術形式的技巧兼收並蓄，從而最大限度地豐富和拓展川劇藝術的表現力。在探索性川劇的劇目中，我們可以看到對象徵主義、意識流、表現主義乃至荒誕派戲劇手法的廣泛借用。魏明倫創作「荒誕川劇」《潘金蓮》時寫道：「諸如布萊希特的間離效果，艾略特的象徵技巧，魔幻現實主義的時空縱橫法……廣泛借鑒，冒昧拿來，為我所用。」〔註 38〕《潘金蓮》雖然冠之以「荒誕川劇」，卻與「荒誕派戲劇」有著質的區別。它不是去表現人的深層心理結構無意識領域方面的東西，而是探討一個女性沉淪的軌跡以折射社會歷史的意義，就表現題材的客觀角度和內容而言，還是屬於現實主義的範疇。劇作家冠之以「荒誕」，旨在為他們打破時空與地域的限制，把武則天、安娜、七品芝麻官、施耐庵、人民法庭庭長、現代阿飛等古今中外各色人等集中到一起提供一個契機，為他兼容各種藝術手段於一爐提供可能性。《大山情》在表現性語彙的創造上博採眾長，利用現代藝術手段表現男主角在亡妻墳前的內心外化幻覺意象的處理頗有特色，為展示人物內心世界起到了較好的烘托效果。劇作家徐棻在她的系列探索性川劇中，廣泛地借用西方現代派戲劇的藝術手段和表現手法，諸如象徵的變形、夢幻、荒誕、時空交錯、散點結構、內心外化、意念物化等等。

第二，深入開掘題材內蘊，通過意象的創造，表現劇作家獨特的人生體驗與哲理思考。哲理化要求是現代派戲劇的一大趨向。當代川劇的作家們已不滿足於表現社會的倫理教化，他們力圖把真切的人生體驗和深沉的人生哲理作為藝術表現的主體，即表現對象的內向化。在整個 80 年代的文學進程中，人道主義話語構成了一種綿延不絕的思潮。無論是 80 年代前期用以批判階級性的人性，80 年代中期的主體論，還是 80 年代中後期的人學，其視野始終限定在人道主義意識形態脈絡之內，它們都相信個人是一個完整的主體。作為一種價值觀念的人道主義成為了對現代性意識形態的重申和肯定。人幾乎

〔註 37〕查建英《八十年代訪談錄》第 31 頁，三聯書店 2006 年版。
〔註 38〕魏明倫《我做著非常「荒誕」的夢》，《苦吟成戲》第 339 頁，上海文藝出版社 1989 年版。

脫離了具體的歷史語境而成為高懸於理想主義真空中的鏡象詢喚。因此，把目光投向人自身，通過人的心靈世界的折射，表現人的深層心理成為八十年代探索川劇發展的重要流變方向。這方面，徐棻的「探索三部曲」取得了令人注目的成就。

《田姐與莊周》以人物的心理流程作全劇的貫穿線，將人物心理深處的隱秘剖視開來，探討人應該怎樣認識自身、如何超越自我的哲理命題。1989年根據奧尼爾《榆樹下的戀情》改編的當代川劇《欲海狂潮》可能是徐棻「探索三部曲」中影響最大，上演率最高的一部戲。原著的成功保證了這部戲的品味。徐棻最令人稱道的創造在於將原著中沒有的「欲望」這一抽象理念形象化、擬人化，這個無孔不入、似鬼似魂而有形有神的「欲望」在劇中時隱時現、穿針引線，把人物內心的隱情、欲念充分予以揭示。這樣做顯然融入了西方現代戲劇的表現主義和象徵主義的手法。

圖為成都市川劇院演出的《欲海狂潮》造型設計。（圖片來源：《四川非物質文化遺產叢書》，2007 年版）

《紅樓驚夢》這個劇不以原著情節為基本框架，而是以作者的主觀感受，借助劇中人的視角，製造一種夢幻般的歷史文化的悲劇氛圍，讓觀眾體驗一種整體上的情緒波動。《紅樓驚夢》宛如一幅印象圖，讓自己的生命和思想之流潛入一個意象、一幅寫意圖繪、一種觀念的辯證法之中，以那種超然物外的主觀態度，那種哲人的感喟躍然紙上。於是，「寶哥哥、林妹妹的卿卿我我」沒有了，「賈政、王夫人的凜凜肅肅、疼疼愛愛」也沒有了，徜徉徘徊在《紅樓夢》亭臺樓閣中的徐棻終於以一種「驚夢」的蒼涼感、寂滅感和強烈的冷面針砭為小說寫意取景，重點掃描。與以外所有的「紅樓戲」不同的這個《紅樓驚夢》（成都市川劇院演出，胡偉民導演〔註 39〕），打破了原故事的框架結構，以幾個情節片斷的聯綴，在有限的舞臺天地中營造著自己的意象世界。在追求整體的象徵氛圍中，通過焦大、王熙鳳的幾個夢的交錯重迭，來表達作者朦朧、跳躍的主觀感受及情緒和印象，正如作者自己所言：「它不是工筆描繪紅樓人物，也不是演繹片斷紅樓故事。它是用國畫的透視法綜觀紅樓之衰敗，它是用國畫的寫意點染幾個紅樓人的生活。總之，它所展現的是我對《紅樓夢》的一幅印象圖。」〔註 40〕這幅印象圖，淡化了情節、散碎了故事、虛擬了背景、簡化了語言，並相應地阻隔了情感的連貫，而有意識地增強了情緒感受印象的變幻與貫串，以意識和情緒本身的內在結構取代了情節式的因果結構。秦可卿之死、張金哥與林公子之死、賈府被抄等大事都通過焦大這個人物的眼睛和思緒表達出來。作者有意將曹雪芹筆下沒占過多筆墨的老僕焦大的形象予以擴散、放大、變形又加以收束和歸攏，讓他在劇中各場中以一番「老眼、髒嘴、醉情和忠骨」的情態「現身說法」；此種「老、髒、醉、忠的美學色調」正好構成了畫面上極大的反差和總體不適，整體地渲染一種精神崩潰、塌陷的感覺印記。導演特別利用流動、變換的四書五經的條屏對舞臺背景進行烘托，將舞臺兩側外延為「花道」，每每在劇中人情緒波動的時候，便用色彩不斷變換的舞隊進行穿插表演，整個舞臺透露出一種若雲似霧、光怪陸離、空靈奇幻的神秘氛圍。如同「朦朧詩」，這顯然是一部「朦朧戲」，以致於人們驚呼「看不懂」！

〔註 39〕胡偉民（1932～1989），江蘇常熟人，上海青年話劇團的導演，先後導演過《再見了，巴黎》，《路燈下的寶貝》，川劇《紅樓驚夢》等。

〔註 40〕《寫在川劇〈紅樓驚夢〉上演之時》，《徐棻戲劇作品選》（上）第 99 頁，四川人民出版社 2001 年版。

《紅》劇以激烈的方式把當代川劇文體實驗推向高潮，它使藝術形象以非確定性的外部形貌形成理解的多樣化，與當時的意識流小說，現代西方哲學等文化潮流遙相呼應，這種精神上的聯繫和互動，共同構成了八十年代群星璀璨的文化景觀。

必須指出的是，儘管借用了一些現代派戲劇的技術手段，但探索性川劇與真正的現代派戲劇有著本質的區別。因為現代派戲劇不把藝術的完整性建立在情節的完整性之上。無論是法國阿爾托的「殘酷戲劇」，波蘭格洛托夫斯基的「質樸戲劇」，還是美國威爾遜的「視像戲劇」、謝克納的「環境戲劇」、勒孔特的「意象戲劇」、鮑許的「舞蹈戲劇」和德國穆勒的戲劇非線性和反敘事結構等觀念，劇本和文學的意義被解構，強調演劇的感性，尋求戲劇與視覺藝術、聽覺藝術、裝置藝術的相通，力圖成為一種「越界」的藝術——越過各種藝術門類的界限。正是從排斥劇本和文學出發，現代派戲劇才解構了西方傳統戲劇，使戲劇朝著劇場的戲劇發展，朝著排斥語言的形體演技、舞臺綜合發展。但事實上，探索性川劇再怎麼「荒誕」，它基本的藝術完整性仍是情節的完整性，文學劇本仍然處於中心地位。以《潘金蓮》為例，戲中潘金蓮的行動完全來自她意識到的內心激情，內心激情外化為戲劇行動，成為推動情節進展的主要動力。因此吳祖光說：「可以設想，假如把劇中的『戲外人』全部撤掉，潘金蓮作為一個可憐的受害婦女的出現將會給觀眾更加完整的形象，也仍然會是一個好戲。」〔註41〕

八十年代的文化場域是各種藝術門類突破自身疆界，同聲相應，同氣相求的實驗田，它不僅塑造了作為文學的當代川劇獨特的精神品格，而且也影響了對傳統審美資源的盤活和改造。改編或新編的古典川劇即表演本質的川劇，也利用現代舞美聲光技術，使傳統劇目的演出手段得以極大豐富。《芙蓉花仙》《碧波紅蓮》《鬼戀》等劇目，以其強烈的觀賞性吸引著觀眾。如果說70年代末上海音樂學院沙梅教授改編的《紅梅贈君家》可稱得上是一部「川劇交響樂」，那麼80年代的《芙蓉花仙》就可稱之為一部「川劇圓舞曲」，這個劇最大的藝術特點，就是以「唱、念、做、打」的古典川劇審美優勢去滿足戲曲觀眾注重形式外在感覺的心理定勢，同時編導、演員們更著力於音樂與舞蹈質的昇華，刻意把這些元素作為有獨立意義的美學實體來用心雕琢。劇中不僅用富有川劇韻味的音樂素材和蘊涵當代精神的音樂語言譜寫了大量的

〔註41〕魏明倫《贊川劇〈潘金蓮〉》，《戲海弄潮》第232頁，文匯出版社2001年版。

引曲、間奏曲和伴奏曲，而且在樂器的配備上中西兼具，以加強音樂的表現力。劇中的單人舞、雙人舞、集體舞以及各種吸收融化了現代芭蕾舞技巧的舞蹈姿態賦予了肢體語言以新的生命力。這一手法，實際上是以西方的舞臺審美資源來盤活古典川劇既有的以演員的唱腔和肉身動作為主的審美元素，從而更新古典川劇的舞臺語彙的一種嘗試。《鬼戀》的編導把戲的基調定為「音樂舞蹈魔幻劇」：傳統的「變臉」等技法被吸收，兄弟劇種的曲調音型被借鑒，現代音樂舞蹈表現語彙被「拿來」……〔註 42〕這些現代審美資源的啟用顯然也是川劇向主流藝術形態靠攏的方式，但由此帶來的「洋味兒」客觀上削弱了古典川劇充滿鄉土氣息的「耍味兒」、「苦味兒」，這樣的川劇即使是非文學的，也已經不是底層「玩友」們玩得起的了；自覺而強烈的精英文化訴求讓表演本質的川劇在八十年代熱火朝天的「文化大潮」中也過了一把「文化」的癮，哪怕僅僅是形式上的。

餘論

誠然，八十年代的當代川劇還稍嫌稚嫩，它的戲曲舞臺語言對於當代生活的表現能力遠不如它對古代生活的表現來得自如與嫻熟。而一種藝術樣式不具有直接表現當代生活的能力毫無疑問是一種缺陷；但正如八十年代的思想與學問，此時的當代川劇在淆亂粗糙之中自有一種元氣淋漓的氣象。對幾千年婦女命運的沉痛質疑，這是《潘金蓮》；對文革人性的深度反思，這是《活鬼》；對個體欲望之愛與痛的強力思索，這是《欲海狂潮》。這是一個向各方面特別是向內心世界追求、尋找、探索的世界，這種追尋是非概念而有哲理，非目的性而有意向，因為他們是對於整個人生命運的詢問。所以，它們雖出於對「文革」的反省和批判，卻已經超越了它們而有了更普遍的意義。此後可能漸老漸熟，功力更深厚，但少了那份熱血沸騰、繼往開來的激情。八十年代真誠、熱情、悲壯的氣質深深地烙在當時的藝術創作之中。它讓人看到了一個古老民族的生命力，就其未來的潛能，就其美學意義，都是值得我們驕傲的。

〔註 42〕根據一份對川劇導演的調查分析，川劇導演閱讀的戲劇理論書籍中國外戲劇理論的占絕大多數，話劇著作多於戲曲著作，對川劇藝術理論有所涉獵的更是寥寥無幾。對川劇導演的培訓方面，也呈現「戲劇共性講得多，話劇手法最吸引人」的局面，見《川劇導演現狀的調查分析》，《四川戲劇》1984 年第 10 期。

第三編　作為消費社會文學文本的川劇藝術系列

92年以後中國社會以市場經濟取代計劃經濟，消費社會在中國開始出現。官方話語由政治中心轉向經濟中心，知識分子或下海，或進入學術體制內進行言說。藝術形態經歷著巨大的轉型。古典川劇基本處於被收藏、被保護的「文化遺產」狀態。當代川劇在「抓大放小」的政策下拼命參與評獎演出，雖然屢獲大獎，但社會影響已甚為微弱，成為一種與公眾無關的儀式性的官方文化行為，它既不能宣洩和表達公眾的日常生活情緒，也無法從時代生活中獲得源頭活水。那種在八十年代讓人熱血沸騰的激情表達已經被冰冷的、體制性的運作所取代。川劇再一次面臨著巨大的存在危機。經過一番沉浮，川劇最終回到了應有的定位：民眾自娛自樂的方式。這正符合了消費社會的藝術品生存法則：消費社會藝術品的價值只有在得到了持幣者公民足夠多的共識支持之後才能宣告成立，有關這份價值的共識在千萬個不同的當事人之間，並且不可能在超越這些當事人的地方維持其有效性。

第一章　90 年代當代川劇創作

第一節　文化環境的變化

八十年代的形而上價值取向和集體青春狂熱症這麼一個過程最後終結於1993 年的「人文精神大討論」，〔註 1〕這場討論實際上是八十年代文化熱的一個延續，它表達的仍然是一種文化情緒。

進入 20 世紀 90 年代，現實的狀況是中國社會發生了巨大的變化。市場經濟的繁榮重新改寫著文化語境。正如韓少功所發現的那樣：「在一些地區，定義為中產階級的群體已經由原來的百分之五擴展到百分之七十，加上不斷補充著這一階層隊伍的廣大市民，一個優裕的、富庶的、有足夠消費能力的大眾正在浮現。」〔註 2〕至此，大眾——一個龐大的讀者群體擁有了特殊的經濟學意義，它已經成為文化產品的消費主體。市場的降臨不僅是一個經濟事件，消費意識形態同時深刻地改變了一系列社會關係以及文化的功能。90 年代中國大陸的最主要現象，就是市場經濟的全面展開並獲得體制上的合法性。80 年代那種與國家機制有著密切聯繫的文藝生產方式在 90 年代轉變為一種市場行為，文化與政治的關係相對疏離成為可能。「大眾文化」成為人們主要的文化需求，並基本上已形成了一套運作方式。因此，90 年代的文化分化

〔註 1〕1993 年～1995 年的「人文精神大討論」是 90 年代規模最大，影響最為深遠的一場文化爭論。1993 年第 6 期《上海文學》發表的王曉明、張宏等五人的對話錄《曠野上的廢墟——人文精神的危機》是引發討論的第一篇文章。

〔註 2〕韓少功《哪一種大眾》，《文學的根》，133～134 頁，山東文藝出版社 2001 版。

更為明顯。對於這種分化的描述有多種方式，其中較為典型的一種是區分為三種形態，即「主流文化」（又稱國家意識形態文化、官方文化、正統文化），知識分子文化（高雅文化）和大眾文化（流行文化）。事實上，這種區分並非那麼恰當，三種文化之間的關係不是那麼簡單、劃一，各種文化形態常常互相交叉、滲透。

市場喚醒了文學之中潛伏的商品屬性，文化成為最搶手的商品——一些發達國家文化產業的 GDP 比重已經超過了傳統的製造業。市場體系擴張導致知識分子精英主義迅速收斂，一些如魚得水地活躍於市場的作家聲稱只想為大眾寫作，大眾得到了隆重的禮遇。93 年陝軍東征標誌著中國當代文學的市場化、商業化已然形成。此後的作家不再是一個高瞻遠矚的啟蒙者，他們更像是一個向市場供貨的生產者。需要指出的是，80 年代知識分子心目之中的市場隱含了激進的涵義，當時的市場概念之中潛伏了打開種種桎梏的歷史衝動，市場被視為個性、主體、解放、自由的歸宿。這時的市場與審美一起具有了啟蒙的意義，一起去完成因革命話語而中斷的啟蒙任務。同時，80 年代的知識分子認為大眾站在他們的身後並願意接受這種啟蒙。然而，浪漫的想像迅速在 90 年代真正的市場體系之中陷入窘境。知識分子的大部分話語在一夜間失效。蔡翔生動地描述了這種狀況：「經濟一旦啟動，便會產生許多屬於自己的特點。接踵而來的市場經濟，不僅沒有滿足知識分子的烏托邦想像，反而以其濃郁的商業性和消費性再次推翻了知識分子的話語權力。」〔註 3〕查建英在《八十年代訪談錄》中將九十年代直至現在有關的關鍵詞概括為：「現實／利益／金錢／市場／信息／新空間／明白／世故／時尚／個人／權力／體制／調整／精明／焦慮／商業／喧囂／大眾／憤青／資本主義／身體／書齋／學術／經濟／邊緣／失落／接軌／國際／多元／可能性」〔註 4〕換句話說，與八十年代相比，九十年代以後中國社會的精神譜系發生了某種變異。也就是說，中國文化正在經歷一個從烏托邦的理想主義形態轉向實用主義，現世觀念和消費社會的變化。經濟活動的遊戲規則逐漸轉變為文化場的運作規則。有學者把這種世俗化趨勢概括為：「告別崇高，消費社會意識形態的興起；告別悲劇，『喜劇』時代的來臨；告別詩意，『散文』時代的來臨」。〔註 5〕

〔註 3〕《道統、學統與政統》，《讀書》，1994 年第 5 期。
〔註 4〕查建英《八十年代訪談錄》，三聯書店 2006 版。
〔註 5〕周憲《中國當代審美文化研究》第 302 頁，北京大學出版社 1997 版。

面對王曉明稱之為「新意識形態」的實利主義觀念，90年代中期爆發了中國當代知識分子對市場經濟背景下的精神現實的一次集體示威——人文精神大討論。從本質上看，人文精神大討論仍然持守著精英主義立場，它似乎企圖承擔這樣一種拯救即知識分子沒有理由沉溺於物質生活而成為單向度的人，他們應該恢復精神理想的高標，用文明抵制粗鄙化。雖然人文精神的內涵沒有嚴格界定，但是這個概念的基本指向無疑是精英的文化立場，批判的文化姿態，啟蒙的文化任務。它將批判的矛頭指向了市場、媒體和大眾文化，成為當代中國文藝產品市場化的一陣開臺鑼鼓。人文精神討論出現後，知識分子的身份以及與大眾的關係模式再度成為焦點。一個始終沒有解決的問題再次浮出水面：知識分子有什麼資格代表大眾？能否代表？文化精英是否是偏執的唐·吉訶德？

第二節　90年代當代川劇的總體狀況

「90年代當代川劇」作為一個文學時段提出來，並不是因為它具有獨立的階段特徵。它與80年代當代川劇創作之間的延續性要大於兩者的斷裂性，50至70年代確立起來的文學規範在80年代當代川劇中瓦解的趨勢，在90年代仍在繼續推進。90年代當代川劇創作與80年代相比，有這麼一些不同：首先，當代川劇的表現「內容」被突出和重視，而形式的探索相對地處於「邊緣」的位置。綜觀90年代的幾部重頭戲，都以內容出彩，且改編作品大於原創（《中國公主杜蘭朵》改編自普契尼歌劇《圖蘭朵》，《金子》改編自曹禺名劇《原野》，《山槓爺》改編自小說《山槓爺》）。即使是改編自《原野》的《金子》，也大大削減了原作中的探索性。形式的實驗並不是90年代川劇創作的關注點，偶而有些點綴，也基本上作為一種戲劇文學的「常識」融匯在普遍的創作追求中。比如《死水微瀾》中的「空臺藝術」：大幕初啟，空曠的舞臺上只有女主人公鄧麼姑，上句幫腔精練地介紹了時間、地點、人物後，便上來八個載歌載舞的農婦與鄧麼姑唱和「農婦苦」。在這段唱和中，八個年輕女子當場變為白髮老嫗，使鄧麼姑發生了「我決不像你們」的吶喊。短短三分鐘，便形象地展現了幾千年來農村婦女的命運，讓觀眾強烈體味到鄧麼姑內心的痛苦掙扎。但就整體的創作而言，形式操練的力度比起前一個十年輕多了。

其次，儘管改編作品居多，但劇作家對原著的感悟是深透的，已經把自己的生命體驗和人生經驗與原小說中人物的命運、國家民族的命運緊密聯繫起來了，讓觀眾在這種命運的交織和人生的磨難中受到心靈的激蕩與震懾。反思「歷史」和「人性」仍是 90 年代當代川劇創作的一個主題，但在反思的立場和深度以及「歷史」的指向上有很大不同。與五六十年代的史詩性和 80 年代的「政治反思性」相比，劇作家更加注重一種民族文化意識的呈現和批判，並且與 80 年代略帶偏激的意氣風發相比，更為深摯、從容。在這些作品中，人的生存意義與價值等「形而上」主題得到強化，生存哲理、歷史傳統以及民間文化等成為所追尋、挖掘的精神資源的主要構成。《峨眉山月》對中國古代文人騷客現世憂患的悲寂心態及文化性格的渲染和刻繪，《中國公主杜蘭朵》中對人生價值轉換的探尋，《死水微瀾》從上世紀末那潭「死水」和它「微瀾」的實質中，盡力尋找歷史、女人、地域、文化這些相雜相混在敘事文本表層和潛層中的微妙關係等等。

這一點在幾個重量級的川劇作家身上尤為明顯。在魏明倫後期創作中，研究「人性的覺醒」是他的一個創作思想。無論是充滿民族自豪感的《中國公主杜蘭朵》還是囊括幾乎所有國家級戲劇文化大獎的《變臉》都揭示出人性在傳統文化桎梏下的困惑與對這種困惑自覺或不自覺的解脫。在《中國公主杜蘭朵》中，魏明倫將被西方文化置換了的文化語境倒置過來，把「圖蘭朵」這一故事的根基植到中國人生長的土壤上，特別對劇中的公主、柳兒、無名氏三個人物的性格基因和文化心理做了符合中國文化內涵的精細闡釋。原歌劇中「愛征服一切」的題旨在這裡被拓展成為「愛就在身旁」。劇中的靈魂人物柳兒幾乎就是人道精神的化身，愛的化身。作者刻意把她塑造成帶有某種宗教般純淨色彩的精靈——因為柳兒的死，無名氏經歷了「大起大落大悲傷」的情緒思量，不再想追求「牡丹花中王」，不再追逐世俗人生的歡樂和憂愁，他只思念著柳兒，她的愛引導著這位一直在「入世與出世」的矛盾心情中困惑的無名氏迷途知返。因為柳兒的死，那個鐵石心腸的杜蘭朵公主彷彿一夜之間就長大了好幾歲，自嘲：「可笑我，天之驕、花之魁，嬌生慣養，耀武揚威，華而不實，言而無信有何美？」讚頌柳兒：「美在那，不顯山、不露水、不自高、不自卑，平平淡淡、踏踏實實一朵小花蕾！」此刻這位深深領悟了人間美醜是非的公主茅塞頓開，一種「清風明月自然美，天高海闊任鳥飛」的思緒在她心裏明朗起來，彷彿是一個夢似的與柳兒合為一體，與無名氏一道歸隱入自然之中。柳兒集聖潔、崇高、智慧於一身，是作者心目中真善美的化身，用她的生命喚醒了兩個執迷不悟的人，從而完成了對他們的救贖使得這部戲更像是用戲劇形式演繹的人生寓言。《變臉》中的狗娃這個形象與柳兒類似，是東方女性純真善良的象徵，以自己生命的代價扭轉了收養她的江湖藝人水上漂「重男輕女」的思想。《變臉》是魏明倫「人性系列」中寫得最為悲涼的一部，著力於對人的侷限性、軟弱性以及人性的困惑、人性的覺醒的細膩刻寫。主人公「水上漂」的悲劇實質是一個民族的傳統文化積澱對個體的人進行的戕害，他身上反映出民族文化意識的某種劣根性。他的死亡是在生命的輪迴中徹底否定自己的過去，呈現出一種經歷了懷疑或拼搏後大徹大悟者的靜穆與安詳。該劇寫出了他從肉體和精神上的被毀滅，將社會悲劇與個人悲劇融合在一起，流溢出的哲思更加深邃沉凝。

在《死水微瀾》的歷次演出說明書上，徐棻寫下了這樣的話語：

這是一幅川西平原的風情畫，
也是一幅黑暗歲月的寫意圖。
這是一個女人對封建婚姻的大膽反抗，
也是一個民族對外來侵略的本能拼搏。
短短一折故事反映出國家的深沉憂患，
小小一段悲歡沉浮著世間的人物怪物。

劇作家心目中的《死水微瀾》不僅是特定歷史時代巴蜀文化與民情的沉重畫卷，更是一部近代中國人在帝國主義與封建勢力雙重壓迫下的心靈史。劇中那個充滿生命欲望的小女子鄧麼姑的悲劇命運，強烈地迴響著巨大的社會歷史文化意蘊，在「死水」般的生存環境和人生世相的沉浮中，鄧麼姑的「愛情微瀾」與羅五爺的「民族意識微瀾」渾然交織，深切地展現了人物的生命歷程。劇作家的筆力已經伸向了深層文化心理，整個劇流轉著一種整體的人生意識氛圍。

第三，日益突出的新現象，如奮鬥創業、都市生活、農村改革等也是 90 年代當代川劇的主要表現內容。80 年代當代川劇文學處理的對象主要是國家體制之內的人和事，而且往往能夠獲得某種合法的意識形態性，但在 90 年代，一些體制外的人與事，如個體戶、普通市民、農民工等也迅速成為了當代川劇的重要表現對象。比較重要的有描寫當代都市生活中「夕陽婚戀」的都市生活輕喜劇《老樹發新枝》，卿敦品的大型川劇現代戲等。這當中由重慶市川劇院卿敦品發表在《重慶新作》1997 年第 1 期的《山花傳》相當具有時代感。《山花傳》敘寫了地處三峽庫區的土家族青年男女大山、茶花和蘭花、小山在艱苦打拼中開闢出了鐵嶺桑園、山鷹絲綢廠和朝天門茶花服裝公司聯合組成的三峽蠶絲綢總公司，並與韓國明氏紡織集團聯合投資開發的融生產、加工、銷售為一體的蠶絲綢產業化路子，以及他們在改革浪潮中的酸甜苦辣、悲歡離合，表現了農村一代新人艱苦奮鬥、開拓奉獻的時代風貌。整體上講，與歷史題材的作品相比，當代生活題材的作品在功力上稍遜一籌，但《山槓爺》一劇是個例外。

1995 年根據李一清同名小說改編的川劇《山槓爺》是描寫歷史轉型時期我國農村邊遠山鄉農民的一種特殊生命狀態的現代戲槓鼎之作。作品完美地塑造了山槓爺——這個集正確與錯誤於一身，負載著豐富而深刻的政治、經濟、文化與道德倫理等社會內容的形象，使「這一個」山槓爺成為中國戲曲文學史上極具內涵的典型形象。山槓爺形象的典型意義，在於深刻地揭示出傳統文化「家國同構」觀念在當代中國農村基層幹部身上發生負面影響的嚴重性。儘管當代中國正在改革開放的潮湧中向著高度文明、發達的社會主義現代化穩步前進，但堆堆坪的山槓爺卻依然故我，按照他那套信條去治理堆堆坪，以期建立一個完美無缺的鄉村烏托邦，所以他私自關押村民，將好賭者浸水塘，將虐待老人的媳婦遊街示眾。而最大的悲劇在於，在他眼中這些違法行為是天經地義的：「村規就是國法，執行村規就是執行國法……我就是村規，我代表村規，也就代表國法。」〔註 6〕正如評論者指出的：「整個人類已經進入一個以現代文明確立生命對環境新的反應方式的時代，山槓爺和他的生存環境依然纏綿於人類愚昧世紀的田園苦樂的餘響之中。這種纏綿本身，也就不能不釀造一場英雄失路的生命悲劇。」〔註 7〕

將《山槓爺》與同樣是根據當代小說改編的《四姑娘》略作比較有助於進一步透視 90 年代當代川劇與 80 年代當代川劇的差異。兩個戲的時代背景和主旨雖然不同，但都是透過「小社會」的旋轉沉浮來隱括大社會、大時代的變遷。然而，二者把握生活、反思歷史的角度是不同的。《四姑娘》對極左路線破壞中國農村現實的揭示是深刻的，對封建殘餘思想的批判也頗具力度，

〔註 6〕《譚愫劇作選》第 30 頁，四川出版集團 2005 年版。
〔註 7〕《山槓爺與現代化》，廖全京，《四川戲劇》1996 年第 7 期。

但作者並沒有擺脫狹義的「政治本位視角」，人物性格的張力空間還不夠大，顯得有些平面化。與《山樍爺》的文化視角相比，《四姑娘》遺漏了一些歷史內容和精神空間，淡化了對中國農民性格意識和靈魂以及養育他們的文化土壤和精神血脈的挖掘。事實上，90 年代以來，當代川劇創作思潮的主體演進一直在省察改革生活和追尋民族文化心理的創作潮湧中交叉滾動。「文化尋根」是其主題深化的主要意向。當然，當代川劇並未產生真正意義上的「尋根文學」，不過它在創作上吸取「文化尋根」的方法是顯而易見的，不少劇作以藝術筆力穿透文化壁障而精細入微地剖析人、社會、民族之間的深邃關係，由 80 年代的政治、經濟、道德與法的範疇轉向為自然、歷史、文化與人的範疇，這也是 90 年代當代川劇標出自己的一種努力：試圖跨越自五四以來的民族文化斷裂帶，試圖擺脫文學的某種慣性思維，增大戲劇思想容量的某種嘗試。這種現象也是由於隨著市場調節機制的形成和消費文化的成熟，知識分子在整個社會中的作用和位置趨向「邊緣化」。他們開始對自身的價值、曾經持有的文化觀念產生懷疑。因而，在 90 年代文化意識和文學內容中，80 年代那種進化論式的樂觀情緒受到很大的削弱，而猶豫困惑、批判和反省的基調得到凸現。

第三節　90 年代當代川劇存在的問題

90 年代當代川劇藝術手法更加成熟的同時也存在著問題。第一，文學藝術應當鑒照生活，特別是鑒照當代生活，90 年代社會大轉型以來多姿多彩的經濟生活、世態場景、社會眾生相如萬花筒般變幻莫測，實在是非同以往；包羅萬象的人生，廣大的生存世相，問題豈限於「文化尋根」所能解答。90 年代以來的當代文學現實感和世俗味增強，注重當下狀態、過程和氛圍，也就是突出一種境遇，對生存本相的凝神觀照。而這些在 90 年代當代川劇中很難見到。也就是說，90 年代當代川劇無論是在形式上還是內容上都落後於當代文壇的創作趨勢，遠不像 80 年代當代川劇，儘管藝術手法上還有些生澀，但與時代思潮、藝術主潮的契合度都很高。更為嚴峻的是，面對進入消費社會以後複雜的日常生活，90 年代當代川劇基本上束手無策，偶而有一些貼近現實的作品，其闡釋能力也相當有限，藝術上也相對粗糙。一種藝術形態喪失了言說生活、闡釋生活的可能性，其生命力必然會逐漸萎頓。

其次，依靠個別作家深厚功力挖掘歷史的精品也與廣大的接受者的生活是兩張皮，這樣的精品，對它的閱讀和欣賞只能成為一種儀式或一種文化品味的象徵，而無法與現實生活構成互為表裏的抒情關係。「苦難」一直是文學藝術表現生活的本質，正是在這一意義上，文學藝術對生活的把握具有現代性意義。對苦難的敘事構成了現代性敘事的最基本形式之一。黑格爾把悲劇當作藝術的最高形式之一，絕對理念就像人類生活本身，歷經千辛萬苦，才能達到最後的完滿。黑格爾的悲劇美學最終獲得永恆正義的勝利，這是歷史的終結，也是所有悲壯崇高事物的終結，而它們真正的美學力量無疑體現在那些磨難的具體過程。現代性確立的歷史觀成為文學藝術表達的基礎後，人類生活的歷史化，也就使文學藝術的表現具有精神深度，而這個深度主要是由「苦難」構成其情感本質。20 世紀中國文學顯然是以「苦難」作為歷史和現實的本質而構成文學藝術表達的核心情感。80 年代文學被稱之為「新時期」文學，是它以「傷痕」為標誌開創了一個文學的新時代，再次證明苦難是如何強有力的構成文學的歷史本質。這個時期文學從整體上看是積極向上的，但對苦難生活的觀照依然構成其中的歷史潛流。無論是《潘金蓮》對女性苦難的反思，還是《欲海狂潮》對人生困難的憂懼都體現了「苦難」的敘事法則。進入九十年代，宏大的歷史敘事及其歷史主體的自我意識趨於衰退，必然導致文學那種深重的苦難意識和救贖意識趨於退化。按照陳曉明的說法：「苦難在現實社會不再是生活的根本特質，苦難不再是一種集體性和整體性的存在意識。」〔註 8〕之前高度同質化的「國家」和「社會」，在 90 年代加速分離，公民社會成為一種日益清晰的現實，個人話語空間不斷得以釋放和寬鬆，集體性的宏大敘事很難引起共鳴與回應。

第二，90 年代以來，文藝生產機制與 80 年代相比發生了很大的轉變。作家和文學刊物、出版社等原則上不再依靠國家資助而進入市場。但由於消費社會的大眾文化屬性，作為純文學的當代川劇創作無法受到市場青睞，只能依靠參與國家有關文化部門的各種評選，即所謂「出精品，出大戲」來贏取更多的政府扶持；同時，為了贏取政府獎項，又必須符合官方對文藝作品的相關規定，濃厚的精英色彩只能讓當代川劇倍受市場冷落，進一步變成官方文藝。這樣的川劇能走多遠？有學者指出：「沒有成熟的文化市場的運作，沒有廣大觀眾的真正參與，沒有劇場票房的支持，僅僅依靠權力來維持的藝術

〔註 8〕陳曉明《表意的焦慮》第 409 頁，中央編譯出版社 2003 年版。

改革是注定不能長久的。」〔註 9〕事實上，90 年代的幾部重頭戲幾乎囊括了所有的戲曲大獎:《山楨爺》1995 年獲全國戲曲現代戲匯演優秀編劇獎，1996 年獲文化部「文華大獎」、「文華優秀劇作獎」，中宣部「五個一工程獎」，中國劇協「曹禺戲劇文學獎」等全國最高戲劇文化獎項。《中國公主杜蘭朵》是第四屆中國戲劇節上獎級最高、獎項最多的劇目。《變臉》更是在 1997 至 2000 的四年裏，囊括中國戲劇曹禺文學獎、文化部文華大獎，中宣部「五個一工程獎」等國家級所有文化大獎。在 1996～1997 年的中國戲劇的各項評獎中，《死水微瀾》獲得了「文華大獎」、「文華優秀劇作獎」，「曹禺戲劇文學獎」、「五個一工程獎」等十幾項大獎。這樣的評選實際上已經規定了劇作家採取何種方式參與現實文化實踐，站在什麼樣的文化立場上發言。換句話說，90 年代的精品當代川劇已經不具備 80 年代那種全社會文化情緒一致的民眾思想基礎，遠離民間的川劇正在陷入一種自說自話，創作資源逐漸枯竭的危險狀態。觀眾厭倦了，社會厭倦了，只有戲劇家還在雕刻著、固守著。正如余秋雨指出的:「一種藝術形式賴以生存的內容基調消失了，這種藝術形式或者成為一個沒有靈魂的軀殼，或者成為一個靈魂與軀殼格格不入的怪胎。」〔註 10〕

〔註 9〕苗懷明《民間的力量》，《南大戲劇論叢》第 96 頁，中華書局 2005 年版。
〔註 10〕余秋雨《中國戲劇文化史述》第 275 頁，長沙人民出版社 1985 年版。

第二章　作為消費社會文學文本的川劇味藝術

本編第一章分析了 90 年代當代川劇創作的總體狀況，這樣的分析基本是在當代戲劇文學的視野下進行的。但事實上，在藝術品泛化、雅俗界限消弭的消費社會條件下，作為純戲劇文學存在的當代川劇，其影響力相當有限。這裡有一個「去魅」的過程：文學本質的當代川劇創作一開始就罩上了一層神性光彩，它始終是知識分子話語。它源於「戲改」，而「戲改」就是一群自信滿滿的文化人利用話語權對各地戲班進行的試圖讓它們變得更好的制度化改造。文化人能否代替大眾發言？這樣的疑問在全社會高度同質化的 50～80 年代或許不難回答，但在個人話語得以釋放的 90 年代答案就變得錯綜複雜。事實上，無論是尋根還是先鋒，都不再是巴蜀人的生命行為的一種構成，不再是人的生命流程的載體，不再和大眾的生活紐結在一起並從中汲取著永恆的生命力。作為舞臺藝術樣式的川劇初始化生命中的大眾化本性已經不再生機勃勃。劇院的四堵高牆割斷了專業團體與群眾戲劇的聯繫。戲劇愈發神秘，與人們日常生活的隔離，戲劇文化的氛圍淡泊了。它成為了一種受教育或帶有濃烈政治訴求的身外異物，生活中有它無它都無關緊要，戲劇的自娛性特徵抹煞了、消逝了、被替代了。對於在戲曲文化滋養中長大的廣大民眾來說，戲曲並不僅僅是娛樂形式，它已經被整合到他們的生命中，他們從中得到歷史文化知識，得到人生經驗，從中找到歸宿，發現自己。沒有民間氣息和民眾參與的戲曲注定是殘缺和蒼白的。但巴蜀文化的自娛精神並不會因此消失，民間的死火在暗湧。廣義大眾傳媒時代的來臨為「川劇性」

的蔓延提供了新的藝術平臺和話語空間，古典川劇和當代川劇在消費時代都成為了廣義的「文學文本」，它們或被肢解，或被拼貼，或與其他藝術形式相結合，如碎片般再次播撒到民間。雖然是一種越界，但令人欣喜地看到了川劇的另外一種可能性。

第一節　消費社會文學文本

九十年代以後的中國社會的消費文化基本發展成型，其最重要症候有三點。首先是文學文本的泛化。正如有學者所言：「消費社會的根本結構邏輯就是讓一切成為文本。」〔註 1〕在消費社會的日常生活中大量湧現的「文學文本」，割斷了傳統的讀者與文本之間的意義聯繫，從而將生活實踐、器物等實用文本「文學化」。消費社會文學文本的形態——大眾傳媒、廣義的行為藝術、器物以及網絡事件、生活事件、體育賽事、明星等等，將某種實用文本隱喻化。一切行為在被挪移了原位並且被當作某種「體驗」讀本的時候，就似乎成了「藝術」。只要我們處在一個改變了的語境之中，我們就會在別人的日常生活裏看到「故事」、「新聞」或「現場直播……這就是後現代的審美文本：審美性在大眾消費生活中無處不在。在聯結著攝影鏡頭的屏幕一端，別人的生活現場成為一個高度寫實的審美文本。它以最貼近我們所思所想的方式在我們能夠「看」到的地方發生，而在此發生，顯然最切近地打中了我們的情感和興趣，因而也最切近地成為表達我們有關生活的情感和興趣的一個個文學敘事。而當我們自己身處某個新聞、某個重大歷史事件、某個世界節日之中，「我們的生活」便成為足以表達別人對生活的關切和興趣的一段敘事，一個文學文本。

在大眾傳媒時代，只需要找到特定時空範圍內別人還不知道的事件，把它投放到日常生活中，讓每個人以此表達人生在世的種種關切和願望，表達纏繞在人們起居之間的人生情緒——一個審美文本的誕生和閱讀便告完成。文學文本的泛化，導致了以經典審美文本為言說對象的文學批評的失語。面對形態萬千的、本質上是消費品的「文學文本」，依靠其他理論對文學的闡釋而組合起來的文學批評，已經捉襟見肘了。我們再次看到德里達的宣言：「文學可能處於一切的邊緣，幾乎超越一切，包括自身……它永遠不是科學，哲學，

〔註 1〕蔣榮昌《消費社會文學文本》第 43 頁，四川大學出版社 2004 年版。

會話性質的東西。然而，如果不是對所有這些話語開放，如果不是對這些話語中任何一種開放，它也不會成為文學。」〔註2〕

其次，生活審美化與藝術的生活化，使藝術的自律性邊界被取消（一同被取消的是「文學性」的邊界）。文藝不再是一種有完整結構和自律性邊界的精神實體，而是以解體的、分化的形式全面地滲入生活之中，去營構生活中無處不在的「藝術」情調和氛圍，並構成文化消費的直接內容。現實轉化為影像，「形象」直接就成了商品。美學的烏托邦精神消失了，批判的激情被消費的激情所取代，美學無法實現自身對現實的超越，審美、藝術、裂變了的美學自身，都已經完全吸入商品世界的超級空間。有學者一針見血地指出：「烏托邦的沉落決定了美學的理論系統解體的必然性。美學的內在精神垮掉了，它喪失了支撐其龐大理論建築的內在支持力。」〔註3〕而審美問題恰是文學理論中的基礎性問題，美學是傳統文藝學的重要話語資源，新時期文學理論很大程度上採取把美學的觀點及其方法直接移植過來的話語組合策略。傳統美學概念和「美」的解體，進一步加速了文學理論話語的失效。

第三，啟蒙的尷尬和焦慮。在席勒那裡，文藝本身就是一個中介和工具，是權力和理性之外的第三個王國，也就是文學藝術（審美）的「遊戲王國」和「虛構王國」。他認為這種遊戲式的創造性衝動，能夠使人擺脫權力和蒙味的枷鎖。文學（審美）因此成了一個重要的「中介」，通過它，最終指向的是社會和政治自由。文學（審美）就是自由的先頭部隊，或者說「審美理想」是「社會理想」的先頭部隊。而今天，生活與藝術的界限在消費社會的消失，導致了啟蒙計劃的崩潰。消費社會或全球化的市場經濟時代已經撤走了讓英雄的巨大身形得以展現的廣場，真正的中心或神聖價值的表述者，現在是隱退到看不見的市場處。市場體制和這一體制賴以為生的憲法——貨幣——已經體制地表達了啟蒙英雄們試圖用語言和身體加以表述的正義和真理。啟蒙的終結意味著理論「立法」任務的退場，在後現代社會，多樣的語言遊戲和地方主義正在取代宏大敘事和普遍主義。高雅文化、形而上學的表述傳統（這正是傳統文學理論的言說方式）作為一種整體性的啟蒙敘事已經被收藏品化。生活到處在哄堂大笑——這正是讓大多數文學評論者和後現代文藝理論家們感到無所適從的地方。

〔註2〕Jacques Derrida Acts of Literature, ed.Derek Attridge, London and NewYork, p177.
〔註3〕曹順慶、吳興明《正在消失的烏托邦》，《文學評論》2003年第3期。

在俄國形式主義那裡，「文學性」只是一個形式美學的概念，它只關涉具有某種特殊審美效果的語言結構和形式技巧，而與社會歷史的生成變異以及精神文化的建構解構無關。本書的「文學性」實際上是描述當代生活世界的一個緯度，相當於詩性符號，它的功能就是展現當代生活世界的詩性之維。傳統觀念將藝術與生活，精神世界與現實世界作了嚴格劃分，傳統藝術追求一種有靈性，能給人以精神皈依的東西，在那種條件下，文學性是作為「學科的文學性」；而後現代社會中藝術與日常生活之間的界限被消解了，「學科的文學性」消解分化了，散播為感性世界的沉醉，即意味著一種欲望的美學，意味著感受和即時體驗，從而演變為「生活的文學性」。流動的文學性與自我消解的文學理論一起漂流進了文本的長河。流動的文學性正以動詞性的身姿進行共時性的跨語際遷移。卡勒據此推斷：「文學可能失去了其作為特殊研究對象的中心性，但文學模式已經獲得勝利；在人文學術和人文社會科學中，一切都是文學性的。」〔註 4〕可以說，現在的文學性很近似於克里斯蒂娃的「互文性」，即任何一篇文本的寫成都如同一幅語錄彩圖的拼成，任何一篇文本都吸收轉換了別的文本。有的學者雖然還認為「堅守文學性的立場是文學研究者言說世界、直面生存困境的基本方式也是無法替代的方式」〔註 5〕，但同時也不得不強調它的開放性和跨越性。在他們看來，現在對文學性的處理就是以開放的大視野把非文學的東西作文學處理，把外部世界不斷地納入文學視野裏去。

正是由於後現代社會物化現實本身的符號化，文本性才成為流動的文學性的後現代新表徵，而互文性的文本主義正以超級鏈接的編碼方式成為符號信息社會的歷史句法。當我們生存的世界本身已經淪為一個符號化的巨型文本時，文學文本也就與其他一切符號性事物互文鏈接在一起，正如波德里亞在《仿真》一書中的預見：「因為（符號）虛飾成了現實的核心，所以藝術就無處不在，所以藝術死了。不僅僅是對藝術卓越超凡的批評已經消逝，而且還因為現實本身已經完全為一種與自己的結構無法分離的審美所浸潤，現實已經與它的影像混淆在一起了。」〔註 6〕

在這樣的理論視野下來觀照 90 年代以後的川劇，或許可以看到川劇藝術的另外一種可能性。「文革」之後，百廢待興，體制背景的缺失需要書寫性文

〔註 4〕喬納森・卡勒《理論的文學性成分》第 117 頁，中央編譯出版社 2003 年版。

〔註 5〕吳曉東《記憶的神話》，第 92 頁，新世界出版社 2001 年版。

〔註 6〕Jean Baudrillard, Simulacra and Simulation, The University of Michigan Press, 1994, pp151.

本來構建體制背景，當代川劇應運而生，以文學的方式壯懷激烈地表達了八十年代的精神訴求；到了九十年代隨著體制背景的成熟，深度已根本性地擺在那裡，人們已經有了其他感受深度的方式。換句話說，八十年代的文化需要到了九十年代以後一部分被體制的建構化歸於無，另一部分以全新的抒情方式來表達。在這種情況下，八十年代當代川劇作為戲劇體詩這一文學樣式的本質到了九十年代以後不可避免地轉變為作為大眾傳媒時代的文學文本這一本質。如前所述，這裡的「文學文本」已然不是傳統的純文學文本，而是消費時代生活的一種再現方式，它是一個廣義的符號系統。職業化的再現生活的狀態在數碼時代無力為繼，在距離化手段高度發達的今天，我們身邊隨時隨地都在上演著別人的故事。也就是說，我們不再需要以純文學文本的方式虛構一個故事來再現生活的某種真理，生活已然自我呈現，這種呈現可能比純文學文本更典型、更「文學」。因此，八十年代由國家劇團這種官方演出機構來承擔的抒情功能在今天已經喪失了，九十年代以後的劇團演出基本上與抒情功能無關，而與官方的文化建制和意識形態表達有關。寫作至此已不再是一個作者的名山事業，不是作者通過向人性、向精神的內在層面挺進，通過解放作為範本的自我心靈來向世人揭示從未有人到達的精神世界，並以此為人類引進一縷啟蒙的曙光，讓眾生在此一真、善、美的曙光中得到提升的一種英雄救世行為。

改變了的現實籲請我們改變研究範式，拓展理論的邊界，以此為日益艱深的日常生活和文學現象提供一種淺顯的注解。理論的基本任務就是解釋經驗。如果有某種理論拒絕解釋環繞我們周圍的生活經驗，我們幾乎可以斷言，這種理論其實只是理論家以理論的名義製作的一個諱莫如深的飯碗。因此，本編在分析的方法論上將採用文化研究，將進人九十年代以後的當代川劇和殘存的古典川劇作為文化現象放在後現代文化地形圖中加以分析和把握。在當代中國令人眼花繚亂的文化鏡城中要作出富有洞見的觀察絕非易事。正如戴錦華所指出的，現在的文化空間是一個共用空間，到處是詞語的挪用和誤讀。在 90 年代消費社會條件下，文學本質的當代川劇既作為「純文學」文本存在，又作為消費社會「文學性」文本而存在；同時，表演本質的古典川劇既作為一種被保護的藝術遺產存在，又作為消費社會「文學性」文本而存在。它的符號性、娛樂性在消費社會條件下被挪用、拼貼並煥發出巨大的生命力量。

在如此錯綜複雜的情況下要把 90 年代後的川劇分析清楚只能採用綜合

的研究方法。每一位當代文化的觀察者都在努力切近「真相」：在表象和本質之間似乎有巨大的空間任隨觀察者進行文化語詞的填充；然而，當代文化現實的複雜性和無理性，它的多維度和多層面的異質雜糅往往讓觀察者如霧裏看花，「測不准原理」似乎成了文化研究無法逃脫的宿命。解構主義的名言「一個小小的注釋瓦解了全文論述」成為對任何綜合、整理常識的警告。如果說對一個事件的觀察就是一種介入的話，那麼，對現實的觀察即是對現實的發言。文化研究的方法本身就預示著一種姿態和立場。批判和顛覆是解密的武器，是對任何一種文化話語霸權和建制化傾向的高度警惕。也許思想只是「現實的漸進線」，也許它永遠不能達到真相，但它必須不斷地衝撞和運動，因為這象徵著文化觀察者從未接受建制的自我定位。毫無疑問，個體的生命體驗和審美取向會滲透在觀察者的視角和目光中。

第二節　魏明倫的身份

先來看看魏明倫後期最重要的作品之一的《杜蘭朵》的演出事件：1998 年，魏的這部戲由自貢市川劇團赴京演出，與著名導演張藝謀執導，世界著名音樂家祖賓·梅塔指揮的意大利歌劇《圖蘭朵》同期演出。當時各大媒體紛紛宣稱「一中一西，各顯風采」。關於《杜蘭朵》在北京的演出，香港《明報》這樣報導：

> 剛進九月，北京文藝舞臺上便有兩齣戲「狹路相逢」——祖賓·梅塔指揮、張藝謀導演、意大利佛羅倫薩節日歌劇院演出的歌劇《圖蘭多》在清帝祭祖的太廟前搭起了巨大的看臺；同時，號稱「四川鬼才」的魏明倫在政協禮堂敲響了川劇《杜蘭朵》的大鑼。
>
> 與太廟前的珠光實氣、富麗堂皇相比，川劇《杜蘭朵》的劇場前顯得特別冷清，舞臺上顯得格外寒傖。雖然北京的地鐵裏隨處可見川劇「中國公主杜蘭朵」的大幅廣告，但卻極少有年輕人主動買票到劇場中來。在歌劇輝煌光彩的映襯下，魏明倫的努力顯得有些蒼涼和悲壯。
>
> 在西方強勢文化與藝術商品化的雙重攻擊下，魏明倫像唐·吉訶德一樣騎著他的瘦馬，舉著他的長槍，而一些同他一樣眷戀祖國文化的中國人也在各自的崗位上為民族的文化復興奮鬥著。

對於被比作唐吉訶德，魏明倫並不認同。他說：「我哪是唐．吉訶德！唐．吉訶德是與假想敵打仗。我的戲是與實在的外國《杜蘭朵》作藝術比較。我怎麼會是唐．吉訶德？比喻不當。」〔註7〕這裡，顯然是《明報》記者誤解了魏明倫。他在《東西同唱〈圖蘭朵〉》一文中將「打擂臺」的目的說得很明白：「因為貧窮而困臥深井的川劇《中國公主杜蘭朵》，終於有了赴京獻演的轉機……張藝謀也想借全國政協會議期間媒體集中的優勢，及時向海內外預告他導演的意大利歌劇將在秋季到北京太廟大殿廣場演出，促進他籌集還未完全到位的巨額經費。而中國對外演出公司安排川劇配合歌劇同題同地演出，對張藝謀的籌款目標能起到綠葉襯托紅花的作用。」〔註8〕事實上，《杜蘭朵》在第四屆中國戲劇節上好評如潮後一直苦於沒有經費赴京演出。而策劃《圖蘭多》的演出公司一來為了籌集經費，二來為了增加噱頭，所以與魏明倫這位「政協委員」攜手合作，雙方各取所需：甲方演出公司利用政協會議的輿論資源為演出造勢宣傳，同時在歌劇裏加入川劇「變臉」技巧，以吸引老外從而撈更多的鈔票；而乙方魏明倫及劇組依靠中國對外演出公司的財力，搭上這列順風車北上演出。魏明倫在文章裏說得很明白：「張藝謀向我介紹歌劇的演出預算：祖賓．梅塔指揮演出，意大利、美國、法國、俄羅斯及華裔大腕演員組成多國部隊分擔主要角色，總投資預計2000萬美金！演出售票主要是外銷，世界各地的觀眾乘坐飛機來看戲，票價高達 1500 美金到 2000 美金！……其經濟回收之大，令人聞之咋舌！」「張藝謀表態道『我希望你的川劇公主能與我們歌劇公主同時在京演出。並且，最好是能讓意大利的藝術家來看看川劇的《杜蘭朵》。我在排導歌劇裏，已經加進了例如變臉等技巧。」〔註9〕顯然，如此龐大的投入，演出公司當然會想盡辦法賺回來，宣傳、噱頭、絕技，「一個都不能少」，「越是民族的就越是世界的」，用川劇這種「土特產」來唬外國人效果是可以想像的。這是一場不折不扣的「政商聯姻」：演出公司和張藝謀挎著小籃子，在國際演出市場上叫賣自家拼湊的「中西結合」、不倫不類的文化商品——歌劇《圖蘭多》，促銷政策是買一送一，附送中國太廟建築奇觀和川劇「變臉」絕活；政協委員魏明倫利用對方的經濟實力達到赴

〔註7〕魏明倫《代溝兩側的對話》，《戲海弄潮》第 198 頁，文匯出版社 2001 年版。
〔註8〕魏明倫《東西同唱〈圖蘭朵〉》，《鬼話與夜談》第 317 頁，作家出版社 2001 年版。
〔註9〕魏明倫《東西同唱圖蘭多》，《鬼話與夜談》第 318 頁，作家出版社 2001 年版。

京演出的目的，既實現了自己的藝術理想，也博取了美名，彰顯了大家風範。魏明倫與張藝謀的這場「公主秀」無疑是消費社會一個絕佳的文本：太廟、變臉、異國公主、今夜無人入睡，如此美輪美奐的舞臺極大地滿足了中外觀眾對愛、權勢、異國情調、神秘的東方、狂歡之類文化獵奇的心理需求；而「兩位公主打擂臺，東西同唱圖蘭多」的刺激熱鬧的場景又成為表達千千萬萬看客「看稀奇」的現場情緒的強有力文本。如此「名利雙收」的好事，與孤軍奮戰而不悔的唐·吉訶德有什麼相干？

從七十年代到八十年代，魏明倫經歷了由戲曲作家向民間思想者的轉變，他要把他獨特的思考，通過戲曲，傳達給這個世界。而進入九十年代的魏明倫的身份在文化場域的漂移、重合、置換之中變得異常微妙。他頻頻穿梭於各種文化會議、學術會議、新聞發布會之間，儼然以巴蜀文化「代言人」自居，他本人也成為了巴蜀文化的某種象徵，他的川劇作者身份已然符碼化，成為一種有價的文化招牌。他不再是痛苦的思想者，而是一個具有官方身份和地位的文化權威、文化界名流；曾經的民間思想者形象成為了一種文化資本。與八十年代一部分為了理想而悲壯的精英知識分子相比，魏明倫是善於「審時度勢」的，他機智地轉變著自己的話語，避免了「失語」的危險。當人文精神大討論感歎著八十年代佔據主流話語權的人文知識界被邊緣化的時候，魏明倫卻由邊緣向中心靠攏，沒有「顧影自憐」，而是與時俱進，春風得意。他曾說：「許多人都有的兩種東西我卻沒有：權力，金錢。我無錢換權，又無權換錢。許多人都沒有的兩種東西我卻有了：文才，名氣。文才是一項專門智慧，名氣是一種特殊資本。能不能變通變通，運用我之所長，彌補我之所短？能不能兼辦第二職業，以名經商，以商養文。」〔註 10〕顯然，他對自己身份的文化價值有著充分的認識。

進入九十年代，魏明倫的職位也發生了巨大的變化：在自貢市川劇團專職編劇四十六年之後，他於 1996 年調任四川省川劇藝術研究院，幾年後又調任四川省川劇院，2004 年，中國戲劇文學學會舉行了換屆選舉，魏明倫當選為會長。這一系列的變化耐人尋味：由一個偏居一隅的風雨飄搖的小劇團〔註 11〕到省級文化單位再到央視這樣的文化喉舌部門，魏明倫就這樣一步步向組織靠攏。體制猶如一個巨大的黑洞將他招安了！在經濟大潮中，魏明倫也不甘

〔註 10〕《開張詞》，《鬼話與夜談》第 104 頁，作家出版社 2001 年版。
〔註 11〕進入八十年代川劇團紛紛轉向改制，縣級以下的劇團自行萎縮和消失。

寂寞：1993 年魏明倫經濟文化公司成立，兼涉影視，為電視劇寫劇本和主題歌，曾任 1993 年中央電視臺春節文藝晚會總撰稿，名利場中到處都可以見到他忙碌的身影，用他自己的話說叫「文化與經濟結合才是良緣夙定，佳偶天成！」〔註 12〕作為一個文化商人和文化官員，魏明倫相當善於在各種不同的場合發出自己的聲音：無論是在 1995 年政協會議上「殺陳希同以謝國人」為民請命式的呼籲，還是 2000 年他為自貢燈會製造噱頭而炮製的懸賞二萬元徵對的長聯這種為家鄉「扎起」（川語，做後盾之意）的江湖義氣之舉；無論是他調解余秋雨和余傑握手言和的文壇做秀，還是參與 2005 年《南方人物週刊》舉辦的「四川人是天下的鹽」專題並且被評為「最有味道的四川人」這一具有相當權威性的「文化資本鑒定」，魏明倫自身以他混雜了文人氣、官員氣、商人氣、江湖袍哥氣以及老百姓煙火氣的言行和創作成為了一個消費社會文學文本。魏氏文本顯然比他的「公主文本」、「變臉文本」要複雜得多，精彩得多，正如評論家韓石山酷評的：「魏明倫若把這件事（指調解「二余」事件——注）編成個戲，他該是一副什麼裝扮呢？是穿上諸葛亮的道袍還是穿上蔣幹的青袍？臉譜呢，畫成鬚生還是畫成文丑？」〔註 13〕

第三節　《金子》：作為文化標簽的當代川劇

90 後當代川劇之中，獲獎最多，名聲最大的當屬《金子》一劇。該劇是重慶市川劇院 1996 年根據曹禺名著《原野》改編，其主演沈鐵梅是中國戲曲二度梅花獎得主，著名川劇表演藝術家和中國川劇的領軍人物。該劇入選了首屆「中國舞臺藝術精品工程」十大精品劇目，榮獲了包括文華大獎，中國藝術節大獎，中國戲曲學會獎、上海白玉蘭戲曲獎在內的各項大獎 34 項，被著名戲劇家劉厚生讚譽為「川劇中的《茶館》」。因此，分析此劇的臺前幕後對於廓清當代川劇在九十年代以後的命運有著代表性意義。

1988 年沈鐵梅獲得梅花獎後一直沒有自己的劇目。重慶川劇院編劇隆學義提出改編《原野》，努力了三年，川劇《金子》成本。

國慶 50 週年，《金子》在文化部慶祝演出開幕式上大獲成功。專家更多的肯定是在表演、唱腔以及劇情上，對於舞美、燈光等硬件，他們認為簡陋得

〔註 12〕《開張詞》，《鬼話與夜談》第 104 頁，作家出版社 2001 年版。
〔註 13〕《收租院魏明倫及其他》，《文學自由談》2000 年第 3 期。

無法與劇目本身相匹配。問題是，當時的重慶川劇院根本沒有資金為自己這部全國叫響的劇目再次進行投入。和其他許多傳統劇種面臨的窘境一樣，川劇院囊中羞澀。兩年前甚至連員工的基本工資都無法全額支付。川劇院包括離退休人員在內共有 400 多名職工，國家僅給了一筆人頭費，其餘的全靠劇團自己解決，而川劇院本身沒有任何收入。川劇院的燈光、道具、音響都是過時的。劇院租的是文化宮的場地：排練要給排練錢，開空調要給開空調錢，道具裝車也要給勞務費。不止一次，沈鐵梅向不止一個人訴說她的急迫。「我們傳統劇目真的需要國家支持。」

2002 年，由國務院牽頭、文化部和財政部聯合推出了首屆國家舞臺藝術精品工程。按照計劃，5 年內，國家拿出 3 個億來打造 50 部舞臺藝術精品。但這道門檻跨進去非常難。「這 50 部要求是傳世之作」。《金子》在全國 300 多部舞臺藝術作品中脫穎而出，順利入圍初選的 30 部劇目。但這只是初試，復試之後還要淘汰 20 部。對入圍者，國家撥款 50 萬經費「繼續打磨」，重慶市政府也撥款近 200 萬給予支持。有了資金，川劇院特地從海政歌舞團請來音樂家王曉剛，從樂隊建制、音樂風格、演奏方式上進行大膽改革，並在中國戲曲界首次引進了室內樂的編配演奏方式，這樣大膽借用歐洲浪漫主義和川劇音樂結合的技術手法是從前沒有過的。燈光和舞美也請來專家重新設計。雖然如此，沈鐵梅感到「肩上仍承擔著很大的壓力，」因為這是藝術的『奧林匹克』，」這是「代表重慶的文化形象」，所以，「需要三千萬的重慶父老鄉親為我們加油助威。」〔註 14〕入選後，重慶市獎勵川劇院 100 萬，其中 74.5 萬獎勵主演沈鐵梅。

對重慶川劇院來講，入圍國家精品工程是關係他們生存發展的大事。如果入圍，意味著你具備了相應的軟件，國家會選擇這裡作為精品工程生產基地，對好的劇本和項目進行扶持。而如果沒有入圍，就意味著沒有充足的經費打造好的劇目。實際上，進入九十年代以後，官方的文藝政策就是「抓大放小」，能夠出新戲、大戲的只有大型劇團，地方劇團自行淘汰萎縮。而即使是如重慶川劇院這樣的實力派，也要使出九牛二虎之力才能在有限的經費中分到一杯羹。在這種情況下，文化資源日益集中，一個後果就是：創作和演出的首要目的是讓劇目、劇團能生存，然後才談得上藝術追求；要生存和發展就必須有國家和社會資金的支持，就必須拿獎，就必須迎合頒獎方和發錢方的話語要求，那麼藝術就只能是「戴著鐐銬跳舞」。

〔註 14〕以上材料來源：重慶市川劇研究所內部資料。

劇作家對原著的處理是一個相當敏感的、充滿爭議的地帶。隆學義說：「《原野》以仇虎為主角，寫他的苦難與復仇。我寫《金子》，改換切入視角，以金子的命運軌跡展現那個時代婦女的磨難和掙扎。將金子置入愛恨情仇的矛盾漩渦，使仇虎的復仇依附於金子的人生歷程，組成她命運交響的撞擊部分。凸顯金子在叛逆中的善良美麗，在磨難中的痛苦撕裂，在迷茫中的追尋希望。她不贊同「冤冤相報又輪迴」、濫殺無辜。儘管天涯茫茫，難逃社會藩籬，也絕不屈服陰暗沒落。她呼喚寬容，背負毀滅，希冀光明。這些獨立意識和價值追求，完成了金子從比較單一的個性到多側面、多層次的性格轉變。〔註 15〕」但事實上，綜觀全劇，這樣的置換淡化了原著的復仇主題和主人公仇虎身上理性與野性的搏鬥，削弱了原著的悲劇張力，縮小了闡釋空間和人物性格的複雜多維。整個劇被簡化為「一個女人和兩個男人的故事」，沒有了原著的苦悶、抑鬱、憤懣、困惑這些內在而深邃的悲情，以及原著中真正的重心——由外在命運的掙扎轉向自身靈魂的掙扎。更重要的是，儘管主演沈鐵梅在表演上做了相當的努力，但由於劇本的緣故，女主角花金子的形象和性格有些變形與走樣。本來金子與大星、仇虎的情慾糾葛非常具有讓人悸動的力量，最驚心動魄的發生在作品第一幕，金子與仇虎撿花、調情那場戲：「這一對被情慾燃燒得近乎瘋狂的男女，竟會愛得如此痛苦，情人間如仇敵般的相互折磨，在對方筋肉的抽動中享受著愛的快感，在醜的變形中發現美的極致。」〔註 16〕但新劇弱化了二者情愛的撕扯力量，對人物情慾世界的展示不夠。曹禺曾強調《原野》是「講人與人極愛與極恨的感情，它是抒發一個青年作者情感的一首詩。」〔註 17〕原著是黑格爾意義上最典型的戲劇體詩：「我們眼前看到的是一些個別具體化為生動的人物性格和富於衝突情境的抽象目的。」〔註 18〕黑格爾提出了兩個原則，一是人物性格的「個別具體化」，二是情境的富於「抽象目的」。這兩個原則在新劇中都沒有達到：一方面是對「復仇」這一抽象目的的弱化；另一方面，蘊涵自然人性之美的仇虎個性被刻意迴避，而花金子矛盾的愛與欲望也被模糊化，更像一個生活中隨處可見的市井婦女，缺乏原著中那種震撼人心的悲劇感和濃郁的詩意，也無法引起「恐

〔註 15〕以上材料來源：重慶市川劇研究所內部資料。
〔註 16〕錢理群等編《中國現代文學三十年》第 417 頁，北京大學出版社 1998 年版。
〔註 17〕錢理群等編《中國現代文學三十年》第 417 頁，1998 年版。
〔註 18〕黑格爾《美學》第 3 卷下冊第 242 頁，朱光潛譯，商務印書館 1981 年版。

懼」與「憐憫」的心理反應。在前消費社會的審美標準角度上，從純文學的意義來說，《金子》僅有《原野》之表而失之其精髓魂魄，像一個被抽空了血肉的空殼，這與改編者的功力有關，也與時代的精神走向有關。

圖為《金子》劇照。（圖片來源：重慶市藝術研究所資料）

為了打動評委，也為了川劇和劇團的生存，沈鐵梅乾脆吸收京劇的吐字方法，甚至在換氣時使用一些流行歌曲的方法，彌補了川劇唱腔的缺陷，實際上就是將其變得好看、好聽，用「拿來主義」進行一些外包裝。國家舞臺藝術精品工程的一個規定是評選出的精品送戲進高校，以爭取文化素質的高端人群，《金子》的北大演出就相當耐人尋味。《金子》在北大百週年紀念講堂的演出宣傳單上這樣寫道：

> 神奇的「變臉」，詭異的「藏刀」；情愛在復仇裏燃燒，希望在毀滅中新生，一個符合大眾口味的傳奇故事，一本融合生活哲理的淒美劇詩，一條糅合古老教訓的現代啟示。川劇《金子》是曹禺《原野》面世以來較為成功的改編本，減繁複為精當，於簡約中見沉重，提魂攝魄，精華無失。導演及舞臺呈現虛實相生，跳脫空靈，宜景宜情，整體烘托著表演。全體演員各備形貌，各有神通，各見精神，沿用了川劇的傳統技藝而無炫耀之嫌，服務於人於戲，自然妥貼，

全面展示了劇種的獨特魅力。主演沈鐵梅尤其在唱法上化用了京劇及西洋美聲技巧，為川劇女腔作出了貢獻。

顯然，這是溢美之詞。但值得琢磨的並不是它與真實演出的契合度，而是它的「廣告效應」與宣傳對象之間的複雜關係。

九十年代以後中國大都市的文化消費類型主要有三種，一種是以電視和全國性報紙等主流媒體為核心的公眾消費；一種是以暢銷書、雜誌、專業小報等邊緣媒體為核心的階層消費；還有一種是以音樂廳、展覽館、小劇場等都市文化為核心的階級消費。一般說來，第三種文化消費群體中，主要是白領、知識分子、藝術精英、文化官員。國家舞臺藝術精品工程作為國家的一項文化活動，其明確的一個任務就是「送戲進高校」，這實際上意味著國家在有意識地培養文化消費的高端人群，換句話說，這等於是默認了像當代川劇這樣的高雅藝術在今天的文化場域中的定性與定位：一種高端的文藝產品。然而，這並不意味著當代川劇就真的比八十年代當代川劇還要「陽春白雪」：在北大這樣在文化前沿性上具有標誌性意義的地方，演出宣傳單首先是以川劇的絕活「變臉」、「藏刀」來招徠觀眾，這與街頭雜耍的吆喝有多少區別？緊接著，亮出了「情愛故事」的「主打曲」，還特別突出是「符合大眾口味」，頗有點「老少咸宜」的味道；收尾突出「京劇及西洋美聲技巧」，以示「中西合璧」；中間夾雜一些含含糊糊的點評，表明「古為今用」，彰顯文化上的前衛姿態；但作為官方肯定的演出又不能前衛過度，所以加上了「生活哲理」、「現代啟示」這些老套的國家主義煽情模式作為耀眼的道德花邊。在這短短數語的宣傳單上，傳統絕技、高雅的藝術追求、感官刺激、土的、洋的、古的、今的，它都有了。由此而導致編導在雅俗的問題上游移不定，在官方意識形態和民間意識形態之間走鋼絲。在這樣的情況下，當代川劇除了淪落為「好看」，還能帶給人們什麼呢？與其說《金子》是對《原野》的改編，不如說是對它的戲仿或拼貼，在八十年代當代川劇中所具有的那種超驗的、恒久籠罩於歷史上空的那種「個人風格」已然死亡。本來拼貼與戲仿就是後現代藝術的特點，藝術的原創性並不因此而受到損害，去高雅化、去超驗化的文本使大眾文化中文本及其作者的交流和對話成為可能。但必須指出的是，《金子》這樣的作品，它只是一種「準」大眾文化產品，其真正的本質是官方文化產品，由於主流文化霸權橫亙在中間，大眾與這樣的文本對話的可能性幾乎為零，只是依賴回到了「大眾」之中的編劇有限度的、小心翼翼地發出一點大眾的聲音，比如加入

「男人越結越害怕，女人越嫁越膽大」、「真感情要命，假感情要錢」等市井話語。編導們羞羞答答地開啟了一道門縫，卻由於不得不接受官方話語規訓而並未實現真正的超越，將公民社會的文化訴求貫徹到底。其結果就是，《金子》一類的「精品」川劇既不可能保有八十年代當代川劇的純文學血統，也無法承擔後現代大眾文化產品對「公民身份」的表達，成了一個「四不像」。

戲劇動作、藝術探索、保衛傳統的假象正在聚集力量，朝著體制利益的真相衝刺。如果是純粹的商演也罷了，這裡弔詭的是，像《金子》這樣的「官方戲劇」，它要「抱的粗腿」可能還不是觀眾的腰包（北大演出票價最高 60 塊，最低只需 10 塊，這點錢，對於龐大的排演費用是杯水車薪），而是官方的文化錢袋子。為了達到目的，概念總試圖簡化戲劇動作，並將自由戲劇主動納入到有利的意識形態秩序中去。毫無疑問，在簡化和秩序統治的地方沒有戲劇，真正的戲劇應該出現在街頭、廟會那些主流意識形態鞭長莫及的地方或者完全意義上的「持幣者公民社會」。當藝人進入國家劇院，沈鐵梅們成為文化官員和既得利益者的時候，當代川劇就消失了。象牙塔內小劇場演出的「精品」當代川劇只能異化為文化標簽，文化身份的象徵物，文化等級的強化劑。看客們的「看」即是文化身份的表演，與川劇的表演一道成為消費社會文學文本。文學和表演大概仍然是這一文學文本必不可少的要件，至少藝術的名義是必不可少的要件。但這一文本的魅力顯然與「欣賞戲劇」這一生活方式所表達出來的種種生活情緒有關，這些情緒可能是對生活品味、先鋒藝術、校園文化、前衛、小資……所抱有的夢想。而觀眾因觀看精品川劇所引起的種種現場表現和對川劇藝術的關注，又成為了彰顯國家文藝政策的輝煌成就的一個紅色文本。

我們不得不一再面對把「藝術」作為名義，而實際上早已意不在「藝術」的種種行為。當然，在欣賞「精品」當代川劇的同時，我們仍然會欣賞古典川劇，因為我們一如既往地需要找到某種角度來收藏與我們遙遠的相關的某種生活及其情緒。

第四節　消費社會的公民身份表達：新版川劇《武林外傳》

2008 年盛夏，沈寂已久的川劇界又熱鬧了起來。新版川劇《武林外傳》在樂山新又新大戲院正式亮相，該劇由北京聯盟影業有限公司與樂山市川劇團聯合打造，由「川劇第一名丑」任庭芳先生出任導演，並且借「相約北京——2008」奧運文化活動這股東風，於7月6日～10日在長安大戲院隆重登臺。但這並不意味著川劇的「偉大復興」，《武林外傳》的出現，恰恰映證了純文學意義上當代川劇的衰亡和雜糅了小品、相聲、雜技等因素的川劇性藝術的興起。雖然其電視版被評為2007年「十大爛片」，但與《金子》一類的精品大戲相比，《外傳》以極其明確的目標定位承擔了作為後現代大眾文化產品對公民身份的表達。雖以古裝戲為外在形式，它更能與現實生活構成互為表裏的抒情關係，是一個能夠表達網絡時代公民意識的情緒樣態文本。事實上，追溯川劇《武林外傳》的來龍去脈、前世今生，可以更為清晰的勾勒出當代社會戲劇文學性衰落而戲劇的娛樂精神重生的文化軌跡，正所謂「戲劇衰落，戲道生」。

2006年春節來臨之際，由網絡寫手寧財神〔註19〕擔綱的80集古裝武俠電視劇《武林外傳》在央視8套播出，收視率最高達9.49%，此外，在百度等搜索引擎上可以收索到相關網頁400萬篇以上，《武林外傳》的許多經典臺詞成為流行話語。〔註20〕到2008年2月還有許多電視臺在熱播，相關的網絡遊戲也已經開發。如果說2005年「超級女聲」引爆了歌唱大賽的「超女」現象，那麼，《武林外傳》已經成為電視領域一種重要的文化現象。這兩大文化事件的出現，表徵著我們已經進入「後超女時代」。

《外傳》普遍被認為是網絡時代的新情境喜劇，它成功地對網絡詞彙、廣告用語、流行歌曲以及綜藝節目進行了複製和拼貼，其特質可以一言以蔽之：娛樂至上。美國著名學者尼茲·波德曼認為當前這個時代是娛樂替代一切的時代。毫無疑問，這是相當準確的判斷。《外傳》打破傳統的情景喜劇模式，

〔註19〕寧財神檔案：1975年生，住在北京的上海人，被認為是2000年網絡文學興盛後內地第一批寫手之一，與李尋歡、安妮寶貝並稱「網絡文學三架馬車」，以偏京味兒，極強的調侃文風獲得網友追捧，代表作《武林外傳》《都市男女》等。

〔註20〕經典句子：餓服了you，餓輸了you，餓簡直崇拜死了you。
鼓勵時說：我看好你呦。見到使人驚奇的事就說：餓的神啊。要扁某人就說：排山倒海。「威脅」時說：小心我排你啊。
不服誰就說：老虎不發威，你當我是hellokitty。對付gf耍賴就說：演技太差都沒眼淚。同事恭維自己，就說：一般一般，xx第三。朋友恭維gf漂亮就說：太醜太醜，亞姐第九。要打架拼命前就說：照顧好我七舅姥爺。想讓討厭的人離開就說：哥屋恩。得罪了老婆就說：您大人不記小人過，宰相肚裏能撐船，月落烏啼霜滿天，夫妻雙雙把家還。給別人講道理就說：子曾經曰過。調侃女同事就說：拜託，去高麗整個容先。

採用古裝形式，依託時空的錯位，歷史的虛擬，營造了一個類似網絡社區的虛擬空間。該劇的時間設置是遙遠的明代，借用中國的武俠傳統：年輕女俠郭芙蓉初入江湖，被困同福客棧，故事從這裡開始，依次引出佟湘玉、白展堂、呂秀才等性格各異的主人公，發生了一連串戲謔生動的江湖故事。作為大眾傳媒時代文學文本的《外傳》，各種媒介手段都被有效的加以利用。以 MSN 的對話方式作為片頭，接著 windows 開機的音樂，屏幕出現以山水畫為代表的江湖桌面。鼠標點擊窗口，幾個身著古裝的主人公跳躍式出現，這種形式戲擬了網絡時代最常見的場面，戲擬的背後告訴人們這個時代的武林注定了別具一格。網絡空間最常見的操作在於複製與拼貼。《外傳》最大的特點也在於此，它的出爐在於第一次將網絡從技術到文化全方位的介入電視劇，開潮流之先。不僅對傳統流行文化進行複製拼貼，也對時下最流行的各種元素進行了複製與拼貼。一方面採用武俠小說的章回式結構，所有人物的名字來自金庸的小說，另一方面又對流行音樂、頒獎晚會、綜藝節目進行了複製與拼貼，同時吸納了消費時代最重要的媒介——廣告，其中有這樣一段廣告詞：人在江湖漂，誰能不挨刀？白駝山壯骨粉，內用外服均有奇效。《外傳》用最便捷的方式把我們這個時代所有的流行文化一網打盡，在這種形式的背後，是一種在技術支撐下強烈的言說欲望和嘲弄一切的自我意識。《外傳》實際上成了對於不同歷史空間娛樂節目的惡搞，其核心只有一個：搞笑。當我們站在不同的歷史空間看待我們喜愛的娛樂節目，會覺得曾經被深深感染打動過的娛樂節目怎麼這麼搞笑。顯然，公民社會的自我意識構成了這部戲的「意識形態」。

在精神層面，《外傳》解構了傳統武俠的「俠義」精神。例如白展堂頂著「劫富濟貧」的口號，到了關鍵時刻卻犧牲他人保全自己；算帳的呂秀才沒有絲毫武功卻歪打正著地混了個「關東大俠」的稱號。在劇中，歷史不重要，人物命運不重要，甚至推動情節發展的現實矛盾也不重要。在《外傳》這個網絡虛擬空間裏面，作為店老闆的佟湘玉與自己的店小二、女僕、跑堂之間只有一片溫情。作為同福客棧這樣一個公共空間，官員與乞丐普天同樂，都只成為了娛樂的符號；劇中安排的兩段馬拉松式的愛情，佟湘玉與白展堂，郭芙蓉與呂秀才，也全部是「野蠻女友」模式，現實中錯綜複雜的男女關係被一一簡化。正如導演尚敬所言：這部戲就是「用玩笑的口吻、喜劇的姿態反諷武俠」，「我們將那些所謂的大俠以及如何成為大俠的神話一一戳破，就是想告訴人們，傳說中的蓋世高手和武林絕技，常常是憑空杜撰。」〔註 21〕如果說武俠被稱為「成年人的童話」，那麼《外傳》所做的就是打破這個童話。

《外傳》的另外一種顛覆性體現在方言的運用。佟湘玉和捕頭燕小六分別說的是陝西話和天津話，白展堂與李大嘴兩人略帶些東北口音。普通話長期以來作為電視劇的標準用語，遭到了方言的奮起抵抗。方言，是日益同質化世界的異質性表達，是對全球化的微妙反駁，也是對文化暴力的一種反抗。它以載體的形式展示出後現代「地方性知識」的崛起。

仿寫也是後現代文化的重要特徵。《外傳》就是對王朔和《六人行》的一次「仿寫」。呂秀才的房間牆壁上貼著兩張字條，一張寫的是「六人行必有我師」，一張寫的是「看上去很美」，編劇寧財神說這兩幅字就是他的主意。《外傳》的對白，基本沒有一句正經話，白展堂念叨著「手裏捏著窩窩頭，菜裏沒有半滴油」，連燕小六也會耍貧嘴「別拿捕快不當幹部！」滿口都是王朔式的痞子味兒。《外傳》的喜劇結構則是仿寫美國輕喜劇《六人行》。《外傳》開篇：剛從大學畢業出來的青年郭芙蓉踏上社會，學習到了多姿多彩的人生經驗。（寧財神語）而在《六人行》的開篇，則是什麼事情都不懂的瑞秋逃婚出來，開始接觸社會的形形色色。《六人行》中，一夥朋友沒事就坐在中央公園咖啡館的沙發上你損我我損你，到了《外傳》，中央公園變成了同福客棧，沙發變成了長凳方桌，白展堂等一行六人，同樣在客棧裏你損我我損你。

在大眾傳媒時代，只需要找到特定時空範圍內別人還不知道的事件，把它投放到日常生活中，讓每個人以此表達人生在世的種種關切和願望，表達纏繞在人們起居之間的人生情緒——一個審美文本的誕生和閱讀便告完成。精確拷貝現實世界的大眾傳媒向我們提供的「別人的生活」在今天已經文學化，「別人的生活」在以最切近我們所思所想的方式在我們能夠看到的地方發生，因而也最切近地成為表達我們有關生活的情感和興趣的一個個文學敘事。這種新的文學文本顯然有效和直接地表達了公眾的日常情感。它讓人類第一次有機會不必憑藉想像來描述我們對別樣生活的期待和關切。〔註 22〕

大眾傳媒所展開的「現實生活」是高度形式化的，真實地與我們的日常情緒相關，是大眾傳媒製品得以讓自身充分審美形式化的一個基本特徵。

〔註 21〕《聽導演尚敬講述〈武林外傳〉成功的秘訣》，《太原新聞網》2006 年 1 月 6 號。

〔註 22〕蔣榮昌《消費社會文學文本》，四川大學出版社 2004 年版第 26 頁。

作為藝術家的傳媒工作者所做的就是在一片生活的汪洋中找一段生活，把它從當事人身邊取走，以文字、視像、聲音作為媒介把生活當作一個文本來傳達公眾的生活情緒，這也正是媒介事件的核心——讓人經歷不在現場的現場體驗。因此，大眾傳媒製品以經典文學傳統的既有形式構建了器物文本化、個人行為文本化和生活世界文本化的隱喻形式。

正是在這個意義上，《外傳》顯然是一個容量巨大的情緒樣態文本。它一改傳統武俠大奸大惡，大是大非的價值評判標準，從頭到尾沒有出現過一個真正意義的惡人。作者所要表現的是「那些陽光般溫情脈脈的人際關係」。在觀看《外傳》文本的過程中，瑣碎無聊的插科打諢表現了有關日常生活、有關友情愛情、有關煩惱人生的點點滴滴，有關白日夢等等曾經和可能經歷的日常情緒。而虛擬網絡的外在層面，又表達了無數網友「言論自由、網絡世界的巨大力量、公民社會到來」的勝利信念。這是一場庶民的話語狂歡，而狂歡是消費社會的日常狀態，評論家張檸曾精闢地指出，所謂的語言狂歡，恰恰是一種底層存在的生活方式和生活狀態，所以它是最契合消費社會的電視形態。

耐人尋味的是，與 2005 年央視對「超女」的打壓不同的是，《外傳》堂而皇之地在中國最權威的電視頻道播出，央視一改往日的說教姿態，「與民同樂」，個中緣由值得深思。除了真人秀和古裝戲的外在形式差異外，央視轉變姿態最內在的原因恐怕在於「歷史潮流不可阻擋」：在戲仿和拼貼之中，《外傳》的意義不僅沒有喪失，反倒在超驗的意義表述形式一步步解體的過程中獲得了大規模的解放。所有的節目參與者的主體性已在其公民身份處獲得了一種根本的深度。正如利奧塔所指出的，後現代社會每個人都擁有局部「知識」，正如每個人都有自己對《外傳》的看法一樣，顯然這些知識已不可能被任何「淵博」的學者玩弄於股掌之上。《外傳》式的大眾傳媒及其產品最終變成了一個公眾論壇和在這一論壇以種種論辯來確認的公共物品。《外傳》與其說是一個電視劇，不如說更像一個電視行為藝術。它預示著一種即將到來的社會主張——平民崛起的主張。

2007 年，一部由寧財神操刀擔任編劇的話劇《武林外傳》在上海和杭州創下票房記錄後開始搶灘北京，在解放軍歌劇院連續上演 31 場。與電視劇《武林外傳》相比，話劇版《武林外傳》以倒敘的方式講述了一個陰差陽錯、有點「前不著村，後不著店」的故事：衡山派掌門莫小寶出現在牢房，回憶起父親去世的情景。他不願擔任掌門，想讓位於叔父莫守信，但莫小寶的父親臨死前欠債主一筆債，莫小寶必須替父還債，被迫到怡紅院「打工」，與被父親葛三賣到青樓的女子定春偶然相見，債主討債卻被定春嚇死，莫小寶如釋重負。莫小寶與定春互相產生好感，可遭叔父阻攔。二人互相傾吐身世，竟「同是天涯淪落人」。莫小寶被逼出走，後來惹事被抓進牢房，叔父與定春四處尋找。終於，在牢房，定春與牢房看守葛三突然機緣巧合，父女相認，葛三放走了莫小寶。莫小寶與定春花好月圓，兩人幸福地共賞花燈……單從情節看，話劇《外傳》毫無新意。父債子還，賣身救父，封建大家庭對青年前途和個人幸福的干涉，若隱若現的三角戀情，誤入風塵的女子對命運的抗爭……「粵劇殘片」的老套情節來了一個「大拼盤」。與五四時期典型的「現代性」主題——自由、平等、博愛、反封建不同的是，《外傳》對傳統主題進行了新的演繹：原本以犧牲換取自由的抗爭被淡化了，主人公更多是被命運簽著走，但顯然，他們也並非完全被動，而是對生活做出了相當個人化的解釋。

事實上，整齣話劇的興奮點並不在內容方面，混亂蒼白的內容結構拼湊痕跡嚴重，如果說有出彩之處的話，那麼與電視劇一樣，話劇幾乎就是一個當代社會和網絡流行話語的「詞語集中營」！在短短 160 分鐘的時間裏，各種時代詞彙如轟炸般撲面而來，讓觀眾酣暢淋漓的體驗了一回「後現代式的饒舌」。在鋪天蓋地的「語流」中，該劇仍然延續了電視劇裏的招牌語言風格，如：「是你對自己的表達能力沒有信心，還是對我的理解力沒有信心？」「我叫定春，you can call me 春春，勞模 of 怡紅樓」，此外，劇中還出現了「做人不要太 CNN」、「周老虎」等熱門網絡詞彙，「名門正派的擴招現象」和「莫小寶初出茅廬的艱難」等情節暗喻現實中的「擴招」和「大學生就業難」等社會現象。

形式上，整個舞臺將說書、相聲、戲曲、電影、武打、街舞、流行歌曲、肢體表演等因素融為一體，更像一齣「舞臺劇」，而非單純的「話劇」。

話劇的海報這樣寫道：

> 寧財神親自編劇，電視劇《武林外傳》前傳，故事與電視絕不相同，現場搞笑方式更具衝擊力更戲劇化！
>
> 沒有正襟危坐滿口仁義道德，有的是神仙眷侶感天動地
>
> 沒有年薪學歷結婚買房，有的是理想生活暢遊無阻
>
> 小人物生活視角排解生活中壓力與煩惱的大問題

喜劇江湖中久違的「世外桃源」
笑得人仰馬翻，笑得有品有位
既然改變不了什麼，還不如好好活著
你想參加武林大會，親身體驗武俠世界的精彩玄妙嗎？
話劇現場為您蓋章入派，歡迎各路英雄好漢一起笑傲江湖！
2006 年創下全國收視紀錄的電視劇《武林外傳》之前傳
想知道傳說中的莫掌門是如何命歸西天的嗎？
想知道佟湘玉是如何嫁進衡山派的嗎？
想知道「小姐」是怎麼來的嗎？
想知道……寧財神接著講述……

正如作者自己承認，寫話劇劇本的初衷跟當初寫電視劇是一樣的，那就是娛樂大眾。而宣傳海報也突出了一個「笑」字：月圓之夜，兩大高手對決於紫禁之巔，肅殺的氣氛中兩位主角的對話卻令人噴飯……這樣的場景，屢屢出現在話劇中，創下了 160 分鐘讓觀眾爆笑 450 次的記錄。與電視劇相比，話劇更注重與觀眾的互動。一開場，燈光全部熄滅，伸手不見五指，只有無數的圖章隱隱發出幽暗的綠光。一個古裝上印滿 LV 標誌的債主上場，他自稱受大家所託主持武林大會，然後就開始問：「華山派來了沒有？少林的呢？」原來，觀眾們一進場就被打上各大門派的章，變身為各大門派的弟子。這種設計，讓觀眾享有無與倫比的參與感，這也是話劇在北京、上海等地備受歡迎的原因之一。

就在話劇方興未艾之際，川劇版的《外傳》緊鑼密鼓的開臺了。2007 年 3 月，北京聯盟影業仗著《武林外傳》在電視劇、網絡遊戲、話劇等系列產業開發上取得的成功，決定嘗試做戲劇版，首選川劇。四川省文化廳向他們推薦了樂山市川劇團，因為樂山市川劇團是目前川劇行業發展得比較好的團體，有實力將其打造好。樂山市川劇團根據話劇版本的《外傳》將其以川劇形式演繹。導演任庭芳在首演前接受新浪娛樂的採訪時表示，該劇絕非傳統的川劇，而是可以用新版來形容。任說：「川劇版《武林外傳》突出一個新字，所謂新版川劇的稱呼正是我們在劇中把藝術與時尚相結合，讓一些流行元素與傳統相融合，而不是簡單相加。《武林外傳》是一部家喻戶曉的喜劇，而川劇恰恰最適合喜劇表演，二者結合最為合適。」與話劇不同的是，川劇《外傳》採用四川方言與川普相結合，表演中將川劇中具有代表性的藝術都展現出來了，如變臉、吐火等。

用樂山市川劇團團長衛明的話來形容川劇參演《外傳》就是「借勢突圍」。而聯盟影業製作人趙森則表示「在全國各地的戲劇中，川劇的絕活最多，有變臉、吐火、水袖、藏刀、滾燈等，這些元素的添加，將會使整個劇目增加光彩，這也是為什麼我們要選擇川劇作為打造《武林外傳》戲劇版的主要原因。」〔註 23〕很顯然，這是一次互利雙贏的合作。事實上，川劇太需要《外傳》這樣的「我們這個時代」的作品了！

川劇版《外傳》內容與話劇基本一致，語用上以四川話為主，夾雜大量「川普」和時代流行語，諸如「不懂得海皮（英語）的人生活還有啥子情趣！」「反正還沒過門，大家競爭上崗」，「跑得快，當棒棒嗦？」試看莫小寶與定春相逢一場戲：

畫外音：機會是給有準備的人……

莫小寶：是，我從衡山派準備到了怡紅院，由掌門人準備成了大茶壺了！（抹到箱子，無奈地敲擊）機遇，機遇！（箱蓋忽開，忙按定）吔，遇到長江 7 號了嗦？（小寶疑惑的放開箱蓋，下意識敲擊，箱蓋大開，定春歡叫中跳出，嚇得小寶癱坐在地。）

定春：（起身大喊）Surprise！（跳出，舞動手絹扭動身軀，如球場啦啦隊般）

Onetwo three four（三節棍音樂）

（唱）歡迎歡迎熱烈歡迎，（川普）

歡迎你拋妻別子不管老幼再次來光臨。

商賈巨富販夫走卒記者官員大師明星

個個待遇都平等，熱情奔放青春健康慨不賒帳我永遠都是你心上人……

短短一節，糅雜了主流話語、電影、流行音樂、英語、美國籃球啦啦隊等元素，整個戲就是這樣不是靠情節推動，而是靠「抖包袱」來推動，各種語彙將空間塞得滿滿的，人物、性格、情節……這些戲劇體詩賴以存在的關鍵要素都被淡化、隱去，展現給觀眾的是一個話語集中營，整個戲像一個容納五光十色現象的巨無霸，吸，吐，吸，吐……

從文學性的角度看，劇情基本是一齣鬧劇，沒有起承轉合，幾乎沒有稱得上可以推動情節發展的「戲劇衝突」，這樣的戲，當然是「非文學」的。

〔註 23〕《華西都市報》7 月 6 日娛樂版。

從這個意義上講，寧財神並不懂戲劇，也談不上什麼「戲劇文學修養」，他只是「按照感覺來寫」，並且用他自己的話說叫「走了狗屎運」。顯然，走運絕非偶然，他跟著感覺走的「感覺」正是公民社會小人物平凡而真實，生活中隨處可見的情緒樣態。《外傳》正是表達一個個這樣的情緒樣態的巨型文本，它也許是一個「四不像」，但生活中的種種情緒、觀念都可以在這裡找到面影。別忘了，消費社會主流的藝術樣式正是已被「放在活生生的社會關係之中」（本雅明語）的消費物品的可視可觸的萬千形態。而大奸大惡之徒的消失，生活中小算盤、小滑頭的層出不窮表明了：真善美依然在場，但這已絕不是某個英雄以犧牲的方式穿越重重黑暗帶給公眾的一份慷慨饋贈。「公民社會」在體制層面所獲得的強有力表述，使得「道成肉身」的時代必須由英雄以犧牲的方式加以表述的公眾生活的正義理想和神聖價值，從僅僅被閱讀和具有感召力的種種文字文本樣式處如潮退去〔註 24〕。消費社會或全球化的市場經濟時代已經撤走了讓英雄的巨大身形得以展現的廣場，真正的中心或神聖價值的表述者，現在是隱退到看不見處的市場。市場體制和這一體制賴以為生的憲法——近代貨幣——已經體制地表達了啟蒙英雄們試圖用語言和身體加以表述的正義和真理。拯救和啟蒙的力量現在掌握在一個體制化的表述體系手中，它們是民族國家內部的民主政治、市場經濟、社會福利體系、全球化浪潮中由資本首先構築起來的全球公共空間和以聯合國為代表的國際權利。正如劇中出現的「債主」（貨幣）、太平洋保險和法庭審判。試看下面一段：

莫小寶劫持學齡前兒童，被捉拿進大牢，判決在即。

債主：我算是曉得小寶朗個走到今天這一步了。

莫守信：法庭之上，紅木小錘往下一敲，小寶驀然回首，思緒萬千，家國情仇千秋大業，談笑中灰飛煙滅，閃光燈頻閃，小報記者如潮水一般湧上來，《法制進行時》欄目四架機器同時開轉，四名法警一前一後，將其推出午門，小寶下了囚車，卸下頸中木枷，往臺上那麼一跪……轉眼時辰已到，監斬官扔出令牌，兩名儈子手，高舉鋼刀！

債主：你等等，一顆腦袋，要兩名儈子手幹嘛？

莫守信：弄個大的事，一個人哪成？只見兩人高舉鋼刀，氣蘊丹田，虎目含威，腳踏七星步，突然間，同時一聲暴喝：兩隻小蜜

〔註 24〕蔣榮昌《消費社會文學文本》第 32 頁，四川大學出版社 2004 年版。

蜂啊，飛到花叢中啊，飛啊，樸樸，飛啊，樸樸，……好，今天你來吧，給我留條裏脊，烤到八分熟，千萬別忘了放孜然喔！

債主：你這是砍人還是殺豬吶？

莫守信：鋼刀在半空中劃了一道漂亮的弧線，小寶眼看人頭落地，說時遲那時快，耳邊忽然傳來一聲銀鈴般的大喊……

債主：刀下留人？

莫守信：太平洋保險保太平嘍！

所有臺詞都是日常生活化的（網絡用語尤其多），既沒有犧牲者也沒有救世者，每一個人物好像我們身邊都能找到。這樣一個文本的意義不會僅僅憑藉作者宣布這種揭示的姿態自動得到彰顯，它必須是贏得公眾授權後才宣告成立的東西，也就是說，必須是在公眾的欣賞後意義才能在公眾心中產生。公民社會的建立已經摧毀了藝術的邏格斯中心主義，摧毀了經典藝術品作為美的發現者和給予者永恆地站在崇高的位置上以一種體驗模式籠罩一切的狀態。甚至演員，也不再是過去舞臺上看上去三分像人七分像神的偶像，他們已經平凡得像是身邊的張三。

更進一步來說，劇中擁擠著大量的信息符號、影像，詞語的所指和能指不再固定，而處於與語境共生、轉換的狀態之下。在奔流不息的日常生活中已高度複雜的日常生活語言交流並以交流作為其生活方式核心的消費社會大眾文化，每天都在發生的能指的飄移、符號和影像的混雜本身即是意義豐富多樣的表現形態。一切邏格斯中心主義的表述傳統和宏大敘事已演變成為消費社會的社會結構邏輯，即日常生活經驗合法性的來源。因此，我們在消費社會丟掉的不是意義或深度本身，而是那種曾經主宰了意義和深度的歷史性表述形態的表述傳統，那種被我們叫做邏格斯中心主義或形而上學的傳統。進一步說，消費社會及其大眾文化的深度已經不是一種可以外在的加以尋獲的對象。它已經植根於每個人如此舉手投足得以可能的根據處，植根於每天都在昭顯的普遍有效的公民身份之中。誰說《外傳》不是先鋒戲劇？

第五節　《火焰山》：古典川劇的高端消費

大眾傳媒時代文學文本的革命性變化，實際上已經使傳統的文學文本徹底邊緣化。大眾在日常生活中固有的情緒樣態已經與前消費時代迥然不同。八十年代充滿人道主義和理想主義色彩的文學的當代川劇即使仍以文學的名義、藝術的名義出現，但「文學性」已經不是一齣戲作為一個「文本」其感染力是否強勁的關鍵要素。既然按照舊的文學觀框定的「非純文學文本」正在以最切近的方式表達公眾生活中無處不在的情緒和關切的地方，那麼非文學的古典川劇在這個時代仍然可以以某種獨特的、前所未有的方式構成一個文本表達我們的情緒樣態。由於大眾傳媒和消費社會所表徵的歷史生活的深刻轉變，人類生活本身的符號化和多重文本化使古典川劇成為表達公眾人生夢想和情緒的文本成為可能，而這一任務在前消費社會似乎是古典川劇早已無法勝任的。

《火焰山》本來是四川省川劇院的一出新編川劇，它以《西遊記》中孫悟空三借芭蕉扇，助唐僧安全經過火焰山的故事為藍本改編而來，以表演為核心，所以應歸入「古典川劇」。2006年成都召開中國西部文化產業博覽會，期間省川劇院搭起180平米的舞臺，連演四天《火焰山》，讓八方賓客領略川劇的風采，沒想到居然引來五份訂單！一次偶然的嘗試，打開了四川演藝的另一片天：演出劇目第一次獨立開發歐洲市場，第一次有演藝產品在歐洲推廣，第一次在海外聘請演出代理。

四川對外演出不少，但多是「半公半私」，即一個劇院的劇目搭車政府對外交流活動，順便商演。這樣「搭車」直接體現在運作程序上，由於是依託活動找市場，因此劇目演出合同的簽訂大多只是對演出的要求以及演出場次等，演出費用結算也基本體現在路費、食宿等日常開支上，真正的演出收入並不多。這樣的運作方式其實是推廣四川文化，並不能體現四川演藝與國際市場真正接軌。《火焰山》是四川演藝第一次真正意義上的商演，法國人在川劇歐洲行之前交來2萬元定金，成就了四川演藝第一次國際化規範商演。「演藝業的國際化操作都是要交定金的。」省川劇院院長陳智林坦言，川劇出了那麼多次國，但收定金還是第一次。「要習慣後付錢的外國演出商先給錢，劇目本身的市場性是關鍵。」〔註25〕《火焰山》是法國人自己找上門的，劇院根據他們的要求生產了一臺劇目。「初稿」出來，法國演出商比較滿意，很快簽了合同。不過讓劇院意外的是，演出商自己提出了要求：先交兩萬元定金，川劇院收到錢後，雙方再進一步完善劇目，成為一齣真正的歐洲商演劇。就這樣，劇院收到了有史以來的第一筆海外定金。沒有「搭車」，沒有「貨到付款」，第一次四川真正意義的海外商演，由「以銷定產」的新模式無意促成。法國方面先派專家來蓉，

〔註25〕《川劇赴法藝術節，再現中國經典故事》，《華西都市報》2007年4月28號。

定下故事大綱及具體細節，省川劇院用了兩個多月時間連排。整臺戲曲中，變臉、吐火被巧妙融入劇情，而孫悟空的飾演者工夫了得，全場摸爬滾打，在板凳上與牛魔王斗法的一場戲，更是展現了中國武功及川劇技巧的魅力。

《火焰山》在法國的演出引起轟動，好評如潮，商業售票率達到 80%。更重要的是，根據劇情臉譜繪製的 T 恤衫成了搶手貨，川劇臉譜圖書《幻化大千》也開始海外發行，從而開闢了川劇產業化的新路子，附屬產品搭車海外銷售。

圖片為省川劇院在法國演出盛況。（圖片來源：四川省川劇院資料室提供）

《火焰山》無疑是古典川劇進入文化產品消費鏈條的一次成功範例。其成功的重要原因除了日益成熟的文化產品消費市場和國際上健全的商業機制外，《火焰山》作為一個能夠表達人們某種情緒樣態的文學文本也不可忽略的。戲劇演出就是一種典型的遊戲性文學文本。在外國觀眾觀看演出的這一場景中，舞臺上的神話情節、精彩的打鬥、水袖、變臉、吐火等川劇絕活作為一個被觀眾閱讀的文本自始至終表現了觀眾有關正邪較量、有關東方傳說、有關異國風情之類人生曾經和可能經歷的日常情緒，舞臺上的表演在此已被置放在「文本」的位置，而觀眾因看戲引起的種種現場表現，比如鼓掌、歡呼、流淚等等連同表演一起構成一個更大的「文本」，被囊括進新聞報導，成為其他觀眾表述自己親臨現場、激情觀演之類情緒的強有力文本，而不同國家的不同觀眾都對這齣戲報以極大熱情與喜愛這件事本身，又是表達「越是民族的就越是世界的」、「戲劇是人類共同的語言」、「傳統文化發揚光大」之類人類情懷的一個聲勢宏闊的製作……

事實上，像《火焰山》這樣的古典川劇高端消費基本上只有在國際市場上才有可能。國內除了官方的文藝評獎性演出，在北京、上海這些成熟的文化消費階層已經培養起來的城市的實驗劇場裏上演的幾乎都是「純文學」本質尚在的「當代川劇」，儘管在廣義大眾傳媒時代，「當代川劇」與「古典川劇」都是「文本」，都在以不同的方式表達人們生活的日常情緒，具不具有傳統意義上的「文學性」，符不符合黑格爾的戲劇理論，有沒有啟蒙理想和人文精神，是以演員為核心還是以編劇為核心都不再重要。現在，大眾的主體性、大眾生活的意義之維不在精英人士或理論家、藝術家的文本及其製作活動之中被表述或受到守護。今天的文化本身（當然包括川劇文化）在大眾傳媒和市場經濟條件下已經日益鮮明地展露出在前大眾傳媒及前消費社會時代隱藏起來的文本特性。我們似乎可以更好地懂得車爾尼雪夫斯基所說的「美是生活」：審美性在大眾消費生活中無處不在。

第六節　漂浮的空間：從順興老茶館看古典川劇的中端消費

先看一份筆者所做的「田野調查」報告：題目——順興老茶館中的傳統藝術

時間：2007 年 7 月 11 號

地點：成都國際會議展覽中心三樓順興老茶館

調查內容：順興老茶館的茶文化及傳統藝術表演

調查方式：實地考察

調查消費：人民幣 58 元

調查報告：提前預約了觀看 8：30 的藝術表演的座位，晚上 7：30 左右到達順興老茶館。茶館在現代化的會展中心裏面裝修成傳統茶園樣式，大門上對聯一幅：古今皆品茶，中外同賞戲。跨進大門，裏面別有洞天：堪稱一座集明清建築、壁雕、窗飾、木刻、家具、茶具、服飾和茶藝於一體的茶文化歷史博物館。前臺發給遊客的預約名片上赫然印著：【服務項目】四川老蓋碗茶／巴蜀名特小吃／巴蜀風味川菜／民俗婚宴壽宴／川劇變臉吐火／雜藝茶道表演／名家字畫展示／民間藝人獻藝／古玩珍品攬勝／民間絕技表演。嵌於館內青壁上的九幅 3×9 米浮雕再現了臨江古鎮景觀、市井院落風貌、老茶館風俗特寫、舊時水井渚像等川西民風民俗和建築藝術，頗有《清明上河圖》的韻味。浮雕前擺放有老式的風鼓車、雞公車，以供遊客拍照留念。同時設有攤點出售頗有巴蜀特色的民間飾品和茶館紀念品。茶館內設小吃區和茶區，小吃區為遊客提供各種巴蜀民間小吃。最具特色的是茶區設置：大堂內搭了一個戲臺，背後是以川劇臉譜做的三星壁，戲臺面對的觀眾席擺放的是明清樣式的竹椅、木桌、蓋碗茶具，以便茶客一邊喝茶，一邊賞戲。每個桌上都有一個小牌子，上面寫著預訂者的名字，座位是由票的等級而定。演出還未開始，便有不少遊客陸陸續續地來了，好奇地在戲臺前拍照。8：30 分，演出開始。座無虛席，連過道上都站滿了人。觀眾裏面有大概八成以上是外地遊客，本地人幾乎都是消費的中上階層人士。大概為了與國際接軌，報幕採用普通話和英語雙語報幕。觀演過程中，茶博士挨座位添茶水，茶館內專職的提供掏耳朵、修指甲服務的服務員在一旁逡巡。整個演出 59 分鐘，表演項目依次為：一，歌舞《俏花旦》；二，茶藝表演；三，魔術表演；四，川劇小丑戲《皮金滾燈》；五，舞蹈《錦江踏歌女》；六，手影戲；七，二胡演奏；八，壓軸戲川劇變臉吐火。

透過這份報告，我們看到了一個前所未有的消費社會「超」空間，一個消費社會文學文本。在消費社會裏，生活本身巨大的隱喻結構因為商品的符號—實用關係在消費社會結構邏輯裏得到前所未有的揭露而成為我們每天身處其中的基本生活現實。現實生活的審美呈現已成為現實生活呈現其自身的主要方式。喝茶本是成都人日常生活的一個重要組成部分，但在消費社會裏面，在順興老茶館這樣的後現代空間中，它以審美的方式呈現出來。消費社會主流的藝術樣式正是已被「放在活生生的社會關係之中」的消費物品的可視可觸的萬千形態。在這樣的文化邏輯裏面，亦即在藝術家與別人都是在同一個「公民身份」裏活動這一根本的生活秩序之中，藝術家已不可能是「別人」身份的一個給與者，而藝術品作為消費物品也不可能意指著某種不會在交易當中出場的與個人的實用目標（裝飾、審美的）無關的公共審美境界的昭告者，某種具有人類意義的對美及其真理的昭示。因此生活與藝術之間界限的消失，在藝術家及其作品這裡，意味著藝術工作及其作品在生活當中的實用價值與其審美價值的重合，意味著藝術創造原來持有的對於「全人類」或「永恆時間」而言作為昭告、發現、創造或賜予的神聖意義，已在「公民身份」的體制性表述這裡轉化為一件庸常工作，亦即一種為藝術品消費者提供其審美價值為消費者所認可的商業製作和交易的工作。在這裡，誰能否認兩位表演茶道的茶博士的藝術家身份呢，他們的藝術品就是拿著長長的茶壺，以精湛的技藝為茶客滴水不漏地斟茶的工夫。在此，「斟茶」的實用性與審美性是重合的，它的審美性已無法像前消費社會那樣獲得歷史的超越性，它被還原為生活本身，一個小時的藝術表演就是人們一個小時的喝茶時光。純審美文本在現代社會已然與實用目的剝離開來的聯結點在後現代社會又重新黏合上了。

生活與藝術的界限在消費社會的消失對於古典川劇來說意味著某種更深的變化——這就是，古典川劇的審美資源被碎片化並且被挪移到一個新的文本當中，充當了這個新文本的一個部分。比如變臉、吐火等手法原先是古典川劇達到劇場性的必須，但現在成為了一個狂歡場面的一部分。這些曾經的川劇藝術表演家一如既往的藝術追求再也不是在經由一個先知式的發現或創造來給予讀者一個「審美者」的身份，而是在作為消費社會藝術製品的製造人和供應商，向作為鄰人的別的消費者提供「實用」功能即是裝飾或審美，因而其品類較為獨特的消費物品。那麼，這個由茶藝、川劇、民俗風情組成的五色雜陳的文本到底是一個怎樣的文本？要分析這個文本就必須對順興老茶館這樣的後現代空間的本質有一個清醒的認識。

說到成都，人們就聯想到成都的茶樓文化：長嘴壺、蓋碗茶、漆方桌、青磚平房、竹林環繞以及麻將聲、茶館的吆喝聲承載了濃厚的川西壩子的民俗風情。沙汀的小說《在其香居茶館裏》更是形象地揭示了傳統茶館的本質：在農業社會的背景下，它是一個時空一體的有機空間，有著明晰的社會關係背景；它是一個聚集了巨大的社會關係能量和歷史信息能量的公共空間；它是一方「碼頭」，是組織有序的社會地方勢力最重要的公共活動場所，它的自然時空被牢牢地鉚釘在社會關係的空間方維和社會歷史的時間軸上。從 20 世紀 90 年代開始成都的茶樓從根本上突破了傳統茶館的根本格局。像順興老茶館這樣的高檔茶樓，實際是一幢大廈中的一層，加上精心裝修，高級窗簾、幕布的圍合環繞，有一種「與世隔絕」的效果；內部又是洞天式的景觀和置身空間，比如順興老茶館的仿古裝修，曲徑迴廊、間隔琉朗，空間優游，小橋流水，加上浮雕、青瓦、銅環大門，門上金黃的玉米棒子和鮮紅的辣椒，繫著迎親彩綢的雞公車，讓人彷彿置身於川西一個民間古鎮，配以音樂、器皿、燈光乃至茶樓小姐的穿著和走動，讓人感覺茶樓內的時空節奏與窗外自然世界的時空節奏、歲月輪轉毫無關係，有一種不知今夕何夕，歲月停滯的感覺。其次，像順興老茶館這樣的現代茶樓沒有社會關係背景的緊密纏繞。遊客們一批批的來，茶客之間、茶客與工作人員之間彼此熟知的關係紐帶斷裂了；關係的陌生化、碎片式的碰面，使得茶樓從時間深處剝離出去，成為永恆在現在中的碎片。在順興老茶館中，如同詹姆遜所說：「現實轉化為影像，時間割裂為一系列永恆的當下……那是這樣一種狀態，我們整個當代社會系統開始漸漸喪失保留它本身過去的能力，開始生存在一個永恆的當下和一個永恆的轉變之中。」〔註 26〕

同時，順興老茶館還是一個高度「仿真」的空間，它是高度藝術化、情調化的，它的燈光、音樂、拼貼式的裝飾使之成為一個完全人工化的空間；但作為一個身體可以置身其間的物理空間，它又是一個絕對真實的洞天。根據鮑德里亞的「仿真」理論，「仿真」成為實實在在生活世界的一個部分——「模擬的東西可能會讓人感到比真實的東西更加逼真，甚至比真實的東西更好。」〔註 27〕在順興老茶館裏消磨一個晚上就能最集中地將川西民俗風情文化

〔註 26〕弗雷德里克·詹姆遜：《晚期資本主義的文化邏輯》第 409 頁，三聯書店 1997 年版。

〔註 27〕約翰·斯道雷《文化理論與通俗文化導論》第 255 頁，南京大學出版社 2001 年版。

囊括胸中，吃的、喝的、玩的、聽的、看的，麻辣的川菜、甘冽的川茶、美麗的川妹、精彩的川戲，它都有了；在這裡，模擬與真實發生「內爆」，真實與想像不斷倒向對方，結果是令人感到現實與模擬之間沒有任何差別。

圖片為順興老茶館的川劇歌舞表演。（圖片來源：作者攝於 2007 年 7 月）

順興老茶館這個器物文本說到底，即是包含著某種品味、格調或形象的文學文本。這樣一種獨特的文本特點是順興文本不能被別人抄襲和忽略的地方。它的合法性即是以消費者公眾的共識為根據建立起來的對新生活品味的不斷發現，這種生活方式或品味是去茶館的消費者們「可能的生活」。而生活的品味說到底即是一種生活的情緒樣態，或者說某種生活方式所表現的生活者的主體性特徵的自身呈現。這個文本的魅力在於兩個方面：其作為一個實用文本的品質和作為一個隱喻文本的品味。作為一個實用文本，順興老茶館無疑是一個相當舒適的高檔茶樓，在這裡可以獲得比去普通茶樓更豐富的精神享受，因為它有以古典川劇絕技為亮點的招牌演出；作為一個隱喻文本，它表達了消費者對一種可能的「好」生活的嚮往，即富庶的天府之國那種逍遙自在、有鹽有味的生活——這裡有美味佳餚，有管絃絲竹，有才子美人，有高人絕技，茶館文本所昭示的就是這裡的生活就像一個悠長假期，安逸而慵懶，但它並不如白開水般乏味，逗笑的滾燈、神奇的變臉、驚險的吐火都傳達著這樣一種情緒：這裡的生活多姿多彩，火爆得很！在人們被競爭激烈、腳步匆匆的主流生活方式壓得喘不過氣來的今天，順興文本絕對是宣洩了人們的疲憊，表達了對「享樂主義」生活的渴望，傳遞著以一種休閒和知足來反叛這個高歌猛進的時代的快感，正如在壓軸好戲變臉時配的川江號子音樂即是這個文本的點睛之筆。

在後現代消費社會中，原本具有「高臺教化」這樣嚴肅的社會功能的古典川劇被大量的複製、傳播、拼貼、戲仿，這些特徵不過是大眾文化作為一種公民文化本身所具有的特徵。順興老茶館中的古典川劇消費是去神聖化、去高雅化、去超驗化的。那些跨越時空的亙古經典已不再是消費社會的標準文本樣式。無論是潘金蓮的罪與罰，還是諸葛亮的悔與痛，都是讓觀賞者在這兒看到某個像現實那樣而不是現實的文本。而順興老茶館這個文本的娛樂力量就在於它以最「栩栩如生」的方式成功地構建了強有力的文學文本。亙古不變的真善美樣本已經遺失在偶然、片斷、轉瞬即逝的個人經驗之中。

第七節　草根的力量：川劇吉普賽人與路頭戲

在《讀書》雜誌上曾讀到過一篇題為《路頭戲的感性閱讀》的文章，該文是作者傅謹為他的一本書《草根的力量——台州戲班的田野調查與研究》所作的評介，提出了戲劇的民間生存的問題。它讓人不得不再次關注川劇的民間生存形態——火把劇團。

火把劇團的稱呼來自於文革期間，當時傳統的川劇劇目在公共演出場所被禁，但偏遠的農村卻在私下演出，因常在夜間，需用火把照明，漸漸有此稱呼。現在的火把劇團就是在 20 世紀 90 年代後，在國營川劇團逐漸解散、演員下崗後自行組建的民間演出組織。成都還有三四個火把劇團，一般都在老居民區的茶館裏演出。川西農村還有一些火把劇團，為鄉鎮居民演出。現實的壓力迫使這些劇團居無定所，就像川西平原上的風，說來就來，說去就去。劇團的演員住的是千家鋪，吃的是萬家飯，被稱為當今川劇的「吉普賽人」。所謂忙時吃乾，閒時吃稀，旺季聚，淡季散是火把劇團的一般規律和特點，如同黑暗中的火把，可以燃燒得很亮，然而風一吹就隨時可能熄滅。為了更真實地反映他們的生存境遇，以兩個實例來說明。

第一個是記錄片導演徐辛拍攝的《火把劇團》。這部紀錄片講述的是川劇演員王斌帶領「火把劇團」艱難生存，又不得不面對被社會淘汰的命運。開頭就是一個人在倒茶，白色的茶碗和在門口賣票的王斌。與曾經川劇團的同事李保亭開的熱火朝天的歌舞團相比，王斌的劇團顯得異常冷清和落寞。他們在老居民區裏的茶館裏演出，一場演出 3 個小時，需要十幾個演員，3 元錢的門票中還有 1 元是茶水錢。光靠門票收入是難以為繼的，並且還得操心演出執照、地點和遭遇演出停電等問題。為了生存，他們甚至上門為辦喪事的人家表演變臉。當賴以為生的茶館因為城市改造而被拆遷時，演員們看到劇團大勢已去紛紛改行，有的去跳舞，有的去做小生意，在市場經濟的衝擊下，傳統文化和生活方式都在一天天被改變。在去別人家表演變臉的路上王斌和出租車司機聊起了川劇，司機討好地說，川劇變臉都上春節晚會了，連劉德華都去學，一定很有前途。可當王斌告訴他現在只有他們在唱川劇時，司機不經意間說出了實話，「我看川劇遲早要絕種的」，晃動的車廂裏，王斌的背景讓人感到有些悲涼。與王斌境況形成鮮明對比的是李保亭，原來也是唱川劇的，如今已經告別川劇舞臺，改行表演歌舞，在狂歌勁舞下的李保亭，獲得了臺下年輕人的掌聲。與此同時，王斌的舞臺下的老人們有些卻已經昏昏欲睡，這個一直堅持以川劇表演為生的人，面對預知的結局，無論是執著向前，還是抽身而退，其實已經不那麼重要了。在《火把劇團》之前，徐辛已經拍攝過記錄江蘇東海縣房山鎮基督教堂的《房山教堂》，記錄江蘇泰州茅山鎮廟會的《馬皮》這樣的民俗題材的片子，但顯然他記錄並不僅僅是民俗，而是即將消失的生活方式。

目前，民間川劇團的生存狀態舉步維艱：內部要克服旅途、生活、演出上的種種困難；外部，到一個地方演出，首先得向當地政府申請，派出所備案，電力部門同意，還要與當地勢力團夥打交道，方方面面打點好了才能進行演出。《中國西部》上的一篇報導真切地表達了這份辛酸況味：

> 老甘是「玩友」出身，因喜歡川劇，便將下崗而生活無著落的川劇演員組織起來，成立了「火把劇團」。在這個自負盈虧的劇團裏，老甘既是領導又是演員。劇團一般只有幾個固定的人員，大部分演員臨時請來，「打響就唱」。只要有人掏錢買票，即使在鄉間的壩子、田間、路邊，他們會馬上化妝，很快進入角色。他們演出的成本不高，票價低廉，多則三五元，少則一兩元……

老甘很會玩班子，刮起了「一元看川劇」的風暴。來看戲的人確實多，樸實厚道的村民，扶老攜幼，爭相來看演出。當然，也有出不起一元錢的人，站在窗外「偷」看。民間川劇團的演出，聚集著村鎮的人氣，許多小商販也來湊熱鬧，場內的鑼鼓聲、唱腔，場外的叫賣聲，構成了一道古樸厚重的川西民俗風情。

老甘劇團的演員是流動的，大多數為事先預約：在某某鄉，在某某場，什麼時間趕車來演出。演員們的下榻之處，不是賓館、旅店，而是在臺前臺後的空隙之處。演出完了，拉一個個景片，或者拉起一道道塑料布，便隔成一間間「房子」，再拉兩個箱子，搭上板子，就是一張床……

記者拍下了這樣一張照片：一個鄉村簡陋的房前，「火把劇團」裏一個上了年紀的演員，正拿著土碗在桌上的甑子裏盛飯，嘴裏卻喃喃地說：「這碗飯不好吃啊！」〔註 28〕

以上兩個報導，都以影像的方式記錄下了古典川劇的低端部分在現今的窘況。火把劇團實際上就是一種「路頭戲」，顧名思義可以在田間路頭演出，按照傅謹的說法：「多數民間戲班演出時並沒有劇本，演出的依據只是一個簡單的提綱……具體的對白和唱詞，需要由演員自己視劇情發展自由發揮。」〔註 29〕火把劇團的演出顯然還停留在傳統農業社會背景下的演出模式，它與順興老茶館這種大商業環境中的商演迥然不同。在消費社會來臨，消費文化全面侵蝕的社會文化環境中，火把劇團還能堅持下來，一個最根本的原因即使傅謹所說的「草根階層的精神信仰與心理需求。」他指出：「民間對路頭戲的情感記憶雖然無從表達，但畢竟仍積澱於集體無意識，並沒有因精英文化及官方意識形態對劇本戲一邊倒的支持而消解；而草根階層的精神信仰和心理需求，並不寄託於根據另一些人的觀念趣味構築的戲劇之城。只要民眾擁有自己的部分權力，他們就會用自己的方式，清晰地表達他們和創作劇本戲的精英文人精神領域的疏離。」〔註 30〕草根階層是社會的底層，包括城市貧民、打工者、偏遠鄉鎮的農民、收入較低的老年人，這些人的情緒樣態是無法通過金碧輝煌的國家劇院裏的當代川劇來表達的，也不可能通過順興老茶館

〔註 28〕鄧翔《川劇吉普賽》，《中國西部》2005 年第 1 期。
〔註 29〕傅謹《路頭戲的感性閱讀》，《讀書》2002 年第 4 期。
〔註 30〕傅謹《路頭戲的感性閱讀》，《讀書》2002 年第 4 期。

那樣的商業文本來宣洩，民間的話語系統與精英式的國家話語系統以及後現代的公民社會話語系統是不同的精神譜系。作為社會的弱勢群體，他們的訴求同樣是民族心靈史和思想史不可或缺的一個部分。因此，文化的「小傳統」具有孱弱而強大的力量，如同平凡柔弱的草根卻有著堅韌的生命力，它始終是一條湧動的潛流。這再一次折射出在當前中國的文化地形圖中多條精神脈絡並行又交叉的複雜現實。

第八節　川劇性蔓延與播撒

遊走在都市邊緣地帶的火把劇團的生存無疑帶著某種悲壯與傷感，它就像一曲輓歌，固執地發出自己渺小而微弱的聲音；與其說它是一種現實，不如說它是一種姿態，一種保衛傳統記憶的不妥協姿態。事實上，不僅是民間的火把劇團如此，即使是號稱「川劇窩子」的悅來茶園也是「落花流水春去也」的慘淡經營。作為成都的川劇演藝中心，悅來茶園建於清光緒三十年（1904），是「三慶會」的駐演地。最繁盛的時候，這裡有 500 個座位，演員在臺上唱一句「誰是我的意中人？」，底下幾十個人搶著喊：「是我，是我。」而如今，「過一年就少一排觀眾」。〔註 31〕按照魏明倫的看法，90 年代川劇的衰落是和整個中國戲曲藝術的衰落聯繫在一起的。他認為這已經不是一個劇場的時代，劇場的方式注定了高投入低產出。川劇變臉大師彭登懷認為，90 年代以來，川劇界一味地排大戲，以折子戲為主的小舞臺演出越來越少，到北京、上海演出的大戲又不可能永遠演下去，川劇就慢慢從老百姓生活中淡出了。無論是魏明倫還是彭登懷，他們都看清了一個現實：無論是古典川劇還是當代川劇，劇場演出已經缺席於我們的日常生活，在廣義大眾傳媒時代，無論是尋根還是先鋒，無論是古典川劇還是當代川劇，他們都不再是巴蜀人的生命行為的一種構成，不再是人的生命流程的載體，不再和大眾的生活紐結在一起並從中汲取著永恆的生命力。精英式的小劇場演出也好，順興老茶館的旅遊演出也好，都不再是普通民眾能寄託情感、宣洩愛恨、獲得人生與歷史經驗的生命行為，對於無法走進國家劇院或消費不起順興老茶館的人們而言，所有的演出只是一個外在於生活世界的「他者」。但人們永遠都需要戲劇，

〔註 31〕馬戎戎《成都，俗文化在傳統與現實之間》，《四川黨的建設城市版》2005 年第 7 期。

他們需要在「人生如戲」的體驗中對生命進行整合、找到歸宿、發現自己。沒有民間氣息和民眾參與的戲曲注定是殘缺和蒼白的。然而，巴蜀文化的自娛精神並不會因此消失，民間的死火在暗湧。廣義大眾傳媒時代的來臨為「川劇性」的蔓延提供了新的藝術平臺和話語空間，雖然是一種越界，但令人欣喜地看到了川劇的另外一種可能性。

川劇的「觸電」始於川劇電視劇，著名的有《喬老爺奇遇》等，這種藝術形式是將電視語彙和戲曲形式融合起來，「在電視裏唱」，仍然注重唱腔。但這種藝術形式影響甚小，真正勃興的川劇性藝術是方言電視劇。90 年代興起的方言電視劇不僅演員多為川劇演員，而且其審美基質、話語表述上都傳承了川劇藝術的民間血脈。它接過火把劇團的火把，以一種更貼近時代的方式播撒著川劇的藝術因子，傳達著巴蜀大地的「日常生活經驗」。作為大眾文化，它的受眾遠遠超過其他任何一種川劇藝術形態。無論是早期的《凌湯圓》還是成熟之作《傻兒師長》《山城棒棒軍》，內容上多刻畫小人物，即使是像師長樊紹增這樣的歷史人物，也是被「平民化」了的；藝術上繼承川劇的「以喜演悲」的麻辣味，對人物「漫畫式」的處理手法，語言上對川語魅力的展示超過了舞臺川劇。電視媒體以其高度的空間滲透性和時間廣延性不僅更真切深刻地表達著這個時代最廣大民眾的情緒樣態和精神訴求，而且對巴蜀生活的觀照的深廣度也遠遠超越舞臺川劇。傳統的舞臺川劇（無論是當代川劇還是古典川劇）也許已經不再在民眾的日常視野之中，也許正在被博物館化、收藏品化，但它的基因與精髓已延續在了方言電視劇的骨子裏，從而得以涅槃與重生。

作為方言劇的成熟之作，《傻兒師長》堪稱里程碑式的創作。它截取富有傳奇色彩的歷史人物樊紹增的生活片斷，著重塑造其獨特的喜劇性格，並將其深深植根於巴蜀文化的社會歷史語境之中，在一個被刻意「平民化」的大人物的小悲歡之中傳達豐厚的社會歷史內涵與地域文化底蘊，而這正是劇場川劇一直在做的。必須指出的是，川劇的內在美學本質是融合進了方言電視劇的骨髓裏的。這在《山城棒棒軍》中格外突出。《山》劇的意義在於它標誌著整個方言劇創作從挖掘歷史傳奇向關注當代都市生活的題材轉化，正是這一轉變，使得方言電視劇成功地完成了劇場川劇在相當長一段時間內所無法完成的對巴蜀獨特的當下生活的言說，從而與現實構成了互為表裏的抒情關係。《山》劇在播出時引起的轟動效應也印證著一點：四川老百姓已經太久太久沒有看到過這麼切近自己生活的文學文本！在 2000 年 8～9 月由成都媒體推出的「方言影視劇大閱兵」評選活動中，《山》劇以 94.5 分高居榜首。《山》劇的魅力在於：它是一個講述一群進城打工的小人物酸甜苦辣生活的文學文本，但它不以傳統文學的形式表現出來，展示在屏幕上的是「別人的生活」，逼真的講述比傳統的講述更直白地揭露了生活事件本身的文學文本特徵。電視讓公眾成為不在現場或者說與現場的時空剝離開來的看客。呈現在觀眾眼前的是類似古典川劇的非文學的表演，且看毛子求梅老坎做媒的一場戲：毛子因追求王家英吃了不少虧，被棒棒們戲說了一頓，工棚裏只剩下毛子和梅老坎兩人。

梅：毛子，我勸你莫要想精想怪的，像王家英這種飛叉叉的女娃子，你還把她拴得住哇？你還是合適些嘛，想婆娘嘜，找個老實、勤快，管她好不好看，好看能當飯吃啊？

毛：(將信將疑，無語，低下頭) ……

梅：毛子，你要是實在熬不住的話，我給你介紹一個，我們村頭的，去年才死了男人……

毛（一聽，趕緊湊上前，笑臉，巴結的）呃，長相如何？

梅：你看你看，又來了，配你這副長相嘜，絕對沒得問題！

毛：(高興而有些殷切的) 呃……

梅：過去這個女人在我們村子裏頭啊，哎喲，那簡直是（突然打住，賣起關子來）——不擺了。

毛：哦，你等一下啊，等一下（趕忙到身後的雜物箱中翻找一包香煙）燒煙燒煙……

梅：(接煙) 這個寡婦呢，她要找個老實勤快的、不爛酒的、心慈的、很們儉省的男人。

毛：(應和著) 嗯，嗯……

梅：其實這些美德呀，你都有了。

毛：(極力表現自己) 我還上過電視、報紙，你給她說沒得？

梅：嗯？寶氣！

毛：嗯，梅大哥……

梅：不過呢，這個寡婦她有一個娃兒。

毛：(邊點煙邊應答) 好。(突然醒悟過來) 啊？有娃兒哪？

梅：有娃兒哪點不好呢，你一接過來就直接當老漢兒，撿現成。

毛：我不想撿現成，呃……呃……自己當比直接當好些。

梅：（生氣地）好好，就當這個事我沒說過。（說完回屋去）

毛：哎，哎哎，我又沒說不幹（一邊追回屋）……

梅：我還默倒去給那個寡婦做工作，你就要挑三撿四的（說完自顧自欲找個地方坐下）。

毛：（眼疾手快硬拖梅老坎到籐椅上坐）哎哎，梅大哥，哎哎，這裡這裡，這裡坐舒服些……（將梅老坎按坐在籐椅上）坐倒嘛，坐坐坐……

梅：（無語）……

毛：（無奈的，像是下了好大決心）好！撿現成就撿現成，還撇脫些！

梅：對了哦，你恁個說嘜，我們又繼續談下去嘛。（一邊穿襪子）

毛：（湊上來）哎，她有好大呢？

梅：好大？哎，你啷個隨便問別個的年齡呢？（一邊穿另一隻襪子）曉得不，年齡是女人的秘密，城頭的男娃兒都曉得，沒得隨便問了的。

毛：我不是隨便問的，我是認認真真地問你。

梅：年齡好像比你大點兒。（突然想起）耶，你今年好大呀？

毛：哎，我……我二十七。

梅：爬喲，你麻我，挨邊四十的人了，哪個看不出來？（邊說邊起身坐到床鋪上去）

毛：（著急地上前辯解）我哪有四十，我才二十七。哎呀……

梅：這下說實話了哈。

毛：（討好的）呃，她好大呀？

梅：她呀，俗話說，女大三，抱金磚……

毛：這還說得過去……

梅：女大六，享清福……

毛：（吃驚，不滿地）啊？

梅：女大八……

毛：（忍無可忍地打斷）爬爬爬！

……

> 梅：你要恁個想嘛，就等於我給你介紹了兩個二十的，對不對？這兩個二十的，你供不供得起？這個問你要吃的，那個問你要穿的，哎，再說，婚姻法也不允許，你接兩個婆娘算啥子？（略頓）兩個二十加在一起，四十歲（伸出四個手指頭），正南齊北地抬過來，別個還巴心巴肝地喜歡你。（用肘碰毛子，滿臉堆笑的）你說提勁不提勁？

這樣一場戲，放在舞臺上就是一齣古典川劇。這樣的表演傳承了古典川劇的可笑性因素，以「好耍」為重要的審美資源，但它展示的是當代城市打工者的生活樣態，表現了觀眾有關艱辛、有關人情冷暖、有關愛拼才會贏之類的日常情緒，它再一次讓人們感受到「戲劇是人類群體意識外傾的表現形式」。〔註 32〕電視熒幕上的現實在此已被置放在「文本」的位置，它讓我們看到了一種我們不在其中但與我們深切相關的生活；而觀眾因看這個劇所引起的強烈反響又成為千千萬萬老百姓表述自己活著不易、人生有苦有甜、同情農民工等情緒的文本……

90 年代川渝方言劇的另一重要現象便是電視臺欄目短劇的興起。與方言劇相比，這些欄目劇沒有嚴格的劇本，比方言劇更能體現消費社會文本功能。以重慶電視臺 1994 年 10 月創辦的《霧都夜話》為例。它採用非職業演員，自編自導，專注於發掘當代都市小人物的情感道德世界，一集一個題材。它借用了方言的形式來表現當代都市人群中多少有些異樣的情感隱秘世界，是這個時代共同存在的情感問題、倫理道德問題：「四川人談自己的戀愛」。而群眾演員操著重慶方言——典型的破碎語言，侃切耿直的腔調，調侃詼諧的本領等「言子兒」，講述著自己的故事，正如它的片頭詞用濃重的重慶方言說：「這不是電視劇，這是真人真事，是我們老百姓自己演自己的故事。」這樣一種文本無疑具有相當的吸引力。它與布什在電視屏幕上信誓旦旦要將恐怖分子繩之以法，本・拉登選擇最具有象徵意義的美國建築來發動襲擊一樣，這些「別人的生活」都在以最貼近我們所思所想的方式在我們能夠「看」到的地方發生。一群和我們操持同一種語言的人顯然最切近地打中了我們的情感和興趣，因而也最切近地成為表達我們有關生活的情感和興趣的一個個文學敘事。〔註 33〕無怪乎《夜話》創下十年重慶電視臺文藝類欄目收視之最，超過電視劇。

〔註 32〕孫文輝《戲劇哲學》第 34 頁，湖南大學出版社 1998 年版。
〔註 33〕蔣榮昌《消費社會文學文本》第 24 頁，四川大學出版社 2004 年版。

當我們在「看」的時候，我們看到的正是一個文本，一個以「現實」的方式被描述出來的現實，在「看」和「讀」中與我們遭遇的別樣人生。而《霧都夜話》的製作者所做的工作就是，在一片汪洋的生活當中去找到一段生活，把這段生活從當事人身邊取走，以文字、視像、聲音作為媒介把活生生的這段生活當作一個文本來傳達公眾的生活情緒——他們的焦慮、感動、悲憫、無助、憤怒……它以當代川話講述「四川人自己的故事」，與某個虛構的才情橫溢的純審美的川劇劇本相比，也許《霧都夜話》更能酣暢地說出鬱積於其間的當下生活的種種情感，在這個意義上，誰能說它就不可以稱為「川劇」呢？

本質上，《霧都夜話》這種「自己演自己」的表演形式顯然是後現代的「打圍鼓」。古典川劇最平民化的表現莫過於「玩友」，又叫「打圍鼓」，即是一些古典川劇的業餘愛好者（主要是手工業者、農民、職員和城市平民），他們彙集在茶館裏，不著粉墨，不穿戲裝，只在緊鑼密鼓和悠揚的琴聲伴奏下進行坐唱。聽眾則層層圍坐在他們四周品茶聽戲。清末傅樵村在《成都通覽》中對這一藝術形式早有記載，說它是「唱而不出腳，鑼鼓均備，坐以唱說者也；一名圍鼓。」李樹成在《五十年川劇班社見聞》一文中說得更為清楚：「玩友唱的是川劇，只是坐在板凳上清唱，不化妝，有時也演燈影。」《霧都夜話》的群眾演員們說的是川話，演的是自己的故事，只是沒有文學劇本。但誰又能說它不是一個正在我們身邊發生的「文學文本」呢。「圍鼓」沒有表演，主要靠唱腔、講口來傳達劇情，《夜話》沒有唱腔，主要靠表演、說白來自我表達。它不僅傳承了古典川劇的自娛精神，它更向我們昭示著：「生活在別處」——不是在僅僅可看、可聽因而可以想像的「別處」，而是在我們伸手可及、我們身處其間的日常生活一直與之相摩相接的「別處」，在我們今天或明天的生活旁邊。

顯然，在廣義大眾傳媒時代，非純「川劇」的「川劇性藝術」正在以某種別開生面的方式四處蔓延。「現實生活」本身的「再現」和「表現」能力，在大眾傳媒時代已經超越了口傳文學和以想像性的視聽語言來描述生活的記號文學時代的文學語言。如果說大眾與八九十年代精英式的「當代川劇」之間保持著一定的距離，充滿著尊重、敬畏和服從，而在大眾與古典川劇、大眾與方言藝術系列之間則沒有這份隔閡，反而有一種親近感、參與感：從古典川劇的同聲應和到方言欄目的親身上陣，自娛自樂永遠是川劇文化最根本的底色。〔註 34〕而同時，自娛自樂也是消費者公民社會的藝術特徵。無論九十年代小劇場裏的「當代川劇」多麼精緻，它的寫作者、表演者、觀看者自身的生活情緒已無法在這個文本本身處集結和疏散，劇場川劇宛如一尊神等待著人們的頂禮膜拜，而後現代社會的藝術原則是「問蒼生」。以複雜的日常生活語言交流並以交流作為其生活方式核心的大眾文化在超驗的意義表述形式解體的過程中獲得了大規模的解放。1994 年，所有的成都時尚青年腰裏都要別一個隨身聽，耳機裏傳出來的不是流行歌曲，而是李伯清的「散打評書」。他的評書新鮮無比，用的是成都的市井土語，說的是現實生活中發生的事情，語言大膽而風趣，他的語言直接影響了成都年輕人的語言習慣，比如，「假打」從此成為一個形容成都人虛偽性格的專有名詞。古典川劇對「言子」的迷戀與玩味轉移到了他的散打評書之中。李伯清的評書是一場語言的狂歡，是一種底層存在的生活方式和生存狀態。誠然，這些敘述無法觸及個人經驗的深處，如果拿現代主義的眼光看，它也沒有精神分析、道德反思和信仰問題。但是，後現代主義最令人不安之處是它開放型的結構，它自由甚至是遊戲的思想方式，它對權威話語的破除，對傳統的顛覆。李伯清以自己的言說表明消費社會中每個人作為公民，都是一個對所有人開放的自由交談者，他擁有把自己的經驗和知識形態作為公共經驗來加以表述和主張的權利。他對古典川劇語言藝術的戲仿、挪用，人們對他的傾聽，無一不昭示著這樣一個真相：那種一場偉大的演說讓所有人的人生無話可說的場面已不可能再是後現代社會可以與之相容的生活場景。人們到處都在遭遇談話、演說和交流，遭遇隨身攜帶著不同意義、不同邏輯形式的人生經驗。民眾不再需要誰自上而下的「給」他們娛樂，在後現代社會，他們要「自我娛樂」。正如「超級女聲」選拔中，一個川妹子很坦誠地說：我只是來喝瓶酸酸乳的（選秀贊助商的產品）。

古典川劇的審美因子滲透和播撒在以上幾種當代藝術樣態之中，這是一種真正內在化的、有活力的保存方式。戲劇衰落，戲道生。一個時代有一個時代的文學，一個時代有一個時代的藝術，這些另類的藝術形態正在完成著

〔註 34〕事實上，所有「花部」地方戲都有這個特徵：「農民自娛自樂、自己創造的戲劇也就脫離了祭祀儀式而獲得了獨立的品格」（孫文輝《戲劇哲學》第 181 頁，湖南大學出版社 1998 年版）

川劇藝術已無法勝任的任務，不妨把它們看作川劇的衍生與變異。這無疑是一種「越界」，其目的是為了「回歸」，回到川劇的源頭活水——民間的那野性而火辣的生活世界。

餘論

從告別了文學的古典川劇到擁抱新文學的當代川劇再到以各種形式構成為消費社會文學文本的「川劇性」藝術，百年川劇始終圍繞「文學性」這個軸心在轉。「回歸」與「越界」伴隨著川劇的起起伏伏。幾乎在每個階段，這兩者都相輔相成，共同構成了川劇歷史的互文書寫：「當代川劇」實現了對「文學本質」的回歸，同時又以探索的藝術形式溢出了傳統戲曲的邊界，向話劇、舞劇等藝術借鑒；在生活與藝術界限消失的後現代，形形色色的「川劇性」藝術又跨越了「純文學」的領域，成為文本化的現實生活，同時，這也是一個從精英話語與國家話語主導的「當代川劇」神壇上走下來，走回民間，走回芸芸眾生、販夫走卒，與民同樂的一個過程。正是在不斷的「回歸」與「越界」之中，百年川劇才得以更新、涅槃與重生。更重要的是，川劇藝術正是以這種方式參與著各個時代思想史、心靈史的書寫。儘管有著陣痛與艱辛，但川劇始終是個勇者，始終以堅強而又靈活的身姿與時代精神遙相呼應，這正是我們始終對它的生命力保持某種信念的一個理由。

參考文獻

一、作品類

1. 巴金：家，北京：人民文學出版社，2000。
2. 曹禺：曹禺文集，北京：中國戲劇出版社，1988。
3. 成都市文化局編：徐棻戲劇作品選，成都：四川人民出版社，2001。
4. 成都市文化局編：徐文耀戲曲選，成都：成都出版社，1993。
5. 成都市文化局編：吳伯祺戲曲選，成都：成都出版社，1993。
6. 成都市文化局編：譚愫劇作選，成都：天地出版社，2005。
7. 川劇藝術研究所編：川劇傳統喜劇選，成都：四川人民出版社，1982。
8. 川劇傳統劇本彙編編輯室：川劇傳統劇本彙編，成都：四川人民出版社，1963。
9. 任半塘：唐戲弄，上海：上海古籍出版社，1984。
10. 王季思：中國十大古典悲劇集，上海：上海文藝出版社，1982。
11. 王季思：中國十大古典喜劇集，上海：上海文藝出版社，1982。
12. 魏明倫：巴山鬼話，上海：文匯出版社，2006。
13. 魏明倫：凡人與偉人，北京：作家出版社，2001。
14. 魏明倫：鬼話與夜談，北京：作家出版社，2001。
15. 魏明倫：好女人與壞女人，北京：作家出版社，2001。
16. 魏明倫：苦吟成戲，上海：上海文藝出版社，1989。
17. 魏明倫：潘金蓮：劇本和劇評，北京：三聯書店，1986。

18. 魏明倫：人生如戲，上海：上海文藝出版社，2004。
19. 魏明倫：四姑娘，成都：四川人民出版社，1982。
20. 魏明倫：魏明倫隨筆選，北京：光明日報出版社，2001。
21. 魏明倫：魏明倫作品精品集，上海：上海古籍出版社，1998。
22. 魏明倫：戲海弄潮，上海：文匯出版社，2001。
23. 魏明倫：閒言碎語，北京：西苑出版社，2000。
24. 魏明倫：綴白裘，北京：中華書局。

二、戲劇理論類

1. 阿爾托：殘酷戲劇——戲劇及其重影，北京：中國戲劇出版社，1993。
2. 安葵：新時期戲曲創作論，北京：新華出版社，1993。
3. 阿甲：戲曲表演規律再探，北京：中國戲劇出版社，1990。
4. 陳白塵、董健：中國現代戲劇史稿，北京：中國戲劇出版社，1989。
5. 程芸：世味的詩劇，長沙：湖南人民出版社，2002。
6. 陳偉：西方人眼中的東方戲劇藝術，上海：上海教育出版社，2004。
7. 蔡毅：中國古典戲曲序跋彙編，濟南：齊魯書社，1989。
8. 董曉萍、歐達偉：鄉村戲曲表演與中國現代民眾，北京：北京師範大學，2000。
9. 杜建華：川劇表現手法通覽，成都：四川文藝出版社，2002。
10. 杜建華：尋找新的文化座標，成都：天地出版社，1997。
11. 董健：戲劇與時代，北京：人民文學出版社，2004。
12. 戴嘉枋：樣板戲的風風雨雨，北京：知識出版社，1995。
13. 戴德源：蜀風戲雨，成都：天地出版社，2006。
14. 佴榮本：笑與喜劇美學，北京：中國戲劇出版社，1988。
15. 黄鳴奮：數碼戲劇學，廈門：廈門大學出版社，2003。
16. 郝振毅等：英美荒誕派戲劇研究，南京：譯林出版社，1994。
17. 傅謹：二十世紀中國戲劇的現代性與本土化，臺北：國家出版社，2005。
18. 傅謹：二十世紀中國戲劇導論，北京：中國社會科學出版社，2004。
19. 傅謹：新中國戲劇史，長沙：湖南美術出版社，2002。
20. 傅謹：草根的力量，南寧：廣西人民出版社，2001。

21. 胡星亮：中國話劇與中國戲曲，上海：學林出版社，2000。
22. 胡度：川劇詞典，北京：中國戲劇出版社，1987。
23. 李祥林：性別文化學視野中的東方戲曲，香港：天馬圖書公司，2001。
24. 呂效平：戲曲本質論，南京：南京大學出版社，2003。
25. 廖奔：廖奔戲劇時評，鄭州：河南大學出版社，2002。
26. 萊辛：漢堡劇評，上海：上海譯文出版社，1981。
27. 羅念生：論古希臘戲劇，北京：中國戲劇出版社，1985。
28. 魯迅：魯迅全集第5卷，北京：人民文學出版社，1985。
29. 林語堂：林語堂文選，北京：中國廣播電視出版社，1990。
30. 林語堂：梅蘭芳舞臺生活四十年，北京：中國戲劇出版社，1987。
31. 孟繁樹：中國戲曲的困惑，北京：北京廣播學院出版社，1999。
32. 孟京輝：先鋒戲劇檔案，北京：作家出版社，2000。
33. 尼柯爾：西歐戲劇理論，北京：中國戲劇出版社，1985。
34. 任半塘：唐戲弄，上海：上海古籍出版社，1984。
35. 青木正兒：中國近代戲曲史，上海：北新書局，1933。
36. 青木正兒：齊如山回憶錄，北京：寶文堂書店，1989。
37. 施旭升：中國戲曲審美文化論，北京：北京廣播學院出版社，2002。
38. 施旭升：中國現代戲劇重大現象研究，北京：北京廣播學院出版社，2003。
39. 蘇國榮：戲曲美學，北京：文化藝術出版社，1999。
40. 蘇國榮：中國劇詩美學，上海：上海文藝出版社，1986。
41. 宋寶珍：二十世紀中國話劇回眸，北京：北京廣播學院出版社，2000。
42. 孫文輝：戲劇哲學——人類的群體藝術，長沙：湖南大學出版社，1998。
43. 王國維：王國維文學論著三種，北京：商務印書館，2001。
44. 吳新雷：中國戲曲史論，南京：江蘇教育出版社，1996。
45. 翁再思：京劇百年叢談，河北教育出版社，1999。
46. 王新民：中國當代戲劇史綱，北京：社會科學文獻出版社，1997。
47. 謝柏梁：中國當代戲曲文學史論，北京：高等教育出版社，2006。
48. 徐復觀：中國藝術精神，上海：華東師範大學，2001。
49. 余秋雨：戲劇審美心理學，成都：四川人民出版社，1985。

50. 余秋雨：戲劇理論史稿，上海：上海文藝出版社，1983。
51. 余秋雨：中國戲劇文化史述，長沙：湖南人民出版社，1985。
52. 耶日・格洛托夫斯基：邁向質樸戲劇，北京：中國戲劇出版社，1984。
53. 周靖波：中國現代戲劇論，北京：北京廣播學院出版社，2003。
54. 周寧：想像與權利——戲劇意識形態研究，廈門：廈門大學出版社，2003。
55. 周貽白：中國戲曲發展史綱要，上海：上海古籍出版社，1998。
56. 周華斌等：中國劇場史資料總目，北京：北京廣播學院出版社，2002。
57. 張黎：布萊希特論戲劇，北京：中國戲劇出版社，1990。
58. 張庚、郭漢城：中國戲曲通史，北京：中國戲劇出版社，1992。
59. 朱光潛：悲劇心理學，北京：人民文學出版社，1983。
60. 趙康太：悲喜劇引論，北京：中國戲劇出版社，1996。
61. 張健：中國喜劇觀念的現代生成，北京：北京大學出版社，2005。
62. 鄒紅：焦菊隱戲劇研究，北京：北京師範大學出版社，1999。

三、巴蜀文化闡釋

1. 蔡尚偉：百年雙城記——成都重慶的城市文化與傳媒，成都：四川大學出版社，2005。
2. 黄尚君：四川方言與民俗，成都：四川人民出版社，2002。
3. 李誠：巴蜀文化研究（第一輯），成都：巴蜀書社，1991。
4. 李怡：現代四川文學的巴蜀文化闡釋，長沙：湖南教育出版社，1995。
5. 廖伯康：四川民俗文化論，成都：四川人民出版社，2005。

四、文學史類

1. 陳思和：中國當代文學史教程，上海：復旦大學出版社，1999。
2. 陳思和：中國新文學整體觀，上海：上海文藝出版社，2001。
3. 陳思和：中國當代文學關鍵詞十講，上海：復旦大學出版社，2002。
4. 陳思和：雞鳴風雨，上海：學林出版社，1994。
5. 洪子誠：當代文學研究，北京：北京出版社，2001。
6. 洪子誠：中國當代文學史，北京：北京大學出版社，1999。
7. 洪子誠：問題與方法，北京：三聯，2002。

8. 錢理群等：中國現代文學三十年，北京：北京大學出版社，2000。
9. 楊匡漢等：共和國文學五十年，北京：中國社會科學出版社，1999。

五、哲學、文論及文化研究理論

1. 安德魯．古德溫等：電視的真相，北京：中央編譯出版社，2001。
2. 安吉拉．默克羅比：後現代主義與大眾文化，北京：中央編譯出版社，2001。
3. 愛德華．賽義德：東方學，北京：三聯書店，1999。
4. 阿諾德：文化與無政府主義，北京：三聯書店，2001。
5. 埃斯卡皮：文學社會學，合肥：安徽文藝出版社，1987。
6. 阿瑟．阿薩．伯傑：通俗文化、媒介和日常生活敘事，南京：南京大學出版社，2002。
7. 本雅明：發達資本主義時代的抒情詩人，北京：三聯書店，1989。
8. 布洛克：西方人文主義傳統，北京：三聯書店，1997。
9. 本尼迪克特：文化模式，杭州：浙江人民出版社，1987。
10. 本尼迪克特．安德森：想像的共同體，上海：上海人民出版社，2003。
11. 鮑曼：立法者與闡釋者——論現代性、後現代性與知識分子，上海：上海人民出版社，2000。
12. 陳曉明：無邊的挑戰，桂林：廣西師範大學出版社，2004。
13. 陳曉明：現代性與中國當代文學轉型，昆明：雲南人民出版社，2001。
14. 陳思和等：得意莫忘言，上海：華東師範大學出版社，2001。
15. 車爾尼雪夫斯基：藝術與現實的審美關係，北京：人民文學出版社，1979。
16. 陳霖：文學空間的裂變與轉型，合肥：安徽大學出版社，2004。
17. 陳來：人文主義的視界，南寧：廣西教育出版社，1997。
18. 曹文軒：中國八十年代文學現象研究，北京：作家出版社，2003。
19. 德里達：一種瘋狂守護著思想，上海：上海人民出版社，1997。
20. 德里達：書寫與差異，北京：三聯書店，2001。
21. 迪蒙：論個體主義，上海：上海人民出版社，2003。
22. 丹納：藝術哲學，天津：天津社會科學院出版社，2004。
23. 丹欽科：文藝．戲劇．生活，北京：中國戲劇出版社，1982。

24. 多米尼克·斯特里納蒂：通俗文化理論導論，北京：商務印書館，2001。
25. 丹尼爾·戴揚等：媒介事件，北京：北京廣播學院出版社，2000。
26. 戴錦華：書寫文化英雄，南京：江蘇人民出版社，2000。
27. 福柯：知識考古學，北京：三聯書店，1998。
28. 費斯克：理解大眾文化，北京：中央編譯出版社，2001。
29. 范伯格：自由、權利和社會正義，貴陽：貴州人民出版社。
30. 費正清：劍橋中華民國史，北京：中國社會科學出版社，1994。
31. 郭湛波：近五十年中國思想史，上海：上海古籍出版社，2005。
32. 甘陽：中國當代文化意識，香港：三聯書店，1989。
33. 高爾泰：美是自由的象徵，北京：人民文學出版社，1986。
34. 黑格爾：美學，北京：商務印書館，1981。
35. 賀桂梅：人文學的想像力，開封：河南大學出版社，2005。
36. 傑姆遜：後現代主義與文化理論，西安：陝西師範大學出版社，1986。
37. 吉爾·德勒茲、費利克斯·瓜塔裏：游牧思想，長春：吉林人民出版社，2003。
38. 蔣榮昌：消費社會文學文本，成都：四川大學出版社，2004。
39. 蔣原倫：九十年代批評，天津：天津社會科學院出版社，2001。
40. 喬治·科林伍德：藝術原理，北京：中國社會科學出版社，1985。
41. 喬納森·卡勒：論解構，北京：中國社會科學出版社，1998。
42. 拉曼·塞爾登：文學批評理論，北京：北京大學出版社，2000。
43. 羅蘭·巴爾特：符號學原理，北京：三聯書店，1999。
44. 羅鋼、劉象愚：文化研究讀本，北京：中國社會科學出版社，2000。
45. 劉禾：語際書寫，上海：三聯書店，1999。
46. 雷蒙·威廉斯：關鍵詞，北京：三聯書店，2005。
47. 劉再復：性格組合論，合肥：安徽文藝出版社，1999。
48. 李澤厚：美學三書，合肥：安徽文藝出版社，1999。
49. 李澤厚：美的歷程，桂林：廣西師範大學出版社，1999。
50. 李澤厚：中國思想史論，合肥：安徽文藝出版社，1999。
51. 林安梧：中國近現代思想觀念史論，臺北：學生書局，1995。
52. 林毓生：中國傳統的創造性轉化，北京：三聯書店，1988。

53. 劉小楓：拯救與逍遙，上海：上海三聯書店，2001。
54. 劉小楓：現代性社會理論緒論，上海：上海三聯書店，1998。
55. 馬歇爾·伯曼：一切堅固的東西都煙消雲散了，北京：商務印書館，2003。
56. 馬歇爾·麥克盧漢：理解媒介，北京：商務印書館，2000。
57. 邁克·費瑟斯通：消費文化與後現代主義，南京：譯林出版社，2000。
58. 米·巴赫金：巴赫金文論選，北京：中國社會科學出版社，1996。
59. 皮埃爾·布迪厄：文化資本與社會煉金術，上海：上海人民出版社，1997。
60. 皮埃爾·布迪厄：藝術的法則，北京：中央編譯出版社，2001。
61. 錢穆：中國文化史導論，北京：三聯書店，1988。
62. 齊奧爾·西美爾：時尚的哲學，北京：文化藝術出版社，2001。
63. 讓·波德里亞：消費社會，南京：南京大學出版社，2001。
64. 讓·利奧塔：後現代狀況，北京：三聯書店，1997。
65. 蘇珊·朗格：藝術問題，北京：中國社科出版社，1983。
66. 蘇珊·朗格：情感與形式，北京：中國社科出版社，1986。
67. 斯蒂文·貝斯特等：後現代理論，北京：中央編譯出版社，1999。
68. 斯拉沃熱·齊澤克：意識形態的崇高客體，北京：中央編譯出版社，2002。
69. 唐小兵：再解讀——大眾文藝與意識形態，香港：牛津大學出版社，1983。
70. 唐小兵：英雄與凡人的時代，上海：上海文藝出版社，2001。
71. 汪澍白：二十世紀中國文化史論，北京：中國青年出版社，1999。
72. 汪暉：文化與公共性，北京：三聯書店，1998。
73. 王德威：想像中國的方法，北京：三聯書店，2003。
74. 亞里士多德：詩學，上海：上海人民出版社，2004。
75. 英加登：對文學的藝術作品的認識，北京：中國文聯出版社，1988。
76. 約翰·斯道雷：文化理論與通俗文化導論，南京：南京大學出版社，2000。
77. 葉維廉：中國詩學，北京：三聯書店，1992。
78. 朱光潛：西方美學史，北京：人民文學出版社，1979。
79. 朱立元：黑格爾美學思想初探，上海：學林出版社，1986。
80. 周寧：永遠的烏托邦，武漢：湖北教育出版社，2000。
81. 周憲：當代中國審美文化研究，北京：北京大學出版社，1997。

82. 詹姆遜：後現代主義與文化理論，北京：北京大學出版社，1997。
83. 詹姆遜：政治無意識，北京：中國社會科學出版社，1997。
84. 詹姆遜：晚期資本主義文化邏輯，北京：三聯書店，1997。
85. 張頤武：從現代性到後現代性，南寧：廣西教育出版社，1997。
86. 張檸：文化的病症，上海：上海文藝出版社，2004。
87. 張志揚：創傷記憶，上海：上海三聯書店，1999。
88. 宗白華：美學散步，上海：上海人民出版社，1981。

六、外文文獻

1. Adorno, T. and Horkheimer, M. Dialectic of Enlightenment. Trans. John Cumming. London, 1986.
2. Arthur H. Smith, Village Life in China, New York: F. H. Revell, 1899.
3. Bauman, Z. On the origins of Civilization, Theory, Culture and Society, 1985.
4. Hebdige, D. Hiding in the light, London, Routledge and Kegan Paul, 1988.
5. Hoggart, R. Uses of Literacy, London: Chatto and Windus, 1957.
6. Maurice Meisner, Mao's China and After (A History of the People's Republic), The Free Press, New York, 1986.
7. Jameson, F. The Political Unconscious, Ithaca: Cornell University Press, 1981.
8. Simmel, G. The Philosophy of Money, Routledge and Kegan Paul Ltd., 1990.

附錄一：對川劇知名人士的訪談

以下是對三位川劇界知名人士的訪談。他們三個都是著名的川劇表演藝術家，但此次訪談更多的是針對他們作為文化官員、演員、老師的身份進行的，因此談話的側重點不同：對陳智林的訪談側重於對他正在策劃的川劇高端交流「產業化」方案的關注，對王超的訪談側重於瞭解一個演員的演藝體驗，對肖德美的訪談集中於對川劇傳承事業的現狀呈現。與他們的交流是愉快而有啟發性的，儘管對話可能存在一些不對接的地方，但他們都盡可能地表達了自己對川劇的思考：陳智林的訪談看做一份激情飛揚的演講似乎更恰當，王超冷靜的談話中有一種悲天憫人的寬容心態，肖德美對川劇教育事業充滿了務實的熱情和樂觀主義情懷。這三個訪談也可以看做鏈接文本，與正文構成互文寫作。

訪談一

訪談對象：陳智林（國家一級演員，二度梅花獎得主，四川省川劇院院長，代表劇目《巴山秀才》等）

訪談時間：2007 年 7 月 16 日上午 10：00

訪談地點：成都市紅照壁 49 號百川大廈 A 座 8 樓省川劇院會客廳

訪談內容：

筆者：陳院長，你好！

陳智林（以下簡稱陳）：你好！

筆者：在等待你從北京回來的這段時間裏，劇院的相關負責人已經給我介紹了基本情況，知道你最近的忙於川劇「產業化」的舉措：新修劇場，與國外高端文化市場尋求交流互動等，那麼你能談談「產業化」的思路嗎？

陳：好的。任何一種文化形式的延續都在於人們對它的認同度。川劇自古就有「蜀戲冠天下」之說，從那個歷史的場合演繹到今天都是經過了人們認同度（的考驗）而形成今天的生存狀態。今天怎樣對這麼一種民族文化進行自己的思維定位，這一點非常重要。這個定位就是：我們用什麼樣的一種東西、一種元素來進行我們自己對藝術的認定和認可，以什麼樣的方式把傳統藝術的基礎轉換成我們今天新的審美觀念，讓所有人都接受。其實在某種程度上，文化的存在是精神的寄託，沒有精神寄託的文化在本體上存在生存危機。戲曲有它自己非常瘋狂的年代，有它自己瘋狂的生存週期，到現在為什麼走入了一種暫時的低谷？就像歐洲十九世紀也同樣經歷了這麼一個過程。（原因）在於一個階段中它生存的磁場被破壞了。我們今天就是要重建這種磁場。

筆者：你認為這種破壞是什麼原因造成的？

陳：準確地說，這個磁場的破壞也是很正常的。從中國的歷史來看，也消逝了很多東西，這種消逝更多是一種價值起了變化，它被一種新的形式所取代。比如到今天為止，古典芭蕾四百多年了，沒有申請「非遺」，為什麼？我覺得它生存得非常好，沒有必要。

筆者：那麼你認為申請「非遺」對川劇而言是利大於弊還是弊大於利？

陳：我覺得還是正面的多，它實際上是提醒人們關注中國本土的東西，但我覺得它不是遺產，它是非物資文化的精神，「非物」的價值。就像我在北京開玩笑說的，不一定不會講普通話的就不是中國人，川劇也不僅僅是一個地方劇種，而是中國文化一個整體的組成成分之一，這是一個自我定位。定位會決定我們的命運，確認我們的生存。作為四川來講，它是中國的一塊，川劇也是這個結構的一個支撐點，一個氣場，所以我們怎麼樣把這個氣場、這個本土化的東西用我們今天的審美觀念傳遞給人們，來讓它真正找到自己生存的根基，這才是我們思考的起點。這次我到歐洲去，法國一個小城市，每兩年要投拍一個歌劇，全部是政府投入。一個歌劇的經費是一億歐元，歌劇也就是他們的地方戲曲，他們為什麼可以把它推廣成為世界的？立足點一個是自身的價值，另一個是人們的認同度，怎麼樣在認同的環境中形成相得益彰的共進共存，這是值得思考的。一個大型晚會是不是可以取代一個專業藝術院團幾年創作的藝術作品？如果他們一時的歌舞升平可以取代整個根基的話，這是非常殘酷的。

筆者：之前我看了兩場川劇表演，一場是在順興老茶館的表演，一場是青年演員的專場演出，但進去以後發現身邊都是老年人。你能對此談談自己的看法嗎？

陳：順興茶館那個是我們這些劇團的二線演員沒事做，在外面找一點補助。但他們表演的是川劇中最膚淺的東西。我們劇院的宗旨是推藝術品，藝術家的價值是附在藝術品上的一個亮點。一個好的作品沒有好演員擔綱成不了好作品，再好的演員沒有堅實的故事結構，沒有健康的舞臺呈現也是不行的。一個劇目的生產要保證是民眾喜愛的東西，現在的市場有兩種：一個是計劃性市場，一個是市場性市場，後者是人們通過經典作品形成的。現在大的話劇院已經不是整體的國家狀態的東西，都是三五個人出來搞一個小劇組全國掙錢，它這個也叫市場，但是純商業性市場。它對人是不負責任的，是泛娛樂的。但真正的作品能寓教於樂，通過良性健康的方式形成自己的文化屬性，這些是政府該做的事。現在很多地縣市，基礎文化設施已經完全毀滅了，很多地方連一個基本劇場都沒有。其實，老百姓喜歡什麼？勞作以後到街上喝二兩酒，找個環境寄託一下自己的情感。民眾的消費要求很低，但現在沒有條件。十多二十年前提出的文化體制改革是以拆劇團作為改革的環節。以前的每一個劇團都有一個在當地最矚目的環境，就是劇場，改革的方式就是拆劇場，消滅這種文化設施。後來國務院 2001 年提出對公益性文化設施要落實還原，到今天為止沒人執行。這就是我們修建新的劇場的考慮。

筆者：那麼就是說地方上的文化生態已經破壞得很嚴重了？

陳：是啊。現在很多農村都沒有場地。我們正在盡自己所能，讓川劇不要被廣大農民所淡忘。一個國家要和諧，政治、經濟、文化是一體的。比如我們認識美國是通過好萊塢。這次我們在歐洲巡演，觀眾瘋狂了。我們在盧森堡，一個銀行家請 600 個兒童看我們的《火焰山》。院長感慨說他當了 7 年院長，沒有一個國家的藝術能（像這樣）與孩子們形成一個良性的交流平臺。難道中國本土文化真的已經沒有用了嗎？所以我們現在有的做法是自動放棄綠洲來適應沙漠。今天到底是人們的審美情調全部轉變了還是我們的導向有問題？我現在提的一個概念是：給傳統文化、民族文化一個公平競爭的平臺。

現在回過頭來談產業：中國產業文化有大的生存空間，但現在產業環境並不理想，我們在談產業但同時又在破壞產業環境，扔掉產業鏈，讓你在環境中空轉。所以如何回覆文化產業鏈，怎麼樣在這個環境下形成我們自己民族文化脊樑的延伸，需要鏈接該有的環節。如果一個作品沒有生產基地能出來嗎？川劇並不是遺產，它是富有生命活力的。真正的產業鏈在於給補德的東西一個生存空間。納稅人出了那麼多錢投資一個劇目，他們的寄託在哪裏？怎樣為真正的文化形成生存鏈，這是國家和我們都需要思考的東西。川劇把全國地方戲的東西都涵蓋在裏面，表現形式上，川劇沒有別的劇種可以相提並論。川劇就是四川人交流思想的手段。因為大眾媒體的存在，川劇的基因已經通過別的方式發揚出去了。有這麼優秀的東西如果沒有好的市場是我們的責任。

筆者：你如何看待小劇場戲劇？

陳：小劇場的演出實際上是為大劇場的演出做宣傳，不是它的歸宿。現在這個環境，多元化的發展淹沒了傳統的發展，但多元化的發展也可推動傳統的發展。文化需要人關注，川劇不僅是四川的，它走到今天，已經突破了單一的傳統生存方式，進行著革命性的生存。

筆者：好，謝謝陳院長接受這個採訪。

訪談二

訪談對象：肖德美（國家一級演員，中國首屆藝術碩士，四川省川劇學校副校長）

訪談時間：2007 年 7 月 29 日 15：00

訪談地點：成都市新生路 5 號四川省川劇學校內

訪談內容：

筆者：你好！

肖：你好！

筆者：有報導稱，四川 07 年有五萬藝術考生，卻無一人報考川劇學校。你能談談這幾年的招生情況嗎？

肖：這幾年劇團體制改革，很多劇團合併、縮小，無法演川劇，四川各地活躍的也就幾十個團體。針對這種情況，我們學校也做了一些調整。前些年劇團景氣，我們採用定向培養。93 年以後學校變成兩塊牌子，一套班子：四川藝術學校，四川川劇學校，因為要適應形勢嘛。2005 年我們又合併了四川舞蹈學校，叫四川藝術職業學院，頒發大專文憑來吸引學生。現在全校學川劇的學生有 80 多個，加上分校的學生 30 多個，一共一百來人。2004 年進校的這批已經開始在外面演出。

筆者：招生和以前相比，有哪些困難？

肖：一是演出團的不景氣，對民族文化認識不夠。二是學費的問題，現在一年 5000 到 6000 塊，國家不撥錢了，傳統戲又不能上大課，一對一的教學，排戲要 2、3 個老師，成本高。

筆者：以前收學費了嗎？

肖：不收，還發生活費。

筆者：從什麼時候開始收學費的？

肖：80 年代末期。

筆者：80 年代招多少人，現在招多少人？

肖：一年兩百人，有四五個班，一個班四五十個人，現在少多了，中間有幾年沒招。04 年、06 年都只招了十幾個。

筆者：招生在年齡方面有規定嗎？

肖：一般在 11～12 歲這個段招，特別優秀的可以放寬到 16、17 歲。

筆者：一個學生從進校到成為一個小有名氣的演員大概需要多少時間？

肖：學校主要是基礎教育，更多的鍛鍊是在院團，長時間才能成為好的名角。

筆者：目前川劇學生擇業困難嗎？

肖：應該有，校方壓力也很大。辦學就要市場分析。四川院團斷代嚴重，四十歲以前的到二十歲這個空檔現在是沒有多少演員了，行當也很缺。50 歲到 60 歲之間也沒有演員了，只有 45 歲左右還有人。老的退了，新的跟不上。

筆者：有沒有定期請名家來上課？

肖：有。請有影響的演員、導演作客座教授，包括外劇種的、理論界的，都要請。

筆者：來讀的考生是出於什麼心態呢？

肖：一種是自己喜歡的，一種是家長要求的，一種是我們看上的。

筆者：學生的學習狀況如何？

肖：全部住校，學習很艱苦，30%文化課。70%專業課。

筆者：除了培養表演人才，還培養舞美之類的其他川劇人才嗎？

肖：以前有，最近幾年沒有了。

筆者：停招這些有多少年了？

肖：10 年了。

筆者：現在國家給學校多少錢？

肖：按人頭給，工資全部撥款，辦學就要靠學費支撐。

筆者：川劇學校成立以前的培養機制和現在有什麼差異？

肖：53 年以後才有川劇學校，以前是以團帶班。學校學的比較規範，團帶班的強調個人風格，學校是博採眾長，還是要全面些。

筆者：那麼為什麼現在名家越來越少？

肖：有兩個因素，一個是以前演員演出多，練得多，到處學習，經驗豐富。現在演出太少，舞臺經驗不夠，當然演員的刻苦程度也不夠。另一個是觀眾多，以前觀眾活躍，有互動，找得到「點」；觀眾少了，演起來沒有激情。70 年代末我在團裏當演員，一天演 4 場，場場爆滿，現在的演員一年有個幾十場就不錯了，有的一年只有幾場。

筆者：川劇學校有商業性活動嗎？

肖：有小型的，比如一些地方搞活動會請我們。

筆者：川劇學校會不會走上私人化經營的道路？

肖：應該說這幾年不會。

筆者：好，謝謝你接受採訪。

訪談三

訪談對象：王超（國家二級演員，成都市川劇院藝術生產部部長，川劇名小生）

訪談時間：2007 年 7 月 15 日 16：00

訪談地點：成都市東風路北一巷成都市川劇團大院

訪談內容：

筆者：你好！很高興再次見到你。幾個月前在川大看了你主演的《欲海狂潮》，昨天又在川劇藝術中心觀看了你的專場演出，很喜歡你剛勁奔放的表演風格。

王：謝謝。

筆者：你演過不少傳統戲，好像你還參與演過徐老師的一些戲，是吧？

王：演過《激流之家》和《欲海狂潮》。

筆者：你認為現在的大戲與傳統折子戲有什麼區別？

王：傳統戲主要是注重程式套子的表演，雖然有情節，但不完整，現代戲有現代元素，不是純傳統，但也有傳統要素。

筆者：你演過魏老師的戲嗎？

王：沒有，現代戲我演過《山槓爺》中的臘正，傳統戲演得多些，比如《白蛇傳》《春江月》等。

筆者：上次你們在川大演出時提到一個「旅遊演出」，能具體說說嗎？

王：所謂「旅遊演出」對付的就是外邊的遊客，國外居多，像這種遊客到成都來旅遊，就是要瞭解當地的人文、生活。我們作為川劇人文，就想通過這種形式把川劇文化帶給國外遊客，讓他進一步瞭解我們四川的文化，同時也把川劇推向國際化。

筆者：川劇在國外的情況如何？

王：川劇走出國門已經很多年了，這兩年規模還相對較小。現在國外大的市場也不是特別紅火。早期在大劇院裏演，現在輻射開了，演出更大眾化。現在出去都是小分隊，十幾個人幾個人，大戲少了，表演個變臉、吐火什麼的或者小的折子戲。在國外表演儘量減少唱，要增加喜劇效果和肢體表演。相比之下，昨天專場是相當正式的演出，唱的不少。

筆者：悅來茶園的演出狀況近年來怎麼樣？

王：一般晚上演折子戲，淡季的旅遊演出都在茶園裏。今年因為事情比較多，所以停演了。

筆者：旅遊演出票價多少？

王：兩百多到一百二不等，比一般票價貴得多。當然它成本相對也高，水電、接待、保安，消費很高。

筆者：現在川劇生態複雜，高中低幾個層次都有，你能不能大致介紹一下？

王：目前比較大的川劇院有省川劇院、成都市川劇院、重慶市川劇院。我們作為國家劇團，政府有扶持，另一方面演出有補貼，演得多拿得多。現在的業餘團體以前也是專業劇團，是地縣市一級拆了的或名存實亡的劇團人員重組的。這些人愛好川劇，而當地已經無法形成演出力量，觀眾有也不多了，所以大家聚集在大地方，比如成都、重慶，組合起來搞演出，條件艱苦，收入不高，一天有幾百人在看。我們有時要送戲下鄉，有時有舞臺，有時沒有舞臺，演出不收錢，政府每次要貼點錢給我們。

筆者：你能談談川劇唱腔的特徵嗎？

王：川劇以高腔為主，但高腔不一定高。比如昨天三個戲，第一個是表演戲，第二個是做工戲，第三個是激情戲，就是吼喊。現代戲的演出偏生活化，傳統戲更誇張，表演的程式套子和手法不一樣。現代戲根據導演不同風格也有差異，比如，如果是話劇導演就要求垂手，而戲曲導演要求架起，現代戲基本上都弱化了戲曲表演。當然，樣板戲是個例外。

筆者：一些現代川劇會請話劇導演，為什麼？

王：這個話題很敏感。我個人傾向於戲曲導演，很多戲曲導演是演員出身，熟悉程式；話劇導演以戲為主，更注重面部表情和內心的東西。比如在川大那場《欲海狂潮》還有很多程式套子，就是一個戲曲導演導的。《山槓爺》這個戲話劇痕跡就太濃了，它就是話劇導演導的，也有一些戲曲動作，但與整個戲的風格不貼。我不明白為什麼有些人喜歡用話劇導演，用可以，但必須有戲曲的形體老師，整個風格要統一。

筆者：現在一齣戲的生產流程是怎樣的呢？

王：這個和劇院的情況有關，肯定是有目標性的排練，比如要參加一個節什麼的，圍繞這個目標來選戲，比如要奪個什麼大獎，認為這個戲題材好，也適合演員演出，就選它。劇本確定以後，政府給一點錢，自己籌一點錢，這方面各個劇院不一樣。一般的都是政府投資，但是每年的預算要提前申報，我們自己目前還沒有能力找錢，企業贊助也不多。

筆者：收入來源？

王：國家財政撥款，拿工資，演出一場有點補貼。

筆者：你認為川劇的走勢如何？

王：川劇是四川的一種文化，不可能滅亡，人們還是有可能回到傳統戲劇上來，大學生中間還有很多人喜歡川劇。

筆者：我認為在劇場裏看戲與在茶園看戲的心態不一樣，你談談你的看法好嗎？

王：川劇要發展，分兩步走。一個是茶園演出，與廣大戲迷接觸，他們是真正的觀眾，但是劇院如果沉醉於這種演出，它會失去國際平臺和國內高雅藝術平臺。因此，既不能脫離茶園演出，又要追求高層次。大劇場演出的氛圍確實不一樣，有些東西，情節性的在茶園演出根本沒法表現。但是到了劇場，表現出來更好些。

筆者：年輕人一般不去茶園看戲，這種低端演出如何維繫？

王：你說得沒錯，但是我想，人在不同時段會有不同想法，說不定年輕人到了一定年紀也會喜歡去茶園看戲。當然，各個茶園檔次不同，氛圍不同，各個層次都有相應的觀眾。

筆者：你認為川劇真正的增長點在哪，是在劇場還是茶園？

王：應該說相輔相成，但有一點是肯定的，在劇場演的劇目與在茶樓演的劇目絕對不一樣。在茶樓要受環境限制，有一些劇目不能演，也不適應觀眾的要求。老戲迷就喜歡傳統戲。在劇場演的可能要求聲光電、布景等等。當然，茶園演的可以拿上大舞臺，而舞臺上的東西就不一定能拿到茶園。有些觀眾在茶園培養，而有些是在劇場裏培養的，比如有的大學生先在劇場裏看了，覺得不錯，想進一步瞭解，他就會到茶園去，茶園裏的觀眾，只要大劇場有戲，也一般會來。

筆者：目前川劇的農村受眾情況怎樣？

王：中老年觀眾很喜歡，年輕人有些從來沒有接觸過川劇就談不上喜歡。

筆者：你如何看待變臉的名氣？

王：我認為這也算好事，它只是川劇中一個很小的技巧，但人們因為它而知道了川劇，無形中擴大了川劇的影響力。只是很多人在外面表演變臉是「抓一把就走」，既不注重身段也不注重表情，成了雜耍，可這避免不了。但是要成為大師必須通過演戲的藝術，比如梅蘭芳，要想通過變臉成為大師是不可能的。

筆者：以前的川劇演員在外面掙錢的多嗎？

王：多，全國各地都有，甚至國外都有。我們對此持寬容態度。

筆者：好，謝謝你抽時間接受這次訪談。

附錄二：20 世紀川劇大事紀

民國元年（1912 年）

三慶會劇社成立

民國八年（1919 年）

悅來茶園開業，三慶會劇社在此演出。

民國 19 年（1930 年）

三慶會劇社應聘到重慶演出。

民國 25 年（1936 年）

上海百代公司灌錄川劇唱片。

民國 28 年（1939 年）

京川戲劇業演員協會公演 3 天，全部收入捐給前線。

民國 32 年（1943 年）

中華全國戲劇界抗敵協會成都分會設立。

1950 年

成都市戲劇工作者協會領導下的戲改會，選聘了 19 名委員從事舊劇編導工作，推行導演制度，計劃鑒定 200 個川劇傳統劇目。

1952 年

第一屆全國戲曲觀摩演出大會在北京舉行，川劇參加了觀摩演出，《秋江》《評雪辨蹤》獲演出二等獎。

1953 年

四川省川劇團成立，其前身為成都市大眾川劇院。

成都市川劇團成立，其前身為成都市人民劇院。

1954 年

在悅來茶園舊址上錦江劇場建成。

1956 年

四川省文化局通知，本年度計劃鑒定川劇傳統劇目 200 個，整理出 50 個優秀劇目。

1957 年

川劇劇目鑒定工作組成立，第一批 12 個劇目鑒定工作正式開始。

1959 年

中國川劇團出訪東歐，訪問 36 個城市，演出 69 場。

1961 年

由峨眉電影製片廠攝製的川劇藝術片《喬太守亂點鴛鴦譜》開機，成都市川劇院演出。

1963 年

根據毛主席關於文藝工作的兩個批示，川劇傳統劇目停演，一律演出現代革命戲。

1964 年

四川省文化局大力組織劇團積極排演全國京劇現代戲觀摩演出大會演出的《蘆蕩火種》《紅燈記》《智取威虎山》。

1966～1976 年

大部分劇團被遣散，川劇團只能演出樣板戲。

1978 年

1 月底，國務院副總理鄧小平在成都觀看了四川省現代川劇團演出的傳統折子戲。

同年 3 月，四川省革命委員會發布《關於加強川劇工作的請示報告》，恢復四川省川劇院、成都市川劇院等單位，傳統優秀劇目開始上演。

1979 年

中共中央文化部決定對林彪反革命集團和江青反革命集團製造的文藝界冤假錯案進行公開的徹底平反。

1982 年

中共四川省委提出「振興川劇」的口號，確定了「搶救，繼承，改革，發展」的方針。

1983 年

四川省川劇調演大會舉行

1985 年

川劇藝術代表團赴西德參加「地平線 85」第三屆世界文化節演出後，相繼赴荷蘭、瑞士、意大利公演。

1988 年

中共四川省委宣傳部在成都召開振興川劇總結座談會

1989 年

《成都晚報》為慶祝成都解放 40 週年主辦的川劇精品大匯演在錦江劇場舉行。

1990 年

臺灣天府川劇團同省川劇院、市川劇院在錦城藝術宮聯合演出《山伯訪友》《別洞觀景》等劇目。

1992 年

由四川省川劇學會、四川國際文化交流中心舉辦的「首屆川劇學國際研討會」在成都舉行。

1994 年

成都市川劇院三團赴香港參加第十五屆亞洲藝術節。

1996 年

成都市川劇院應泰國 KADRTS 公司邀請，在清邁演出《人間好》等折子戲，慶祝清邁建城 700 週年暨泰皇登基 50 週年。

1997 年

成都市川劇院新編川劇《鬧春》參加中央電視臺春節聯歡晚會演出。

1998 年

中國電視劇展播活動表彰大會暨電視戲曲研討會在京舉行，川劇《山槓爺》等獲一等獎。

2006 年

川劇被列為國家級非物質文化遺產。

附錄三：川劇重要劇目一覽表〔註1〕

一、古典川劇部分

白蛇傳	1959 年四川省川劇青年演出團在北京為建國十週年獻禮首演
九美狐仙	1989 年成都市川劇團首演
紅梅贈君家	1979 年成都市川劇院首演
三家店	1986 年成都市川劇二團首演
柴市節	1951 年重慶市實驗川劇團首演
大腳夫人	1984 年崇慶川劇團首演
夫妻橋	1957 年四川省川劇二團首演
玉簪記	1953 年西南川劇院演出團首演
紅梅記	1955 年西南川劇院演出團首演
柳蔭記	1952 年重慶市新川劇院首演
幽閨怨	1956 年重慶市川劇院全本首演
焚香記	1956 年重慶市川劇院全本首演
繡襦記	1960 年重慶市川劇院首演
鴛鴦譜	1958 年成都市川劇團首演

〔註1〕傳統折子戲在民國時期多有演出，這裡的首演是指川劇劇目鑑定之後由國家劇團進行的演出。

竇娥冤	1959年四川省青年川劇演出團首演
投莊遇美	1962年成都市川劇一團首演
評雪辨蹤	1952年成都市人民劇院首演
喬老爺奇遇	1975年重慶市川劇院首演
拉郎配	1956年成都市望江川劇團首演

二、當代川劇重要劇目〔註2〕

（一）魏明倫劇作

易膽大	1980年在北京《劇本》月刊發表 1981年自貢市川劇團首演
四姑娘	1981年在北京《劇本》月刊發表 1981年自貢市川劇團首演
巴山秀才 （與南國合作）	1983年在北京《劇本》月刊發表 1983年自貢市川劇團首演
歲歲重陽 （與南國合作）	1984年在上海《新劇作》月刊發表 同年由自貢市川劇團首演
潘金蓮	1985年由自貢市川劇團首演 同年底被《作品與爭鳴》《新華文摘》等報刊全文轉載，繼由三聯出版社、北方文藝出版社分別出版單行本
夕照祁山	1988年在北京《新劇本》首發 同年由自貢市川劇團首演
中國公主杜蘭朵	1993年應北京京劇院之邀而作 劇本發表於1994年四川《戲劇家》 1995年自貢市川劇團首演
變臉	1996年完成電影文學劇本 1997年改為川劇，發表於《四川戲劇》1997年第5期，由四川省川劇院首演，被譽為其成熟之作

〔註2〕由於當代川劇是文學本質的戲，為了凸顯其文學特質以及與當代文學的關係，所以增加了劇本首次發表時間。

（二）徐棻劇作

燕燕	1962 年由成都市川劇院首演 四川人民出版社 1981 年出版
王熙鳳	1979 年由成都市劇院一團首演 重慶出版社 1983 年出版
紅樓驚夢	1987 年由成都市劇院一二聯合團首演 1990 年由四川文藝出版社收入《探索集》
田姐與莊周	1987 年由成都市川劇院一二聯合團首演 1990 年由四川文藝出版社收入《探索集》
欲海狂潮	1989 年由成都市川劇院三團首演 1990 年由四川文藝出版社收入《探索集》
死水微瀾	1996 年由四川青年川劇團首演
都督夫人董竹君	2001 年 4 月由四川省川劇院首演 發表於《戲劇家》2000 年第 4 期
激流之家	1998 年 12 月由《劇本》月刊發表

（三）其他

山槓爺	譚昕、譚愫編劇，1995 年由成都市川劇院首演
劉氏四娘	譚愫、少匆、嚴淑瓊編劇，1994 年由成都市川劇院首演
金子	隆學義編劇，1991 年由重慶市川劇院首演
四川好人	吳曉飛、劉少匆編劇，1987 年由成都市川劇院三團首演

後　記

一直渴望多姿多彩的人生體驗。經歷不同的人，不同的事，在不同的領域自由出入為我心嚮往之的人生至高境界。對深度體驗的渴盼讓我總喜歡做到極致才會心滿意足。以川劇這樣一個之前從未接觸過的對象來作為寫作對象，可以看作是對十年學院文學生涯的一份紀念。四千里路雲和月一路走來，終於，實現了來北京感受京派文化的理想，並「順帶」攻讀了博士學位。就初衷而言，學業並不是關注的重點，重要的是這一路的風景和體驗。驀然回首，才發現大江湧流的天際處，夔門天險已被留在身後，漸行漸遠，匆匆的腳步已經邁向下一個目標，不由得不感歎人生的奇妙，更觸發進一步的追問：繼續，轉向抑或遊走於邊緣地帶？也許，已經到了該從「圍城」中破繭而出的時候了。

記得一本小冊子的名字叫「only a PHD is not enough」，斯言誠哉！事實上，人生永遠都是「Enough is never enough」，就像那一次次愛的歷險，讓人感懷不已，但絕對值得回味。每一段經歷都是一番靈魂蛻變與重生的涅槃，是一份可以隨身攜帶的財富，是滋養我成長的養分。因為不滿足，所以選擇了遠方，風雨無阻。唯一伴隨終生的，是力量、野心和激情。

在為這篇論文做準備的幾年間，我穿梭於北京與四川之間，個中的艱辛自是不必言說。導師張健先生的鼓勵和支持是我最終堅持做下去的動力。三年前張老師給了我到北京來感受新生活的機會，三年來老師和師母的關照和師生之間天然的情誼是我的生活中一份久遠溫暖的饋贈。

在收集材料的過程中，我遇到了無數的熱心人：感謝戴德源先生，年逾古稀還頂著酷暑陪我看川劇並且不厭其煩地為我查找大量寶貴資料；感謝四川大學的李祥林、蔣榮昌老師，和他們的交談讓我受益匪淺；感謝省川劇院的各位藝術家對我的熱情接待與配合。

在這段經歷中，還有那麼多無法忘記的人：感謝陳俐老師，多年的相知相交中總是我在向她尋求支持和援助，而她始終在等著我更好的答卷；感謝摯友潘純琳、陳祖君、亞玲、吳奇，一路走來，只要我有求、有需，他們的援手就在身邊；感謝同門師兄廖高會，師姐趙金萍，三年來無私地照顧總是讓我感動。我和這些朋友們並不常通音訊，但彼此間心心相印的情誼其實盡在朝朝暮暮。

感言的尾聲總是留給父母。感謝他們和我共同見證著生命裏的淚水與歡笑。沒有他們的鼎力支持，要完成寫作任務是難以想像的。外面的世界使我疲倦的時候，總是最想飛奔到他們的身邊，那裡是我永恆的力量源泉。

這是一段繼往開來的歲月，這是一個承前啟後的時刻，這是一份前所未有的生命體驗。但對我而言，一切僅僅是個開始，因為，生活永遠在路上。

謹以此文獻給我人生中的「北師大歲月」。